KB060260

괜찮은 오늘, 꿈꾸는 나

김주아 최순덕 윤선희 이두니 허다윤 제인

정서인 윤정희 최송실 오제현 신정숙 신예경

기획 ◦ 이루미

도서출판 청어

괜찮은 오늘, 꿈꾸는 나

김주아

최순덕

윤선희

이두니

허다윤

제인

서혜란

정서인

윤정희

최송실

오제현

신정숙

신혜정

기획

이루미

추천사

13명의 작가가 풀어놓은 삶의 이야기는 소박하게 차려진 밥상처럼 친근하고 정겨운 느낌을 줍니다.

밥, 설거지, 빨래, 청소 등의 일상적인 소재로 이렇게 다양한 이야기가 만들어질 수 있다니, 결혼하기 전에도 후에도 온전히 살림을 맡아본 적이 없는 저로서는 신기하고 놀라웠습니다.

작가들의 이야기 속에 부러웠던 부분은 아이에 관한 것이었는데요, 아이가 어렸을 때 많은 순간을 함께 해주지 못한 것이 엄마로서 항상 미안함으로 남아 있기 때문입니다. 시간을 되돌릴 수 있다면 엄마의 손길이 가장 필요했던 유아기 때로 돌아가 잠시 일을 멈추고 아이와 함께하는 시간을 충분히 갖고 싶습니다.

'우리 모두는 별에서 태어났고, 우리 모두는 그 자체로 빛난다'라는 시가 있습니다. 어떤 환경에서 살아가든 평범한 일상을 살아가는 한 사람 한 사람이 빛나는 별이 아닐까 하는 생각을 해봅니다. 가족을 사랑하는 마음으로 아침부터 저녁까지 분주한 일상을 보내는 엄마들의 이야기가 많은 이들에게 따뜻한 감동으로 전해지길 바라며, 각자 자신만의 색으로 빛나는 삶을 살아가길 응원합니다.

박선영(퍼블리온 출판사 대표)

강의, 컨설팅 현장에서 많은 3060 여성분들을 만나게 된다. 100세 시대 있어 나만의 이야기를 꺼내어 봐야 한다고 강조한다. 하지만 대부분 그녀들에게서 돌아오는 대답은 "내가? 설마~ 내가 할 수 있을까?" "누가 내 이야기에 귀담아 줄까요?"이다.

그런데 잘 생각해 보면 우리의 삶, 인생 별것 없다. '희로애락(喜怒哀樂)' 안에 모든 것이 담겨있고 지극히 평범한 일상들을 살아 나아가고 있다. 이 책은 그런 우리의 평범한 주부, 엄마, 아내의 이야기로 시작해 자신들이 세상에 전하고자 하는 메시지를 통해 '힘들지?' '잘 하고 있고, 잘 할 수 있어!'라는 지친 당신의 마음을 어루만져 주는 나를 사랑해 줄 수 있는 따뜻함이 담겨있다. 이 책의 이야기에 귀 기울여 보자. 그러면 인생에 어떤 문제라도 극복할 용기를 얻고 '그래도 괜찮아! 이 또한 지나가고 성장의 과정이야'라며 우리를 보듬어 줄 것이다.

김동석(『네이버 블로그로 돈 벌기』 저자)

추천사

너무나 사소하고 당연히 여겼던 밥, 설거지, 빨래, 청소…. 퇴근하고 돌아오면 모든 게 제자리에 와있고 언제나 따뜻한 저녁이 준비되어 있었습니다. 아마 우리 집엔 밥, 설거지, 빨래, 청소를 전문으로 하는 로봇이 있다고 생각했습니다. 아니. 그런 생각조차 못 하고 당연하다고 여겼습니다. 하지만 결혼을 하고 내가 부모가 되어 보니 그 사소한 밥, 설거지, 빨래, 청소까지 나의 하루 중 중요한 일이 되어버렸고, 누군가에게는 사소하고 당연한 일이지만 나에게는 하루 중 꼭 빠져서는 안 되는 하나의 중요한 의식처럼 되어버렸습니다. 이 글들을 보면서 그 사소한 밥, 설거지, 빨래, 청소에도 많은 의미와 즐거움, 이야기가 있다는 걸 다시 한번 느끼면서 그 사소함이 당연함으로 다시, 나와 가족에게 중요한 이야기가 된다는 걸 알았습니다. 사소한 것을 다시 한번 돌아볼 수 있게 해준 다양한 이야기에 다시 한번 감사드립니다.

김영삼(『이모티콘으로 돈 벌기』 저자)

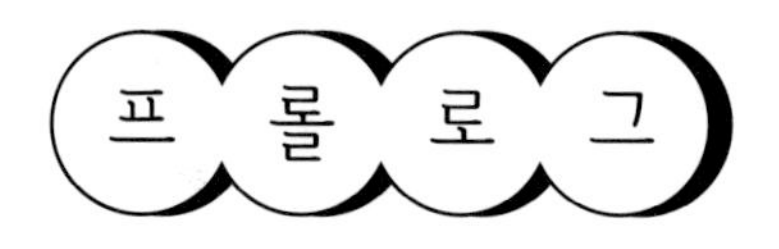

프롤로그

이루미

"이제 밥을 혼자 먹는데 제가 밥에 대해 쓸 게 있을까요?"

한 60대분에게 주부 일상 편을 제안드리니 그렇게 말씀하셨다. 그래서 난 "네, 선생님처럼 혼자 밥 먹는 사람을 위해 써주세요. 선생님 연령대엔 혼자 식사하시는 분들도 계실 테니까요. 그리고 그런 선생님의 마음을 따님이 이해할 수 있도록 써주세요."

처음 글을 쓰시는 분들은 대개 그렇게들 말씀하신다. 본인의 글이 책으로 실릴만한 주제가 안 된다는 겸손의 말씀들. 주부 일상이라는 주제를 기획한 의도는 '내 엄마는 내 나이 때 일상 속에서 어떤 생각들을 가지셨을까?' 그것이 궁금해서 내 딸들에겐 그런 궁금증을 풀어주고 싶어서였다. 내가 궁금했을 때쯤엔 엄마는 저 하늘에 계셨기에 알 길이 없었기 때문이다.

엄마 시대 때는 달랐을 주부 일상. 다양한 연령들의 주부 일상 글을 실으려고 했던 것은 누군가는 나처럼 내 또래 또는 엄마 또래의 티 안 나는 주부 일상을 몹시 많이 궁금해할지도 모른다는 생각에서였다. 내가 자라온 중요한 과정이기도 하기 때문이다.

그리고 누가 보든 안 보든 그런 일상을 열심히 살아가며 남편, 아이들 그리고 자신을 돌보는 주부들의 그 소중한 일상에 서로라도 관심의 햇살을 비춰주자고 주부 일상 시리즈를 기획하게 되었다. 글을 쓰고 나면 어느 누구보다도 주부 자신이 위로를 받는다. 관심이라는 건 그토록 큰 힘을 발휘한다. 그리고 세상의 경력엔 속하지 않는 그 티 안 나는 주부 일상으로 '작가'라는 이력을 만든 자신을 자랑스럽게 여기게 될 것이다.

무엇보다 가정의 중심이자 주 고객 주 독자층인 주부들의 일상을 기록해 책으로 남긴 일은 우리 스스로 우리의 역사책을 남기는 의미 있는 일이 될 것이다. 주부도 경력이다. 주부인 우리 스스로가 가장 먼저 그 사실을 인정하길 바라며 주부 일상 에세이로 자신의 중요한 과업인 주부 일상의 흔적을 남기며 자부심을 느끼길 진심으로 바란다.

이 책이 완성되도록 끝까지 애쓴 고운 13명의 작가님들과 그 글이 그분들답게 온전히 실리도록 코칭해 주신 이윤정 작가님, 매 순간 따스한 관심 속에 글을 쓸 수 있도록 한결같이 지지해주신 윤미, 장유진 작가님들 그리고 그렇게 완성된 책을 세상에 나오게 해주신 청어 출판사 이영철 대표님과 방세화 편집장님 외 출판사 가족들께 감사의 말씀을 전하고 싶다.

목 차

이두니

정서인

윤정희

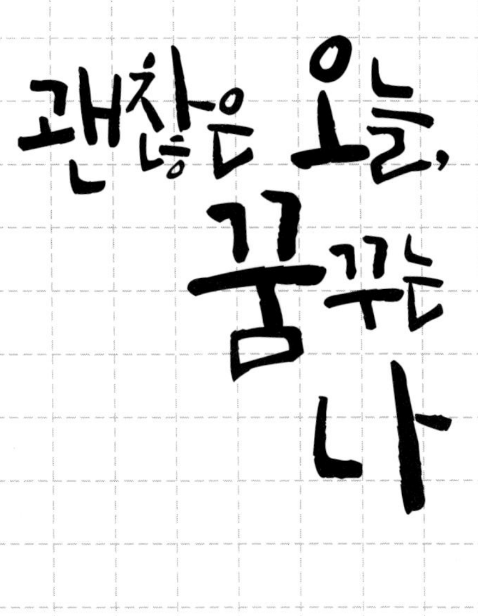
괜찮은 오늘,
꿈꾸는
나

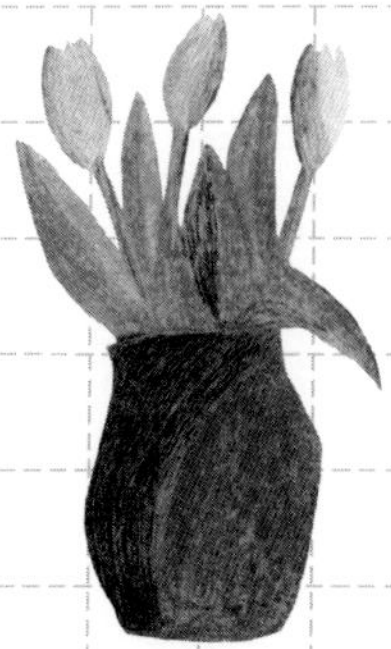

김주아

▶▶▶ 예전에는 자아 성찰에 대한 자문자답의 글을 썼다면, 엄마가 되고 나서는 일상 기록자로서 순간의 쓸모에 대해 기록한다. 세밀하게 들여다보면 삶이 곧 유일무이한 에피소드가 되는 것이다. 구양수는 좋은 글을 쓰는 방법에 대해서 '다독(多讀)·다작(多作)·다상량(多商量)'을 언급했다. 많이 읽고, 많이 쓰고, 많이 생각하는 것을 말한다. 그동안 이슬아 작가의 말처럼 작가가 되지 않고는 못 배기게 만드는 책들을 많이 읽었나 보다. 이제 글을 읽는 사람에서 글을 쓰는 사람이다. 글쓰기라는 느린 열정을 찾아 업(業)으로 만드는 일을 하고 있다. 함께 쓴 책 한 권이 내 인생의 스트라이크를 칠 수 있는 '킹핀'이 될 수 있기를.

블로그 https://blog.naver.com/look1017

밥

|

엄마의 재능 발견

남편의 회사에서 코로나 확진자가 연일 발생했다. 혼자 출근하던 남편은 결국 연차를 사용하게 되었다. 둘이서 오붓하게 집 앞 마트에 가서 장을 봤다. 한 가지만 집어도 돈 만 원은 우습다. 들었다 놨다, 가성비 좋은 물건을 찾아 고르다 보니 어느새 출출해졌다. 서둘러 계산대로 가서 물건들을 올려놓았다. '이건 언제 넣은 거야?' 못 보던 프라이드 통살 치킨이 들어있었다. 남편은 자기가 넣었다며 계산대로 챙겨 올렸다.

"치킨값이 너무 비싸잖아. 이건 맛이 어떤지 한번 먹어 보려고."

며칠 후, 저녁때 스파게티와 같이 먹으려고 치킨을 꺼냈다. 남편은 스파게티를, 나는 간단한 치킨을 준비했다. 에어프라이어에 종이 포일을 깔고 치킨에 기름을 바른 후 넣었다. 설명서대로 6분이 지났을 때 한번 뒤집어 준 후 13분을 더 돌렸다. 익어가는 냄새가 제법 그럴듯했다. 저녁 식사 준비를 마치고 아이들에게 손을 씻고 오라고 했다. 남편이 해준 스파게티에 손이 먼저 갔다. 기대치가 없어서인지 치킨에는 손이 가지 않았다. 먼저 맛본 남편은 생각보다 괜찮다며 먹어 보라고 했다. 입 짧은 아들도 맛있다며 연신 감탄했다.

"엄마, 이건 어디서 샀어요? 너무 맛있어요. 엄마가 직접 하셨어요?"

"어? 응. 집 앞 마트에서."

"엄마, 너무 맛있어요! 역시 우리 엄마는 요리사라니까!"

멋쩍어하는 나를 향해 엄지척하며 딸도 거들었다. 스파게티는 뒤로하고 다들 치킨 먹느라 바빴다. 그래서 하나 먹어봤더니 제법 괜찮았다. 아이들의 계속되는 칭찬에 남편은 껄껄 웃으면서 그만하라고 했다. 간단한 냉동식품은 엄마를 특급 요리사로 둔갑시켰다. 초등학교 4학년인 아들은 아직 눈치가 여물지 않았다.

"적당히 해. 엄마가 부끄럽잖아."

남편은 웃음이 새어 나오는 것을 간신히 참는 중이었다.

"에이. 엄마 이런 재능을 그동안 왜 감추고 있었어요? 엄마, 치킨 장사해 봐요. 너무 맛있어요."(아들, 멈춰~)

뜻밖의 재능을 발견해준 아들을 향해 남편은 에둘러 말했다.

"그만 하래도. 엄마 쥐구멍에라도 들어가고 싶겠다."

"아니, 왜요? 이렇게 맛있는 치킨은 꼭 장사해야죠. 그래야 다른 사람들도 맛보죠."

"어…. 장사는 무슨. 너희나 맛있게 먹어." (아들, 눈치 좀 챙겨!)

"우리만 먹기 아까우니까 장사를 해야죠. 마더~치킨이 좋으려나?"

저녁을 먹는 동안 남편과 내 배꼽은 웃느라 가출할 지경이었다. 엄마에 대한 환상을 깨고 싶지 않아 둘만의 비밀로 했다. 아, 이것이 대기업의 맛이구나! 늘 몇 조각이 남아 처치가 곤란해진 치킨을 알차게 먹었으니 그것으로 됐다.

설거지

냉장고에 넣어둔 사랑(백도는 죄가 없다)

큰아이는 고심 끝에, 작은아이는 호기롭게 학급 임원 선거에 도전하기로 했다. 아이들과 연설문 발표 연습을 했다. 곧잘 하는 아이들을 보니 욕심도 생겨났다. 선거 당일이 되자 상처받지는 않을까 싶어 결과와 상관없이 도전에 의미를 두기로 약속했다. 결과는 둘 다 낙선이었다. 아이들은 실망한 기색을 감추지 못했지만 이내 엄마의 위로를 연료 삼아 괜찮아졌다. 그러나 정작 나는 괜찮지 않았다. 머리와 가슴이 합의해주지 않는 모양이다.

서너 시간밖에 못 자서 물먹은 솜처럼 몸도 마음도 천근만근 상태였다. 있는 반찬에 저녁은 간단히 먹자고 했다. 그런데 식사하는 남편의 숟가락질이 영 시원찮았다. 잔뜩 날 선 감정에 그 모습이 못마땅해 보였다. 네 식구가 먹은 설기지인데 10인분으로 나오는 마법이라도 부린 것일까? 설거지하는 내내 그릇들은 이리저리 부딪히면서 내 마음처럼 요란스럽게 달그락거렸다. 심기가 불편하니 모두 자제하라는 일종의 시그널인 셈이다. 후식으로 백도를 먹으면서 누구 하나, 나를 챙기지 않았다. 피곤한 몸에 서운함이 차올랐지만 내색하지 않았다. 그러나 뒷정리를 안 한 그릇들은 본 순간 서운함에서 짜증이 되었다. 방금 설거지를 끝낸 나를 기다리고 있는 그릇들이라니! 퇴근 후 다시 출근하는 기분이었다. 가족들의 무심함과 나의 피곤함이 더해져서 폭발했다. 그래, 백도는 죄가 없다. 그깟 백도를 먹지 못해서 화가 난 것이 아니다. 짜증은 난데없이 생기는 것이 아니라 나름의 경로가 있는 것이다.

백도로 인한 유치찬란한 엄마의 짜증에 아이들은 어쩔 줄 몰라서 쩔쩔맸다. 사태의 심각성을 깨닫고 어떻게든 엄마의 서운함을 덜어주고자 했다. 둘이서 분주하게 왔다 갔다 하더니 백도에 편지를 써놨으니 보라고 했다. 이미 마뜩잖은 감정은 쉽게 누그러지지 않았다. 아이들이 읽어보라는 마음을 외면한 채 오지 않는 잠을 청했다. 알량한 자존심과 미안한 마음으로 다음 날 새벽이 되어서야 확인했다. 오빠의 진심을 알리는 딸의 편지는 하얀 A4용지에 적혀있었다.

엄마에게
엄마 죄송해요.
엄마 마음도 모르고 엄마 많이 슬펐어요?
백도에 오빠 편지 꼭 보세요.
-엄마 딸 소유가(9살)

냉장고에 넣어둔 백도 통조림에는 아들의 마음을 담은 노란 포스트잇이 붙어있었다.

엄마 미안해요.
이건 엄마가 드세요. 사랑해요.
-이서후 올림(11살)

담백하고 간결한 마음 전달에 피식 웃음이 났다. 애꿎은 아이들에게 짜증내지 않으려면 피곤한 내 마음을 잘 들여다봐야겠다. 아이들의 마음 씀이 엄마보다 낫구나. 아이 나이가 엄마 나이라더니 아이들과 같이 자라는 엄마다. 애들 일어나면 여느 때보다 더 찐하게 안아줘야겠다.

빨래

이제는 빨래 개는 기계가 등장할 시간

건조기에서 금방 나온 보송하고 따뜻한 빨래에 얼굴을 비벼대며 아들은 연신 행복한 표정을 짓는다. 그 모습을 흐뭇하게 바라보다가 아련한 유년 시절의 추억 한 자락이 밀려온다. 시골 마당 한가운데 장대로 받쳐둔 빨랫줄의 옷들이 바람에 나부끼고 있었다. 그 위로 '초추의 양광'이 너울거리며 쏟아졌다. 바삭바삭 마른 옷에서는 가을볕을 품은 새물내가 났다. 그날의 빨래는 안온한 행복으로 남았다.

결혼을 하고 진심을 담아 빨래를 마주한 시절이 있었다. 일주일에 한 번씩 수건들을 추려서 과탄산소다를 넣고 찜솥에 삶았다. 그리고 저녁 설거지의 마무리는 뽀얗게 행주를 삶는 일련의 과정을 거쳐야 끝이 났다. 끓고 있는 행주를 물끄러미 바라보면 내 안의 잡념들도 같이 소독되는 기분이 들었다. 나무말미도 없이 계속 비가 내리는 장마철에는 빨래가 잘 마르지 않아서 여간 곤혹스러운 게 아니었다. 집 안을 점령한 빨래 건조대는 아무리 청소를 해도 어수선한 느낌을 피할 수 없었다. 눅눅한 집 안의 공기는 마음마저 꿉꿉하게 만들었다.

신세계를 경험하게 해 준 건조기에서 뜨거운 빨래들이 쏟아져 나온다. 빨래 바구니에 일단 담는다. 매일 그렇게 쌓이고 쌓여서 빨래는 산을 이룬다. 공든 산이 무너지려고 할 무렵 인심 쓰듯 개어준다. 차곡차곡 다듬질하듯 구김을 펴다가 문득 속상한 마음이 차오른다. 건조기가 식구들의 옷을 야금야금 먹고 있다. 아이들 옷의 팔꿈치나 무릎, 어른들의 속옷에도 민망한 구멍을 내고 있다. 사정을 모르는 사람들이 보면 궁핍한 집이라고 오해하기 딱 좋은 상황이다. 꿰매 줄까 싶다가도 그러면 계속 입혀야 할 것 같아서 적당히 입다 버릴 요량으로 지켜보는 중이다.

잘 빚은 먼지 떡이 동그랗게 필터에서 뭉쳐 나온다. 수건은 건조기에서 나오니 삶지 않게 되었고, 행주는 위생적이고 편리한 일회용(이라고 적혀 있지만 여러 번 사용)을 사용한다. 손이 많이 가던 이불 커버는 일체용을 사용해서 빨래하는 수고를 덜었다. 지금은 살림에 있어 단순하고 간소한 삶을 지향한다.

건조기가 등장해서 분명 편해졌다. 그런데도 빨래의 굴레에서 허우적거리고 있는 것은 왜일까? 남편의 말마따나 빨래는 세탁기가 밥은 전기밥솥이 해주는데 말이다. 그러나 결코 빨래들이 세탁기에 자발적으로 들어가지는 않는다. 기계가 해줘도 결국은 내가 움직여야 한다. 다만 건조기는 빨래를 널어 말리는 수고에서 다리미로 다려야 하는 수고로 변환한 셈일 뿐이다. 요즘 나오는 건조기는 구김 방지 기능도 있다지만 우리 집 건조기는 그럭저럭 연식이 되어간다. 잔뜩 구겨진 옷들을 그냥 입었다가는 마음마저 후줄근해진다. 번거롭다고 안 할 수도 없다.

빨래는 매일 쏟아진다. 산을 쌓고 있는 빨래 더미를 보다 말고 이제는 빨래를 개어주는 기계가 나와야 할 때가 된 것 같다는 생각에 이른다.

청소

|

집안일을 대하는 태도

마른 사람을 보면 흔히 예민할 것이라고 예상한다. 반은 맞고 반은 틀리다 할 수 있다. 사람은 누구나 양면성을 지니고 있기 때문이다. '부지런함' 이면에는 나태함이, '조급함' 이면에는 느긋함이, '예민함' 이면에는 무던함이 있다. 상황에 따라 다른 모습이 나올 뿐이다. 이는 집안일에서도 여지없이 적용된다.

아이의 친구 엄마와 허물없는 사이가 됐을 때, 우리 집에 처음 와보고 놀랐던 느낌에 대해 말해줬다.

"집안일을 요일별로 정해놓고 하는 사람은 언니가 처음이었어요. 마치 다른 세계의 사람처럼 보였다니까요."

"내가 좀 허술한 면이 있잖아요. 책에서 요일을 정해놓고 하면 덜 힘들대서. 나도 처음에는 화장실 청소만 정해놓고 했어요. 집안일이란 게 한다고 표도 안 나지만, 안 하면 또 금방 표가 나잖아요."

"언니, 그럼 그냥 눈을 딱 감으세요. 어, 여기 먼지가 있네! 난 안 봤어, 하고 지나치면 되잖아요."

"아니, 그게 뭐예요…. 눈에 보이는데 어떻게 못 본 척해요?"

"어휴, 언니 적당히 해요. 언니 몸만 축나요. 못 봤다고 생각하면 또 안 보여요."

친구 엄마의 신박한 해결 방법을 듣고 얼마나 웃었던지. 월요일에는 창틀 청소, 화요일에는 화장실 청소, 수요일에는 삶기, 목요일에는 이불 빨기 등 나만의 루틴이 있었다. 매의 눈으로 들여다보면 끝이 없는 게 집안일이다. 가끔은 봐도 못 본 척 넘길 수 있는 너그러움도 필요하다. 물론 처음부터 먼지와 집안일을 못 본 척하는 게 쉽지는 않았다. 노루 꼬리만큼 짧은 내 시간. 어느 순간 집안일에 매달려있느라 생산적인 일을 못 하고 있다는 생각이 들었다. 그리고 몸의 이상으로 병원을 다녀온 후 서서히 내려놓기 시작했다.

아무리 애써도 완벽할 수 없는 것이 집안일이다. 돌아서면 치울 것이 쌓이는 법이다. 젊을 때는 완벽할 수 없는 일에 완벽을 추구했다. 나이가 들어 좋은 점은 인정할 수 있는 여유가 생긴다는 것이다. 부지런한 것만이 능사는 아니다. 일상과 적당히 타협하면서 집안일을 해야 지치지 않을 수 있다. 매일 내가 감당할 수 있는 루틴 정도만 지키고, 나머지는 못 본 척할 줄도 알아야 한다.

요즘 들어 남편은 결혼 전 깔끔하던 내 모습에 속았다고 한다. 없는 집안일도 만든다면서 늘 적당히 하라던 사람이 누구였던가. 우습게도 나와 살면서 남편은 점점 지저분한 것을 못 견뎌 한다. 서로의 결점을 상호 교환한 셈이다. 한 가지 모습으로만 살면 지루하고 재미가 없다. 때로는 적당히 게으르고, 적당히 무던하게 살아도 괜찮다. 이제는 깔끔한 성격의 사람을 만나면 나도 모르게 한마디 한다.

"아휴, 적당히 해요. 가끔은 보여도 못 본 척하면서 살아요. 그러다 몸 아프면 나만 손해잖아요."

나

|

엄마는 공부 중

십 년 넘게 병원에서 일하느라 많이 지쳐 있었다. 퇴사 후 평일 낮에 거리를 걷는 기분은 어딘가에 갇혀있다 나온 사람처럼 무척 낯설었다. 눈 부신 햇살 아래 분주하게 오가는 사람들의 모습을 한동안 물끄러미 구경했다. 낯선 생활에 익숙해질 무렵 아이를 가지게 되었다. 사회에서 말하는 경력 단절이 십여 년쯤 이어졌다. 사회 경력은 단절이 되었지만, 육아의 세계로 '경력 이동'을 한 셈이었다.

정신없이 두 아이를 키우고 가르치다 보니 마음 한 곳이 헛헛했다. 적당히 타협하며 내려놓았던 공부. 개운하지 못한 마음이 오랫동안 나를 따라다녔다. 아이의 공부를 봐주다 내 안에 있던 배움에 대한 갈증이 봇물 터지듯 범람했다. 학부모가 되면서 두 번째 대학생이 되었다. 청소년 교육을 전공하면서 관련 자격증들도 하나씩 취득했다. 본격적으로 일을 하기에는 아이들에게 엄마의 손이 많이 가는 시기라서 고민도 많았다. 때가 되면 나의 배움을 활용할 시간이 올 거라고 믿고 기다렸다. 그렇게 차곡차곡 두 번째 업(業)을 만들기 위해 준비를 했다.

큰아이가 등교할 때 '워킹스쿨버스'를 이용했다. 스쿨버스 정류장에서 안전교육지도사들이 등교 지도를 하며 안전하게 학교까지 동행하는 일이다. 학교 가는 아이를 배웅하며 등교 지도일을 유심히 보게 되었다. 하루는 용기를 내서 질문했고, 관련 자격증과 모집 공고 시기, 업무에 대한 설명을 듣게 되었다. 지금 내가 할 수 있는 최적의 조건이라는 생각에 방학 때 공부를 했다.

둘째의 초등학교 입학을 앞두고 모집 공고를 검색했다. 드디어 자격증 하나를 활용할 기회가 생긴 것이다. 새로 일을 시작한다는 기대와 잘할 수 있을까에 대한 걱정도 있었다. 무엇보다 두 아이의 등교에 대한 고민으로 결정을 내리는 게 쉽지 않았다. 가족들과 의논 끝에 지원서를 내고 면접을 보러 갔다. 비가 오는 날 아이들의 아침도 못 챙겨줘서 미안한 마음으로 면접장에 도착했다. 사람들이 생각보다 많아서 한 번 놀랐고, 그들의 간절한 마음에 또 한 번 놀랐다.

그렇게 십여 년 만에 다시 사회로 한 발 내딛기 시작했다. 단시간 근무라 수입은 적었지만 일을 한다는 기쁨으로 큰 성취감을 느꼈다. 다들 쥐꼬리 같은 돈인데 왜 하냐고 했지만 배움을 활용할 수 있다는 사실이 좋았다. 그 일이 계기가 되어 다른 일로 이어질 수도 있다는 생각이 들어서였다. 시작조차 하지 않았다면 얻을 수 있는 것도 없었을 것이다. 삶의 이력을 쌓아가다 보면 좀 더 나은 내가 될 수 있을 것이다.

어릴 때부터 경험이 다양한 사람이 부러웠다. 그래서인지 요즘은 어디를 가든 새롭게 도전하는 초보다. 나를 향해 열렬한 응원을 보내주는 가족들이 있어서 순간의 쓸모를 사용한다. 개인의 성장과 가족 구성원으로의 역할 사이에서 균형을 이루면서 매일의 소임을 다해 본다.

딸

|

엄마라는 이름에 담긴 중의적 단상

딸이라는 역할만 있을 때는 엄마를 이해하는 게 쉽지 않다. 엄마가 되고 나서야 엄마의 삶을 들여다볼 수 있게 된 것 같다. 누구나 처음부터 엄마로 태어나는 것은 아니다. 어릴 때는 이 사실을 알 수가 없다. '세상을 보는 표준값이 되어주는 엄마'. 누구보다 용감하고, 어떤 어려움과 아픔에도 끄떡없이 내 곁에 있어 줄 것 같은 존재가 바로 엄마다.

사춘기가 시작될 무렵부터 서서히 엄마의 인간적인 단점들을 볼 수 있게 되었다. 유난히 지시대명사가 많은 언어 습관과 남다른 오지랖, 나 아니면 누가 하냐는 비합리적 신념 때문에 늘 동분서주했다. 너까지 그러냐며 죄책감을 자극했고, 서두르다 데인 흔적들이 많은 팔, 돈을 넣어둔 곳을 못 찾아 속상해하는 일들이 많았다. 바쁜 엄마의 삶에는 오로지 자식들에 대한 희생만이 존재할 뿐이었다. 그런 엄마를 보며 애처롭고도 화가 나는 양가감정에 시달렸다.

결혼 전 엄마에게 나는 여느 가정의 막내딸처럼 다정했다. 그러나 결혼 후에도 계속되는 원가족과의 밀착으로 인해 불필요한 스트레스가 많았다. 서서히 자기 분화(심리적 독립)를 해나갔다. 그 과정에서 엄마를 서운하게 만드는 일들이 종종 생겨났다. 우리 집에 오시면 엄마는 안쓰러운 마음에 설거지나 집안일을 거들려고 하셨고 나는 극구 말렸다. 엄마는 대접받아 마땅한 우리 집에 오신 손님이다. 엄마가 그 사실을 받아들이는 데 시간이 필요했다.

엄마의 딸이 자라 엄마가 되었다. 서툴고 허점투성이지만 아이들에게는 세상을 보여주는 거울 같을 것이다. 내가 아플 때 불안해하는 딸을 보면서 엄마가 아프셨을 때의 불안을 떠올렸다. 어디다 너무 잘 둬서 못 찾는 물건들, 입 끝에 맴돌다 나오지 않는 단어들, 식구들 챙기느라 여력 없는 분주함, 삼시 세끼의 고단함 속에 엄마의 삶을 허투루 볼 수 없게 되었다.

나는 살가운 딸이 못 된다. 엄마의 반복되는 하소연을 적당히 맞장구치며 들어줄 만도 한데 끝내 한소리를 한다. 못내 서운하실 것이다. 알면서도 고치는 게 쉽지 않다. 츤데레 같은 본성을 여지없이 드러내도 그러려니 하신다. 얼마 전 엄마네 냉장고를 양문형으로 바꿔 드렸다. 귀촌하실 때 가지고 간 냉장고는 서랍 칸의 문짝이 없어진 지 오래였다. 괜찮다고 하시면서도 막상 냉장고를 받고 나서는 무척 좋아하셨다. "이럴 줄 알았으면 딸을 하나 더 낳는 건데." 불쑥 튀어나온 엄마의 농담에 한바탕 웃었다.

엄마는 다시 아이가 되셨다. 자식들의 보살핌과 관심이 필요한 노년기다. 엄마는 왜 자신을 챙길 여유가 없었는지, 자주 아프셨는지에 대한 이해가 시작됐다. 나도 어쩔 수 없이 엄마를 닮은 엄마로 살아가고 있다. 늘 아이들이 우선이다. 언젠가는 우리 아이들도 엄마를 객관적으로 바라보는 날이 오겠지? 나에게도 어김없이.

아내

|

서로 배우자는 뜻의 배우자!

길섶에 다소곳이 피어난 이름 모를 꽃들에 자꾸만 눈길이 가는 요즘이다. 돌돌돌 요란한 바퀴 소리를 내던 카트를 멈추니 사방이 고요해진다. 줄지어 피느라 애썼다. 몽글몽글 어여쁘기도 해라. 도서관을 다녀오던 길에 잠시 상념에 잠겼다가 이내 발길을 옮긴다. 잔뜩 빌려온 책들이 거실 테이블 위에서 차곡차곡 탑을 쌓고 있다. 그 모습을 마뜩잖은 듯 지켜보던 남편은 책들 좀 어떻게 해보라고 한다.

"누가 보면 우리 집에 고시생이라도 있는 줄 알겠어!"

고시생은 없지만 공부하는 아내는 있다. 서둘러 정리하다 말고 물어봤다.

"알았어, 알았어. 치울게. 어수선해서 그러는 거야?"

"어. 정신도 없고 책 때문에 티브이 볼 때 발을 올릴 수가 없잖아. 편하게 보고 싶은데 말이야."

맙소사! 남편의 대답이 걸작이다. 느닷없는 매력 발산에 일격을 당하는 순간이다. 일변 어이없고, 귀여운 투정이니 웃지 않을 도리가 없다. 기분이 상할 즈음 유턴하게 만들다니 재주는 재주다. 나는 본의 아니게 남편이 가진 매력의 스펙트럼을 발현시켜 주는 역할을 하는 셈이다. 어느 날 누군가에게 어이없는 말을 듣고서는 화가 치밀어 씩씩거리며 남편에게 이야기를 시작한다. 그런 나를 보고, "근데, 자기야 그 사람 입장은…."라며 응수한다. 남의 편이라서 남편이라더니 화도 나고 서운하지만 영 틀린 말을 하는 것은 아니다. 남편은 늘 내가 볼 수 없는 면을 보여주는 사람이다. 수용적 사고를 하는 내게는 남편의 조언이 시기적절하게 필요하다. 조언은 심리적으로 한배를 탄다는 의미가 있다고 한다.

점점 단어가 잘 생각나질 않거나 머리와 입이 다른 말을 하는 경우가 많다. 머릿속에 당근을 떠올리면서 '곁가지 서술'을 한다.

"색깔은 주황색에 토끼가 좋아하는 채소 말이야."

그리고 연예인 이름이 생각이 안 날 때

"왜, 그 사람 있잖아."라며 스무고개가 시작된다. 척하면 척이다.

"알았어. 여자야, 남자야? 거기서부터 시작하자."

처음에는 나이 드는 기분이라 조금 서글프기도 했다. 이제는 다반사다 보니 괜찮다. 남편도 누군가의 이름을 종종 잊는다. 남편의 어깨를 토닥이며 동병상련의 슬픔을 개그로 승화시키며 살기로 한다.

행복은 멀리 있는 게 아니라 순간에 스쳐 지나간다. 남편에게 소소한 행복을 느끼게 해주는 아내가 되고 싶다. 남편이 내게 그러하듯, 남편의 좋은 면을 잘 이끌어 줄 수 있는 배우자가 되고 싶다.

어쩌면 배우자의 뜻이 '서로 배우자'라는 의미가 아닐까. 남편을 바라보는 내 눈에는 오늘도 꿀이 뚝뚝 떨어진다.

엄마

놀이공원에 가는 일이 숙제라고?

아이들이 있다면 의례 한 번쯤은 방문하는 곳이 놀이공원이다. 초등학교 4학년, 2학년이 된 우리 아이들은 놀이공원에 가본 적이 없다. 부모가 여행보다 다른 일을 좋아하는 탓이다. 마음 한구석에 미안함과 부채감이 있었다. 한 번 가자, 하면서도 좀처럼 가지 못했던 것은 너무 더워서, 너무 추워서, 너무 바빠서, 너무 사람이 많아서였다.

우리는 어린이날을 하루 앞두고 우여곡절 끝에 가기로 결정을 내렸다. 코로나로 회사 직원들이 출근을 못 하게 되면서 5일의 연차를 내게 되었다. 매일 마음을 졸이며 검사를 했다. 놀이공원이냐, 학교냐에 대한 결정은 아빠의 컨디션에 달려 있었다.

당일 아침이 되자 아이들은 아빠에게 득달같이 달려갔다. "아빠, 몸은 괜찮으세요?" 아빠의 컨디션보다 놀이공원에 갈 수 있는지가 더 관심사다. 다행히 멀쩡하다는 답을 듣고 나서야 출발 준비를 하게 되었다.

나이가 들어가면서 남편은 번잡한 곳을 싫어했다. 장시간 운전과 주차난이 합쳐질 때는 한층 더 예민해졌다. 아니나 다를까 출근 시간과 맞물렸다. 도착이 지연된다는 내비게이션의 안내에 투덜대기 시작했다. 계획이 어긋난다는 사실이 못마땅한 것이다.

참고 있던 나도 불편한 심기를 기어이 드러냈다. 인생이 계획대로 되지 않을 때도 있고, 늦으면 늦은 대로 가면 되는 것이지. 처음으로 놀이공원에 간다고 설레는 아이들의 마음에 찬물을 끼얹냐고 했다.

남들이 알려주는 정보와 동선들이 편리하고, 시행착오를 줄여줄 수는 있다. 그것은 어디까지나 그 사람들의 경험일 뿐이다. 우리 가족은 우리만의 경험을 쌓고, 이야기를 만드는 것이다. 조급한 마음을 내려놓고 아이들의 마음에만 집중했으면 좋겠다.

마치 예전의 나를 보는 것 같았다. 같이 살다 보니 나는 느긋해지고, 남편은 예민해져 있었다. 잠자코 지켜보던 큰아이가 "아빠, 놀이공원 가는데 분위기 망치게 하지 마세요!"라며 한마디 쏘아붙였다. 당찬 아이의 말에 머쓱해진 남편은 옅은 미소를 지었다.

왜 모르겠는가? 나를 대신해 남편은 블로그를 검색하고, 놀이공원에 대한 동선을 조사했다. 그러면서 아이들이 좋아할 모습을 떠올리며 설레었을 것이다. 나름의 준비와 계획이 틀어지니 속상했을 것이다.

놀이공원에 도착해 보니 주차장은 남편의 걱정이 무색할 만큼 여유로웠다. 그리고 열심히 사전 조사를 한 남편 덕분에 알차게 즐길 수 있었다. 몸은 고되고 피곤해도 아이들에게 의미 있는 어린이날을 선물해준 것 같아서 행복했다.

돌아오는 차 안에서 남편은 "아빠는 숙제를 한 기분이라서 홀가분하네."라고 했다. 아이들에게 미안한 마음이 숙제 같았을 것이다. 그러나 아이들은 놀이공원에 가는 일이 왜 숙제냐고, 숙제는 집에서 하는 거라고 천진난만하게 웃으며 말했다.

사실 내게도 놀이공원은 숙제와 같은 장소다. 칠흑 같은 밤에 안면도 꽃게다리를 거의 울다시피 건넜던 우리 가족만의 유명한 에피소드가 있다. 겁이 없던 나는 놀이공원에서 죽을 수도 있겠다는 경험을 한 후 고소공포가 생겨

났다. 그런데도 아이들에게 첫 놀이공원에 대한 결락 없는 추억을 만들어 주고 싶었던 마음이 더 컸나 보다. 내가 엄마가 아니었다면 해낼 수 없는 일이다. 사랑으로 두려움을 상쇄시켜 엄마의 역할을 무사히 수행할 수 있었던 것을 보면 말이다.

"서후 아빠, 우리 아이들에게 좋은 추억 많이 만들어 주자. 운전하느라 고생 많았어!"

인성

엄마는 너희들의 서기(書記)라서 행복해

저녁 설거지를 하는 동안 잠깐 다른 생각에 빠졌다. 그러다가 그만 손에서 냄비 하나가 미끄러졌다. 떨어진 냄비는 바닥을 몇 번 튕겨가며 둔탁한 소음을 일으켰다. 나도 모르게 "아이고!"라는 혼잣말이 툭 튀어나왔다. 방에서 장난감을 가지고 놀던 아이들은 느닷없는 큰 소리에 놀라서 뛰어나왔다. 늘 부모를 향해 레이더를 작동 중인 아이들이다.

"엄마, 무슨 일이에요?"

"엄마, 괜찮으세요?"

"응. 괜찮아. 엄마가 냄비 하나를 떨어뜨렸어."

"다치진 않으셨어요?"

"응. 괜찮아."

"엄마, 다치지 않아서 정말 다행이에요!"

"어, 그래. 걱정해줘서 고마워. 그리고 놀라게 해서 미안해."

별일 아닌 일에 엄마를 걱정해주는 아이들의 말이 참 예쁘다. 엄마 때문에 놀랐을 아이들을 한 번씩 꼬옥 안아줬다. 그제야 안심하고 아이들은 다시 방으로 들어갔다. 서로의 인성에 마중물이 되어 주는 순간이었다. 그 모습을 소파에서 흐뭇하게 지켜보던 남편과 눈이 마주쳤다. 누가 먼저랄 것도 없이 입가에 미소가 번졌다.

"이쁘기도 해라!"

"그러게. 언제 이렇게 커서 엄마 걱정을 다 해주네."

엄마보다 훨씬 나은 녀석들이다. 무뚝뚝한 나한테서 어떻게 저런 아이들이 나왔을까 싶은 마음이다. 나한테는 없는 살가운 말 씨앗 주머니라도 가지고 있는 것 같다. 아이들 덕분에 있는 줄도 몰랐던 말랑말랑한 자의식이 가끔 발현되고 있다. 식구들 앞에서 능청스럽고도 요상한 애교를 꺼내 쓴다. 그럴 때는 천생 막내딸의 모습이다.

한 번은 학교폭력에 관한 강의를 듣고 있을 때였다. 옆에서 제 공부를 하고 있던 아들이 진지하게 물었다.

"엄마, 학교폭력은 왜 공부하는 거예요?"

"응. 엄마가 열심히 공부해서 우리 강아지들 지켜주려고."

"아…. 고마워요. 엄마 열심히 하세요!"

"어…. 그래!"

담백하게 말하는 아들의 대답에 순간 웃음이 났다. 짧은 대화 속에 뜻밖의 응원을 받으니 공부하는 내내 힘이 났다. 내 성격의 일부가 골고루 들어가 있는 아이들을 보면 기분이 묘하다. 나를 닮아 내향적이지만 필요할 때 적극성을 꺼내 쓰며 지적 호기심이 남다른 딸. 성실하지만 도전도 즐기며 사물을 분류하는 일에 진심인 아들은 영락없는 내 성격의 흔적들이다. 꼼꼼한 성격인 나는 아이들의 보물 같은 말들을 짤막하게 노트에다 기록했다. 그 순간이 지나가면 기억할 수 없는 말들이다. 기록하면서도 행복하고, 다시 읽으면서도 행복한 말들의 잔치다. 이다음에 아이들이 안 예쁜 말을 하거나, 힘들어할 때 보여줘야겠다. 얼마나 반짝반짝 빛나는 존재인지에 대해 잊지 않게 해주고 싶다. 오늘도 엄마는 아이들의 말을 기록하는 꼼꼼한 서기(書記)다.

건강

로망에 대한 비용

별다른 일 없이 안온하게 흘러가는 시간 속에 한 통의 전화가 걸려 왔다. 정기 검사의 결과가 나온 모양이었다. 간호사는 짐짓 심각한 목소리로 말했다. 호르몬 수치가 너무 높게 나왔다면서 가까운 시일 내에 진료의뢰서를 갖고 대학병원으로 가보라고 했다. 호르몬 수치가 높게 나왔다는 것은 뇌하수체에 문제가 생겼다는 것이란다.

'뇌하수체, 호르몬 수치, 진료의뢰서, 대학병원….' 도대체 무슨 말을 들은 건지 싶어 여러 번 되뇌었다.

병원을 예약하고 기다리는 시간은 한없이 더디기만 했다. '아이들은 어쩌지, 나는 어떻게 되는 거지….' 온갖 복잡다단한 감정들이 난무한 후에야 예약한 날이 되었다. 예상대로 뇌하수체 호르몬에 문제가 생긴 것 같다면서 MRI 검사, 시야 검사, 칵테일 검사(이름처럼 달콤하지 않다)를 진행했다. 2017년 2월, 나는 뇌하수체 미세선종이라는 진단을 받고 희귀·난치성 질환자가 되었다.

학창 시절 작열하는 태양 아래 월요일 아침마다 운동장에서 교장 선생님의 길고 긴 훈화를 듣고 있노라면 어딘가에서 한 명쯤 픽픽 쓰러졌다. 지루한 훈화를 그만 들을 수 있는 특권을 모두 부럽게 바라봤다. 하이틴 영화에서는 비련의 여주인공들이 등장했다. '뇌종양'이라는 병명이 청순가련의 상징처럼 여겨졌다. 철없던 시절 '뇌종양'에 대한 로망을 품었던 비용이라 치부하기에는 너무나 가혹했다.

뇌하수체 미세선종은 1㎝가 넘으면 수술, 이하일 경우에는 약물치료로 진행된다. 다행히 나는 약물치료에 해당한다. 주기적으로 선종의 변화나 호르몬의 수치를 계속 관찰하는 중이다. 그러나 약의 부작용으로 멀미하듯 널 뛰는 속을 달래는 게 쉽지만은 않았다. 언제부터인가 정성껏 챙겨 먹던 약을 속이 불편하다는 이유로 드문드문 먹게 되었다. 그렇게 일상에서 희귀·난치성 질환자라는 사실을 조금씩 잊어 가고 있었다.

오래 먹고 있던 약 때문인지, 불규칙한 식사 때문인지 위가 점점 안 좋아졌다. 급한 대로 동네 병원의 약을 먹었다. 내가 아플 때는 아이들의 불안이 같이 자란다. 특히 딸아이는 엄마가 잘 못 될까 봐 눈물을 왈칵 쏟아냈다. 내 잘못이다. 자신을 돌보지 않아서 비롯된 결과다. 아이의 눈물은 속이 아픈 것보다 더 마음을 아리게 했다. 우는 아이를 다독이며 불안을 위로했다.

"괜찮아. 아프면 병원에 가서 약 먹으면 괜찮아지니까 너무 걱정 안 해도 돼."

"엄마 아프면 나 무서워."

"미안해…. 엄마가 무섭게 만들어서…. 사람이 살다가 어떻게 안 아프고 살아? 그러니까 아플 때는 병원에도 가는 거고. 괜찮아. 엄마는 소유 옆에 오래오래 있을 테니…."

"병원에서도 못 고치는 병도 있잖아…. 난 엄마가 너무 좋단 말이야. 그러니까 아프지 마!"

못 고치는 병도 있다는 말에 웃음도 나고, 슬며시 걱정도 됐다. 내친김에 그날 바로 병원에 다녀왔다. 아이의 불안과 내 불안을 함께 털어내며 아프지 않기로 약속했다. 나의 새로운 로망은 아이들 곁에 오래 있어 주는 일이다. 로망에 대한 비용으로 자신을 알뜰히 보살피는 시간을 내기로 한다. 다시는 엄마 걱정에 아이들이 울지 않도록.

지성

|

아무튼, 도서관
(모든 질문에 대한 답은 도서관에 있다)

아이들을 등교시키고 난 후 집으로 발길을 옮긴다. 잠깐 다른 생각을 하는 사이 이미 도서관 쪽으로 길을 건너고 있다. 별다른 볼 일이 있는 것도 아닌데 몸이 먼저 반응하는 것이다. 이른 시간이라 불도 안 켜진 도서관에는 이용객이 몇 없다. 바스락바스락 소리를 내며 직원들의 책 정리가 한창이다. 신간 도서들을 훑어보고 마음에 드는 책들을 추려서 늘 앉던 자리 위에 쌓는다. 고요한 가운데 움직임이 있는 정중동(靜中動)의 시간을 보낸다.

도서관을 다니기 시작한 게 6년쯤 되는 것 같다. 빌린 책들을 소독기에 5분 정도 돌리고 난 후, 집에 와서는 물티슈로 깨끗하게 닦아낸다. 여러 곳을 다닌 책들이다 보니 나름의 의식처럼 필수의 공정을 거친다. 책 수선가 마냥 그렇게 도서관의 책들을 닦는 사람이 되었다. 빌려 온 책 중에서 소장의 욕구가 차오를 때는 기꺼이 기회비용을 감당한다. 요란한 독시 습벽과 편력으로 인해 책은 늘 구매해서 읽었다. 도서관 책으로는 몰입도가 떨어져 근질근질했다. 마치 시한부 연애를 하는 기분이었다. 늘 책을 읽을 때는 문장을 수집하고, 밑줄도 긋고, 한 귀퉁이에 메모를 남겼다. 작가에게 연애편지를 쓰듯 메일을 보내기도 했다. 그로 인해 책에 대한 비용은 '제2 엥겔계수'(책을 전분으로 치환한 심혜경 작가님의 표현법)를 높이는 요인이 되었다. 어쩔 수 없이 비용과 공간 점령(책들이 사는 집), 이사 문제 등 욕망과 현실 사이에서 도서관이라는 차선책을 택했다.

누군가는 도서관을 '지식이 고요하게 잠자고 있는 곳'이라고 표현했다. 나에게는 모든 질문에 대한 답을 주는 기버(Giver)들이 있는 곳이자, 다양한 애인들이 말을 건네주는 곳이다. 어떤 애인과는 썸만 타고 어떤 애인과는 열정적인 연애를 한다. 『뼛속까지 내려가서 써라』의 저자 나탈리 골드버그도 "작가는 위대한 애인이다."라고 말하지 않았던가!

최근 도서관에서 데려온 청년과 목하 열애 중이다. 화들짝 놀랄 필요는 없다. 짐작했겠지만 책과 인연을 쌓고 연애 중이라는 말이다. 변방의 아줌마가 할 수 있는 합법적 외도인 셈이다. 서로 연애하자고 보채서 일 년 치 북 큐레이션이라도 해야 할 상황이다. 이 죽일 놈의 인기는 어쩔(책에 한정된 인기). 책과의 열렬한 연애 덕분에 내가 자란다. 청년 작가가 새벽마다 말을 건넨다. 그러니 다른 애인에게 '당분간 문어발은 곤란하니 정중히 사양하겠다.'라고 쿨하게 말하고 싶다. 그러나 이미 도서관에서 다른 책들을 데리고 온 상태다. 책에 대한 결핍을 '독서열'이라는 에너지로 변환해 사용하고 있다. 나의 애인들은 나를 매일 성장시켜주는 필수 영양소 같은 역할을 한다.

한때는 '서재 결혼시키기'라는 나름의 원대한 로망도 있었다. 남편이 신혼집에 들고 온 책은 달랑 세 권이었다. 그 책들은 정리 대상에서 열외다. 어쩌면 유산으로 남길지도. 그동안 열심히 모이를 나르는 어미 새처럼 아이들이 읽을 책들을 카트에 실어 날랐다. 최근에는 아이들 스스로 책을 고르는 즐거움과 훈련이 필요하다는 생각이 들어서 매주 금요일에는 셋이서 도서관에 간다. 읽고 싶은 책은 가득한데 낼 수 있는 시간은 한정되어 있다. 잔뜩 쌓아놓고 책에만 몰입할 수 있는 시간은 아이들이 다 컸을 때나 가능하겠지. 아무튼, 도서관! 오늘도 나는, 내가 읽은 책만큼 성장하는 호모 부커스(책 읽는 사람)다.

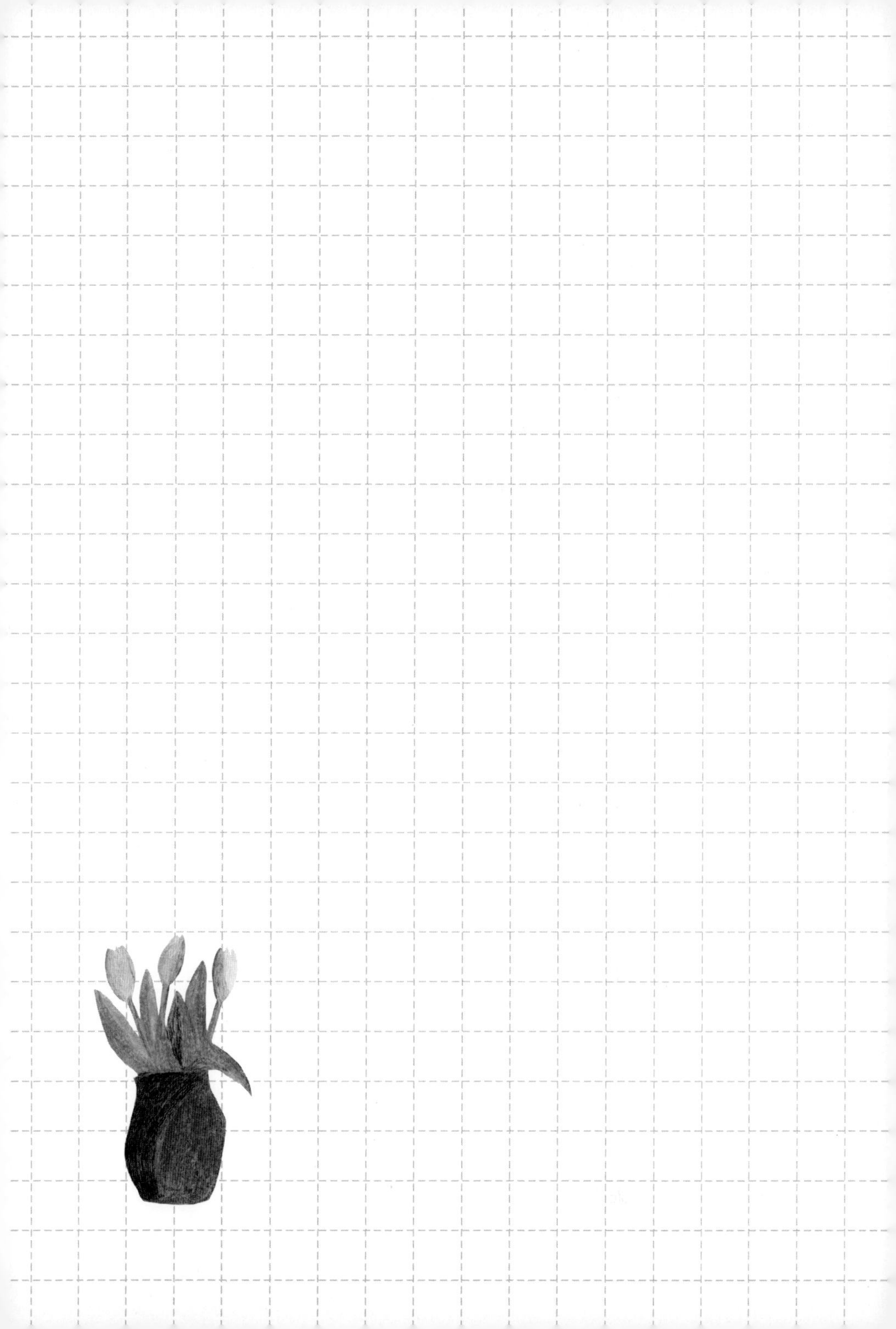

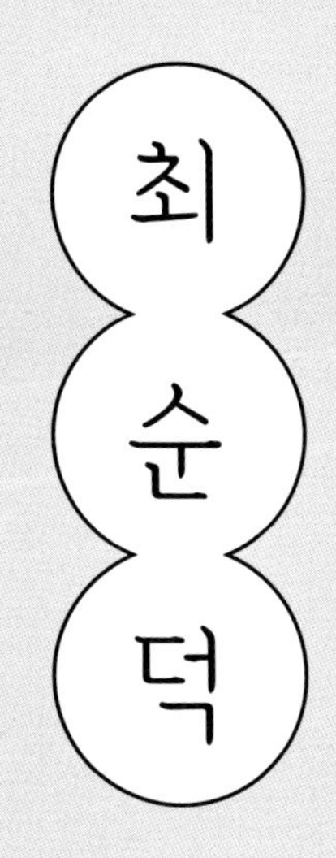

▶▶▶ 42년 동안 직장인으로 지내오면서 집안 일 보다는 회사일을 우선으로 살아왔다. 힘들었던 워킹맘의 시절을 보내고 나니 지난 일들이 이제는 추억이 되었다. 지난날을 회상하며 글을 쓰고 나를 돌아보는 좋은 기회가 된 것 같다. 현재를 감사할 수 있는 마음이 가득하게 생기는 것을 보니 공저 참여를 참 잘한 일이라고 생각이 든다. 직장생활 은퇴를 앞두고 일상을 되돌아볼 수 있었고, 3040 주부들과 나눌 수 있어서 너무 행복한 순간이다. 육아 및 자녀 교육을 졸업한 선배 주부로서 5060이 되면 오롯이 나를 위한 삶을 살 수 있다는 희망을 전하고 싶다.

블로그 https://blog.naver.com/m890126

밥

부담과 행복이 공존한 밥하기

'집안일 할 사람, 바깥일 할 사람' 선택의 순간이 필요한 시절이 있었다. 농사짓는 시골에서 태어난 나는 농사철이 되면 선택해야만 했다. 집안일이라고 하면 청소, 빨래, 밥 짓기가 모두 포함되었다. 나머지 가족들은 들에 나가 농사일해야 하기 때문이다. 뙤약볕이 강한 여름에는 솔직히 밖에 나가는 것보다 집안일 하는 게 더 수월했다. 대가족의 밥을 하는 일도 쉬운 일은 아니었다. 밥 짓는 것은 어렵지 않지만, 반찬 만들기는 항상 부담스러웠다.

초등학교 때부터 밥 짓기를 할 줄 알았다. 그것도 동네 우물가에서 물을 길어다가 쌀을 씻고 밥을 했었다. 연탄불도 없었고, 전기밥솥도 없었던 때였다. 미리 해놓은 보리밥을 밑으로 깔고 쌀을 한 줌 씻어 살짝 올리고, 물을 손등으로 맞춘 나음 뚜껑을 닫고 불을 지핀다. 아궁이에 불쏘시개로 사용하는 솔잎에 성냥개비로 불을 지피는데 여러 번 실패한다. 불쏘시게에 불이 붙으면 장작 나무를 넣고 모닥불처럼 태운다. 밥이 다 되기 전까지 불의 강도를 잘 조절해야만 맛있는 밥이 완성된다.

초등학교 시절부터 중학교 시절까지는 밥상 차리는 일이 전적으로 내 몫은 아니었다. 밥하는데 도우미로 옆에서 불 지피고, 반찬 하는데 텃밭에서 상추, 오이, 가지 등을 따다가 씻는 정도였다. 반찬의 완성은 엄마가 하셨기 때문이다. 할아버지를 모시고 살았기에 엄마는 항상 국을 빼놓지 않고 끓이셨다. 광주에서 고등학교에 다니면서부터 혼자서 밥과 반찬을 해 먹어야 했다. 오래도록 두고 먹을 수 있는 반찬은 엄마가 해 주신 김치, 된장, 고추장이 전부였다. 학교에서 급식하지 않는 시절이라 도시락 반찬은 직접 만들어 싸가야 했다.

자췻집 주변에 재래시장이 있어서 손쉬운 어묵 반찬을 싸가는 일이 허다했다. 매일 도시락 반찬이 걱정되었다. 집에서는 김치나 된장국을 끓여 먹는 정도였지만, 학교 도시락 반찬은 참 어려운 숙제였다. 지금은 돈으로 다 살 수 있는 때이지만 그때는 반찬가게도 거의 없었고, 사서 먹을 돈도 부족했다. 3년 동안 도시락 반찬을 어떻게 만들어 싸서 다녔는지…. 참 힘들었던 시절이었다.

결혼하고 집안 살림을 도맡아서 해야 하는 때에도 밥하기는 필수였다. 점심은 직장에서 먹기 때문에 아침과 저녁은 항상 밥을 해야 했다. 더욱이 자녀들을 위해서 밥을 하는 것은 너무나 당연했다. 내가 해준 반찬에 밥을 잘 먹어주면 그게 최고의 행복이었다. 다행히 남편은 반찬 타박이 전혀 없었다. 지금도 마찬가지이다. 무슨 반찬이든 아무거나 잘 먹어준다. 어쩌면 내가 반찬 솜씨가 늘지 않는 이유일 수도 있다.

가끔 둘째 딸이 엄마표 반찬을 먹고 싶다고 말한다. 어쩌다 내가 만들어준 반찬을 맛있게 먹어주면 참으로 행복하다. 아이들 어렸을 때 밥해 먹이느라고 힘들었던 일들은 기억 속에서 사라졌다. 지금은 가족이 함께 먹을 수 있는 시간이 많지 않아 내가 해준 밥을 같이 먹어 주는 것이 행복한 일이 되었다.

설거지에서 찾는 행복감

어버이날 저녁 시간이었다. 둘째 딸이 엄마, 아빠 좋아하는 요리를 해주겠다며 주문하라고 했다. 평소에 잘 못 먹은 회를 먹고 싶어서 일식집에 가자고 했더니 그냥 집에서 먹자고 했다. 교회 다녀와서 집에 있었더니 회를 사서 오고, 매운탕감을 사서 왔다. 매운탕을 끓이고 일식집에서 나오는 콘치즈를 만들어 상을 차려줬다. 후식으로 케이크까지 준비해줘서 맛있게 먹었다. 그런데 먹고 난 이후가 문제였다. 설거지할 그릇이 너무 많았다. 효도하려면 끝까지 해야 하는데 상차림으로 끝냈다. 설거지는 못 하겠다고 두 손 들었다. 가장 하기 싫은 게 음식 만드는 것보다 설거지하는 것이라고 했다. 하기야 평소에 본인이 먹은 설거지도 안 하고 다니는데 할 리가 만무했다. 결국, 아빠 차지였다.

시댁, 친정 가족 모임에 갈 때마다 난 설거지를 도맡아서 하곤 했다. 모두가 가장 하기 싫어하는 일이지만 어떤 면에서는 가장 쉬운 일이기도 하다. 설거지가 궂은일이라고 여기는 주부들도 많지만 나는 음식 만드는 것보다 설거지하는 것이 편하기 때문이다. 설거지하고 나면 마음이 개운하다. 모든 일을 마무리하는 듯한 느낌이어서 기분이 좋아진다.

그러나 가끔 저녁 먹고 나면 설거지하기가 싫어진다. 개수대에 설거짓감을 담가놓고 TV 드라마를 보게 된다. 이럴 때 남편이 설거지해주곤 한다. 아이들이 어렸을 때는 도와주지 않았는데 나이 들수록 부엌일도 도와주려고 애쓴다. 예전에 미처 느끼지 못했던 편안함이 다가온다. 식사 준비는 내가 하지만, 설거지는 남편이 많이 도와주고 있다.

아이들을 키우면서 모든 집안일을 도맡아 했던 지난날들이 회상된다. 설거지를 못 한 채 출근한 적이 많았다. 저녁에 퇴근해 돌아와서 개수대에 가득 찬 설거짓감을 보면 피곤이 더해지곤 했다. 괜스레 가족들에게 화를 내기도 하고 짜증을 내기도 했었다. 죄 없는 가족들에게 직장에서의 스트레스를 풀었던 기억이 나서 아이들과 남편에게 미안한 마음이 가득하다.

설거지가 뭐라고! 까짓것 조금만 수고하면 되는 건데 그때는 마음도, 시간도 너무 여유가 없었다. 워킹맘으로 사는 일은 쉽지 않았다. '나'라는 존재는 잊어야 했다. 아니 생각할 겨를도 없었다. 지금 와서 생각하면 어떻게 살았는지 도무지 그때 상황이 그려지지 않는다. 그러나 사람은 변화에 잘 적응하는 것 같다. 어떤 상황이든 닥치면 이겨내고 살아내는 것 같다. 지금은 설거지에 스트레스 받지 않는다. 하기 싫을 때 남편이 도와주기도 하니까 부담도 없다. 설거지는 청소와 마찬가지로 개운함을 주는 일이다.

빨래

빨래 일꾼 고마운 세탁기

세탁기 위에 빨래 바구니를 올려놓고 산다. 빨래 바구니가 넘쳐난다 싶으면 세탁기를 돌리게 된다. 딸이 교환학생으로 독일에 가 있는 동안에는 일주일에 한 번이면 충분했다. 딸이 온 이후로는 일주일 두 번은 기본, 어떤 때는 세 번을 해야만 한다. 한 명의 식구가 늘고 줄고에 따라 빨래하는 횟수가 증감되는 것 같다. 항상 내 몫으로만 여겨왔던 빨래가 언젠가부터는 남편과 공동의 몫이 되었다. 남편이 나이를 먹어가면서부터 집안일에 더 신경 쓰기 시작했고, 분담을 잘하게 되었다.

워킹맘으로 분주하게 살았던 30여 년 전에는 남편이 빨래에 대해서는 조금도 신경 쓰지 않았다. 그 시절에는 빨래가 왜 여자들의 전유물이었을까? 밥하는 일 외에 빨래하는 일은 더 하기 힘든 일이었다. 아이들 어렸을 때는 매일 옷을 갈아입혀야 하고 빨래는 거의 날마다 해야 했었다. 아이들 옷은 손빨래하는 경우가 더 많았다. 맞벌이하는 입장에서 여자들은 집안일에 대한 부담까지 너무 컸다. 참 힘들었던 과거가 뇌리를 스치고 지나간다.

아이들 어렸을 때 빨래에 대한 부담감은 이루 말할 수 없었다. 첫 아이 때는 천 기저귀를 많이 사용하게 되었다. 똥 기저귀 빠는 일은 고역이었다. 똥은 변기에 버리고 똥 자국은 비누로 빨아도 잘 지워지지 않으므로 삶아야 한다. 삶아서 세탁기에 탈수하여 널게 된다. 하얀 기저귀가 마르면 사용하기 편하게 잘 개어둔다. 천 기저귀는 빨기는 힘들지만 깨끗하게 빨아서 마른 기저귀를 아이에게 채워줄 때는 기분이 참 좋다.

어린 시절 세탁기 없었던 때에 이불 빨래, 솜옷 빨래를 하셨던 엄마를 생각해본다. 뜨거운 물을 주전자에 담아 냇가에서 얼음을 깨 가며 빨래하셨다. 어린 시절 나도 함께했던 기억이 난다. 손이 시려 빨갛게 달아오를 정도로 (고무장갑이 없었던 때) 힘들게 빨래하며 살아오셨다. 그것에 비하면 오늘날 빨래하는 일은 너무나 쉬운 일이 되었다. 모든 것이 옛날에 비하면 훨씬 발전된 모습이겠지만, 여자들에게만 주어진 일이라고 생각하면 좀 화가 난다. 예전에 엄마들은 바깥일(농사일)도 같이 하면서 집안일도 독차지했었다. 그런 사고방식이 너무나도 당연하게만 여겨졌던 시절이었다.

지난 시간을 돌이켜 보니 감사함을 갖게 된다. 세탁기 없이 힘들게 손빨래했던 어린 시절과 자취생활로 인해 혼자 빨래했던 시절, 그리고 결혼 후 아이들이 성장하기 전까지 혼자 빨래했던 시절과 비교하면 지금은 천국이나 다름없다. 남편이 빨래하는 일에 동참하기 때문에 요즘은 빨래가 덜 힘들게 느껴진다. 더 바람이 있다면 건조기를 구입해서 일일이 널지 않고 바로 개서 넣을 수 있었으면 한다. 세탁기를 교체하는 시기에는 반드시 건조기와 함께 구입하리라 다짐한다. 빨래를 더 수월하게 하고, 빨래하는데 소요되는 시간을 단축하여 나를 위한 시간으로 사용할 수 있도록 말이다.

힘들었던 시기, 아무도 알아주지 않았던 시기를 잘 견디고 나니 행복한 날이 찾아왔다.

청소

즐겁게 청소하기

막내 여동생은 청소가 일상이었다. 어렸을 때 시골집에서 항상 오후 4시쯤이면 방 청소를 했다. 동생은 어떤 일로 혼이 나서 울면서도 청소는 빠짐없이 했다. 빗자루로 쓸고 걸레를 빨아서 방 세 개와 마루를 윤이 나도록 닦아냈다. 아마도 무릎이 아주 아팠을 텐데 쉼 없이 청소했다. 몸에 습관처럼 배어서일까? 보통의 사람 같으면 집에서 혼이 났거나 몸이 아프면 청소를 내팽개칠 텐데 막내 여동생은 달랐다. 청소를 본인이 반드시 해야 할 천직처럼 여겼다.

어렸을 적에 빗자루로 깨끗하게 부엌을 쓸고, 마당을 쓸기도 했다. 흙으로 된 마당이고 부엌이었기에 먼지가 났다. 먼저 물을 뿌리고 빗자루로 쓸면 먼지가 덜 나타난다. 깨끗해진 자리를 쳐다보면 너무 기분이 좋았다. 그 모습이 눈에 선하게 그려진다.

청소 전후가 확연하게 비교가 될 때는 청소를 하고 난 이후 즐거움을 더 느끼게 된다. 어느 날 시누이가 홈쇼핑에서 산 로봇 청소기를 주셨다. 침대 밑 구석구석까지 청소가 가능하다고 하여 가져왔다. 처음에 한두 번은 신기하기도 하고 편해 보였다. 그 이후 고장 나서 애물단지가 되었다. 로봇 청소기가 좋을 때도 있지만 내가 직접 움직이며 하는 것이 좋았다. 창문을 열고 환기를 시킨 다음 청소기로 이 방 저 방 돌아다니며 청소할 때는 힘들다는 생각보다 주변이 깨끗해지는 즐거움이 더 컸다.

눈에 보이는 곳은 청소한다고 하지만, 제일 심란한 곳은 옷장 청소(정리)이다. 옷장 정리를 청소의 영역으로 분류하고 싶다. 쉬는 날 큰맘 먹고 해야 하는 일이기 때문이다. 철이 바뀔 때 어쩔 수 없이 옷을 꺼내 입어야 하니까 정리도 하고, 청소도 하게 된다. 직장 다닌다는 핑계로 잘못하고 있다. 이사를 해야 온전히 치워진다. 가장 미루기 쉬운 곳이 옷장 청소(정리)이다. 안 입은 옷은 과감하게 버려야 하는데 한 번 더 입을 것 같아 버리지 못하고 또 한 해를 넘기는 경우가 허다하다. 정리 정돈을 잘하지 못하는 관계로 집에 사람을 초대하지 않는다. 스스로 정리가 안 되었다고 생각하니까 외부인에게 보여주기가 싫다.

교회에서 가가호호 방문하여 제자 훈련하는 때가 있었다. 우리 집에 해당하는 날에는 꼭 휴가를 내서 대청소하곤 했다. 최소한의 예의를 갖춰야 한다는 생각이었다. 평소에 잘하고 살면 특별히 대청소할 필요 없다. 이제부터는 잘 치우고 살아야지 하다가도 또 시간이 지나면 똑같은 상황이 되고 만다. 청소하는 습관, 정리하는 습관이 들여지지 않아서이다. 청소하고, 정리하고 나면 기분도 좋고 성취감으로 인해 즐거움이 가득한데 잘 안된다. 애들 어린 시절이야 바빠서 그렇다 치더라도 지금은 충분히 시간이 되는데도 게으름이 발목을 잡고 만다. 청소 후에 주변의 깨끗한 환경을 생각하며 즐겁게 청소하자 다짐해본다.

나

|

평생 교육이 필요한 나

'지피지기'라는 말을 많이 들었다. 이제는 '지기지피'가 더 타당한 말이라고 한다. 상대를 아는 것보다, 먼저 자신을 알고 자신의 부족함을 느끼며 상대를 아는 것에 집중해야 서로 윈윈 할 수 있는 관계가 된다고 한다. 성경에도 "어찌하여 형제의 눈 속에 있는 티는 보고 네 눈 속에 있는 들보는 깨닫지 못하느냐?"(마태복음 7장 3절)라는 말씀이 있다. 나를 알고자 하는 노력보다 타인을 알려고 하는 시간에 더 집중했다. 상대의 마음을 헤아려서 타인으로부터 좋은 말만 듣고 싶어 하는 마음이 강했기 때문이다.

착한 사람, 좋은 사람이라는 말을 듣고 사는 것이 옳다고 인식하며 살았다. 어린 시절 가정에서는 부모님 말씀을, 학교에서는 선생님들의 말씀을 잘 듣는 것이 정답이라고 여겼다. 성인이 되어 직장생활, 교회생활, 사회생활을 하면서 착한 사람, 좋은 사람이 되고자만 노력했다. '나'라는 존재의 감정 따위는 중요치 않은 시절을 지냈다. 시간이 지나서 지금에 와 보니 '나'라는 존재는 온데간데없고 '나 아닌 다른 나(페르소나)'가 존재하는 것 같다. 예전에는 모른 상태에서 그렇게 살아왔다면, 지금은 알면서도 여전히 그렇게 살고 있다.

나는 어떤 사람인가? 무엇을 추구하며 사는가? 어떤 가치관이 있는가?

나를 소개하라고 하면 지극히 현실적인 모습만 나타낼 수 있는 사람이다. 나를 표현해내지 못한다. 나를 사랑하지 못한 결과일까? 그저 주어진 위치에서 나의 역할을 수동적으로 해왔다. 가끔 딸이 엄마 뭐 하고 있어? 엄마 뭐 먹고 싶어? 엄마 어디 가고 싶어? 엄마 하고 싶은 일이 뭐야? 엄마는 무슨 책 좋아해? 엄마는 뭐 할 때 가장 행복해? 등의 질문을 하면 똑 부러지게 답변을 못 한다. 내면의 나를 알려고 하지 않고 내 삶을 주도적으로 살아보지 못했기 때문이다.

항상 나에 대해 결핍을 느끼고 산다. 그래서 항상 배움에 갈증을 느낀다. 고교 졸업 전 바로 직장생활을 시작했기에 대학 공부를 하고 싶어서 방송통신대, 사이버대학 등에 문을 두드렸다. 죽어라 열심히 한 것은 아니다. 그렇게 대학을 마치고 또 대학원의 기회를 얻어 석사를 마쳤다. 계속 자격증 공부를 한다. 중도 포기한 것도 많고 열매를 거둔 것도 있다. 배움에 대한 갈증이나 결핍에 대해 허전함을 계속 채우려고 한다. 꾸준한 평생 교육이 필요한 사람으로 살아가야 할 것 같다. 한 가지 전문성을 기를 수 있도록 고도의 몰입상태가 되어야 하는데 겉핥기식으로 공부하기에 정체성이 혼란스럽다.

직장인으로 42년을 한 곳에서 일해 왔다. 이제는 인생 2막을 준비해야 하는 시점이다. '나답게' 살아가야 한다. 직장에서 미래의 잔고는 6개월이다. 노년의 미래는 예측할 수 없지만, 최소 20년은 될 것이다. 향후 20년을 나답게 살아야 한다. 지난 60년간을 수고한 나를 위로하고 싶다. 내 마음도 내가 알아주어야 하고 내가 가장 고마워해야 할 존재도 바로 나여야 한다는 글을 읽은 적 있다. 깊이 공감이 된다. 내가 좋아하는 것을 찾아 나를 위해 투자하며 살아가려 한다. 북 카페에서 커피 한 잔에 책 한 권을 읽는다면 더할 나위 없이 행복감을 느끼는 내가 좋은 요즘이다.

딸

|

아쉬움 많은 딸 노릇

2016년 4월 13일 총선이 있는 날, 엄마는 150일의 긴 병상에서 일어나지 못하고 하늘나라에 가셨다. 병원에서 임종을 지켜보는 동안 아쉬웠던 일들만 주마등처럼 지나갔다. 전남대병원에서 조금만 더 일찍 모셔서 왔더라면 치료가 잘 되었을 텐데, 딸이 이곳 병원에 있으면서도 서두르지 못했던 것이 못내 아쉽다. 더 이상 고통받지 않으시고 하늘나라 가셨다는 데에 대해서는 안도감이 들기도 했다. 엄마는 젊었을 때부터 건강한 몸이 아니어서 항상 불안했다. 전화할 때마다 목소리로 엄마의 상태를 파악했었다.

직장 초년생 때는 바쁘다는 핑계로 엄마를 모시고 여행을 못 다녔고, 결혼한 이후에는 친정 부모님보다는 아이들 챙기는 일이 더 시급했다. 아버지께도 미안한 마음이 가득하다. 평생 고생만 하시고 해외여행 한번 못하시고 떠나셨다. 삶의 여유가 있었다면 부모님 모시고 다니면서 이곳저곳 구경시켜드렸을 텐데…. 다른 어떤 것보다 여행을 못 시켜 드린 게 아쉽다. 직장에 얽매여 있다 보니 부모님을 보살펴 드릴 시간이 없었다. 이제 시간의 여유가 생기는데 부모님은 안 계신다. 기회가 항상 있는 것은 아닌데 나중에 퇴직하면 부모님 모시고 여행 다녀야지 했다. 바쁘게만 살아온 지난날을 생각하면 눈물이 하염없이 나온다.

큰딸로 태어나서 부모의 사랑을 듬뿍 받았고, 고모들의 사랑도 많이 받고 자랐다. 한편으로는 큰딸로서 어깨가 무거웠다. 부모님의 마음을 온전히 헤아려야 하는 자리이기 때문이다. 부모님이 고생하신 모습을 보고 자랐기에 딸로서 무엇을 어떻게 해야 하는지를 너무 잘 알고 있었다. 일찌감치 대학을 포기하고 취업전선에 뛰어든 이유도 그렇다. 얼른 돈을 벌어서 부모님을 돕고 싶었다. TV도 사드리고, 세탁기도 사드리고, 전기밥솥도 사드리고, 가정에서 생활에 필요한 물품들을 사드리고 싶은 마음이 컸다. 부모님이 사시는 집에 필요한 것을 사드리는 것이 가장 큰 기쁨이었다. 명절 때나 생신 때, 그리고 어버이날 등 기념일 때는 꼭 옷과 신발을 사드리곤 했다.

내가 아무리 애를 썼어도, 부모님께 항상 죄송한 마음과 아쉬움은 크다. 직장 다닌다는 핑계로 한 번도 내 손으로 부모님께 음식을 대접해 드리지 못했기 때문이다. 어쩌다 집에 오시면 밖에 나가 음식을 사드리는 정도였다. 부모님이 잘 드시는 음식을 내 손으로 직접 만들어 드리지 못했던 것이 가슴에 한이 맺힌 듯, 생각하면 눈물만 난다. 특히 아버지께는 술 드신다고 싫어했고 엄마 고생시킨다고 싫어했다. 딸이어서인지 아버지의 마음을 조금도 헤아리지 못했다. 아버지께서 술 드시는 이유를 알아볼 생각도 안 했다. 술 한번 사드리지 않았다. 술 드시는 일로 엄마를 힘들게 해서 항상 엄마 편에서만 있었다. 세상사는 재미를 모르고 돌아가셨다는 생각에 죄송한 마음이 더욱 크다. 지금은 아버지를 알 것 같다. 그래서 더욱 죄송하다. 엄마한테는 아버지 돌아가신 이후 아버지께 못다 한 효도 하려고 매일 아침 전화로 안부 인사드리고 자주 찾아뵈려고 했다. 엄마께도 딸 노릇을 다 못한 것이 못내 아쉽다.

> 엄마, 아버지!
> 제 손으로 직접 만들어 식사 한 번 대접해 드리지 못해 죄송해요.
> 해외여행 한 번 시켜 드리지 못해 죄송해요.
> 아버지 마음 헤아리지 못해 죄송해요.

아내

행복한 아내로 살기

여자로 태어나서 딸로, 아내로, 며느리로, 엄마로 사는 것은 쉬운 일이 아니다. 남자들의 역할보다 몇 배나 더 힘든 일이라고 생각된다. 내가 결혼할 당시는 결혼은 필수였고 나이가 들면 부모님들이 결혼하라고 야단이셨다. 서른한 살에 결혼했으니 다른 사람들에 비해 늦은 편이었다. 부모님이 걱정을 많이 하셨다. 결혼할 나이에 지방에서 서울로 직장을 옮기는 일이 있어서 더욱 늦어졌다.

아내로 사는 역할을 점수로 환산하면 몇 점이나 될까? 나에게 아내로서 점수를 준다면 80점을 주고 싶다. 남편이 몇 점으로 판단하던, 시댁 식구들이 어떻게 판단하던, 나는 스스로 평가하고 싶다. 신혼 때는 반찬도 만들고, 국도 끓이고, 집 인 청소, 빨래 모두 거의 도맡아 했었다. 아내로서 남편의 식사를 나름 잘 챙겼다. (물론 내 생각이지만) 벌써 30년이 지나서 기억 속에 사라져간 일들이 많다. 서로 다른 환경 속에서 살아온 남남이 부부가 되어 좋은 아내, 좋은 남편으로 사는 것이 당연하지는 않다.

남편이 원하는 것을 모두 다 순종적으로 들어주고, 남편을 위해 자식에게 희생하듯이 하는 것이 아내의 역할은 아니라고 생각한다. 남편이 필요로 한 것, 남편에게 좋은 것, 남편이 좋아할 것, 남편의 미래에 도움이 될 것 등에 관심과 사랑을 가지는 것이 아내로서의 나의 방식이다. 물론 남편의 마음을 헤아려 주는 것 또한 포함된다. 맞벌이하고 있었던 터라, 나에게 맛있는 반찬을 요구하지도 않았고, 해준 대로 잘 먹었다. 둘째 아이를 낳고 난 이후부터는 와이셔츠도 직접 다려 입었다. 남편이 할 수 있는 일은 스스로 알아서 했다.

아내 역할을 잘했다고 생각하는 부분은 남편이 미처 생각하지 못했던 가족 애경사를 챙기는 일이었다. 시댁 식구를 챙기라는 소리를 한 번도 듣지 못했으니까…. 그때그때 알아서 내가 챙겼다. 남편이 오히려 만류하거나 금액이나 횟수를 줄이도록 한 적은 있었다. 친구들이나 동생들에게 남편의 흉을 보거나 남편을 무시한 적도 한번 없었다. 있는 그대로를 인정하려고 노력했다. 용기와 위로가 필요할 때 진심으로 표현했다. 남편이 그렇게 느꼈을지는 잘 모르지만, 최대한 남편을 존중하며 살아왔다. 지금도 마찬가지이다.

부부가 살아가면서 다툼은 있게 마련이다. 나 역시도 하찮은 것으로 말다툼한 적이 많았다. 항상 내가 먼저 사과하는 편이었다. 아이들에게 멋진 아빠로 살아가기를 바라는 마음이 컸다. 지금은 싸울 일이 거의 없다. 애들이 성장하고 부모님들이 돌아가시고 웬만한 것은 서로 이해하고 넘어갈 수 있는 연륜이 되어서이다. 남편이 집안일을 너무 잘 도와주는 부분도 크다.

지금은 행복한 아내로 살아갈 수 있어서 행복하다. 서로에게 많은 것을 바라지 않고 그냥 있는 그대로 인정해 주고 사랑하는 마음과 존중하는 마음을 유지하고 있다. 서로에게 부담스러운 존재가 아니라 파트너로 협력 관계가 된 것 같다. 이렇게 행복한 아내로 살아갈 수 있음이 참 감사하다.

엄마

|

친구 같은 엄마로 살아보기

'엄마'라는 이름을 이제 부를 수가 없다. 엄마라는 단어만 생각하면 서러움이 가슴속에 복받친다. 나이가 들어 내가 엄마가 되었음에도 엄마를 그리워하게 된다. 세상에서 가장 포근한 단어가 엄마라고 생각된다. 고등학교 때부터 엄마랑 떨어져 살아서인지 엄마랑 추억 쌓기를 많이 못 했다. 다정다감하게 많은 이야기도 나누지 못했다. 그래도 엄마가 그립고 좋다.

서른한 살 마지막 날 엄마가 되었다. 엄마의 조건이 무엇인지도 모르는 채 엄마 역할을 맞이했다. 직장생활 후 처음 출산휴가로 30일 동안 쉬게 되었다. 집에서 쉬는 동안 온통 아이의 일거수일투족에만 집중하였다. 젖먹이는 시간, 양, 대소변 배출 시간과 양까지 기재해가며 초보 엄마 역할을 했던 기억이 난다. 갓난이이 다루는 것이 너무 조심스러웠다. 가장 힘든 것이 젖먹이고 난 후 트림시키는 일이었다. 과감하게 행동하지 못했다. 지금은 기억이 가물가물하다. 아기 때 엄마의 역할은 그야말로 무조건적인 헌신과 희생이었다.

큰딸과 여섯 살 차이가 난 둘째 딸이 있다. 워킹맘으로 아이 키우기가 쉽지 않아 큰딸 하나만 키우려 했는데 시댁 형님의 권유로 둘째를 낳게 되었다. 그때까지만 해도 아들에 대한 선호 사상이 있어서 나도 은근히 아들이었으면 하는 바람이 있었다. 큰딸은 여동생을 낳게 해달라고 기도했고 나는 아들을 바랐는데, 결국 큰 딸의 기도가 이뤄졌다. 지금 생각하면 너무나도 잘된 일이었다. 여섯 살 터울이라 언니가 동생을 보모처럼 보살폈다. 큰딸 결혼식 때 둘째 딸이 언니 결혼 축사에서 '두 번째 엄마'라고 표현하는데 눈시울이 뜨거웠다. 두 딸이 너무 잘 지내고 있어서 엄마 역할이 그다지 필요치 않은 것 같다. 큰딸은 아직 학생인 동생에게 매달 용돈을 주고 진로 길잡이를 잘해주고 있다. 두 딸이 대화한 모습을 보면 대견스럽다.

친구 같은 엄마로 살아보려고 하는데 현실은 녹록지 않다. 세대 간 격차도 있고, 내가 지금까지 엄마를 대하는 모습과는 너무도 다르기 때문이다. 엄마의 역할은 학교 다닐 때로 끝난 것 같다. 그냥 아이들이 필요로 할 때 도움을 주는 것으로 만족해야 한다는 생각이다. 가끔은 두 딸이 자기들끼리 이야기한 것 같아 서운함이 밀려올 때도 있다. 하지만, 자매가 너무나도 다정하게 잘 지내고 있음에 대한 감사함이 훨씬 크다. 신체적인 독립, 경제적인 독립이 어려울 때 엄마라는 역할이 필요한 것으로 생각한다. 지금은 엄마라는 이름을 부르고 싶을 때 버팀목으로 존재하는 것에 만족하고 싶다.

두 딸이 서로 의지하고 소통하며 살아가도록 낳아주고 길러준 것에 엄마의 역할과 소임을 다했다고 생각한다. 두 딸이 하는 일에 관심과 사랑을 가지고 바라봐 주는 것, 잘할 수 있도록 지원하는 것은 또 하나의 역할이다. 잔소리꾼으로 살지 않고 친구 같은 엄마로 살겠다고 다짐해본다. 워킹맘이어서 딸들에게 못 해준 것도 많지만, 일찌감치 독립성을 길러 준 것은 잘한 일이다. 세상을 가치 있게 잘 살아갈 수 있도록, 그리고 하나님의 자녀답게 잘 살아갈 수 있도록 기도해 주는 것이 나의 최종 역할이다.

인성

인성을 가꾸는 사람으로 살기

대부분의 사람은 나이가 들면 말을 많이 하고 싶어 한다. 외로워서일까? 누군가와 소통이 필요해서일까? 주변에 70대 후반의 홀로 사시는 고모님이 계신다. 매 주일 예배를 마치고 항상 고모 댁에 들른다. 한 주 동안 발생한 사건들로 이야깃주머니가 가득하다. 경청이 필요한 시간이다. 들어드리고 공감해드리고 가끔 조언도 해드리고 같이 식사도 하고 오면 마음이 포근하다. 이모도 마찬가지다. 자식 이야기, 동서 이야기, 친구 이야기, 경비아저씨 이야기 등 전화로 하소연을 많이 하신다. 내가 할 수 있는 일은 그저 경청해주는 일이 전부다. 나를 그만큼 믿고 의지한다는 생각에 귀찮음이 아니라 감사함으로 채운다.

애들이 어렸을 때는 엘리베이터에서나 길에서 아파트 이웃 주민들을 보면 인사를 하도록 하는 것이 기본이었다. 정작 애들은 나름대로 잘하고 있다. 어른이 된 나는 사뭇 서먹하다. 직장생활을 하면서 이웃과 소통하고 지내지 못해서 더욱 그렇다. 가볍게 인사하는 정도였다. 큰딸이 미국에서 오면 처음 보는 경비아저씨에게도 인사를 정겹게 한다. 오랫동안 봐왔던 분을 대하듯이 하는 모습을 보면 대견스럽다. 사람과 사람 사이에 인사가 오고 가면 정말 친근해지는 느낌이 들고 훈훈해진다. 정작 나는 모르는 이웃에게는 인사를 잘하지 못한다.

말 한마디로 천 냥 빚을 갚는다는 말이 있듯이 따뜻한 말 한마디로 인해 삶의 행, 불행이 결정될 수도 있다. 말 한마디에 웃기도 하고, 울기도 한다. 가족 간에도 말 한마디로 기분이 좌우된다. 대체로 나는 감사하다, 미안하다는 말을 먼저 꺼내는 편이다. 말다툼한 다음에도 먼저 사과한다. 상대방에 대한 배려라고 할까? 상대방의 잘못보다 내 잘못을 먼저 인식하는 태도로 살아가고 있다.

나름 인성 좋은 사람으로 살아가려고 노력하지만, 때로는 상처를 주기도 하고 오해받기도 한다. 부모님으로부터 좋은 인성을 물려받았다. 내가 잘못된 부분은 후천적으로 내가 스스로 인성을 잘 가꾸지 못하는 탓일 것이다. 부모님은 법 없이 살 수 있는 분들이셨다. 형제자매 모두 좋은 인성이 머무는 환경 속에서 살아왔다.

타고난 천성, 부모님이 물려주신 성품을 그대로 두면 환경에 지배받아 변질될 수 있음이 느껴진다. 인성도 가꾸어야 한다는 생각이 든다. 환경에 지배받지 않으려면 올바른 정신과 마음을 바르게 잡고 살아야 할 것 같다. 직장에서든, 사회에서든, 교회에서든 어느 장소, 어느 만남이든 간에 인성이 아름답게 드러날 수 있도록 오늘도 노력하기로 마음먹는다.

건강

건강은 건강할 때 지키는 것

"재산을 잃은 것은 조금 잃은 것이요, 명예와 지위를 잃은 것은 많이 잃은 것이요, 건강을 잃은 것은 온 천하를 잃은 것이다"라는 격언이 있다. 건강의 중요성은 아무리 말해도 지나치지 않다. 지난 화요일 이종사촌 동생이 급성 심근경색증으로 돌연사했다. 평소에 가깝게 지내던 터라 충격이 이루 말할 수 없었다. 건강했던 동생이었는데 갑자기 하늘나라 갔다는 것이 믿어지지 않았다. 전조증상이 분명히 있었음에도 간과했던 것이 화근이었다. 가족은 물론 친지, 지인 모두가 충격적인 상황을 맞이했다.

병원이 직장이라서 나는 환자들을 많이 접하게 되고, 건강, 아픔, 죽음, 치유 등의 의미를 많이 생각하게 된다. 지금은 암 병동 입원환자들의 행정적인 업무를 담당하여 더더욱 삶과 죽음의 갈림길에 서 있는 사람들을 보게 된다. 최고의 병원에 와서 치료받고 싶어 하는 사람들이지만 죽음의 문턱에 서 있는 분들이 많다. 평소에 누구보다도 건강관리를 잘했던 시누이가 자궁내막암으로 1년 만에 돌아가셨다. 죽음은 인간의 관리 영역을 벗어난 불가항력적인 부분이 많다는 사실을 느꼈다.

일주일 전 갑자기 무릎이 아파 걸을 수가 없었다. 절뚝거리며 출근하고 나서 진료를 봤는데 퇴행성관절염이 시작되었다고 했다. 무릎에 무리 가는 행동을 하지 말고 수영하라고 한다. 수영을 할 줄도 모르고 하고 싶지도 않은

데, 건강을 위해서는 해야 하는 것이다. 체중이 많이 늘어서 무리되는 부분도 있을 것 같다. 우선 체중조절이 급선무이다. 둘째 딸이 옆에서 잔소리한다. 조금만 아파도 무조건 병원에 가라고 한다. 병원에서 일하므로 진료받는 데 접근성이 좋으면서도 진료받는 것을 꺼린다. 이 정도로 무슨 진료야…. 하며 내 판단이 앞선다. 신체에 이상이 올 때는 항상 전조증상을 먼저 느끼게 하는 신비로움이 있다. 그것을 잘 인지하고 선택하는 것이 우리의 몫인 것 같다.

집안에 아픈 사람이 있으면 삶이 피폐해진다. 좌불안석이다. 일을 해도, 여행을 가도 편치가 않다. 친정엄마가 항상 건강이 좋지 않아 늘 불안한 삶을 오랫동안 살았다. 매일 안부 전화하면 목소리에서 건강 상태를 파악할 수 있었다. 두통, 신경통(허리, 무릎)으로 하루를 편하게 지내지 못하셨다. 몸이 아프면 만사가 귀찮은 법이다. 살아갈 희망도, 기대도 없는 것이다. 함께 살지 않아서 눈으로 보지 않고 귀로만 들으니 늘 마음이 편안치 않았다. 젊을 때 너무 고생하고 살아서 골병이 들어 늙어서는 병만 남게 되는 것 같아 아주 속상했다. 자녀들을 위해서라도 건강은 내가 지켜야 한다는 생각이 들었다. 자녀들에게 건강으로 인해 민폐를 끼치지 말아야겠다. 마음먹은 대로 되는 것은 아니지만, 건강할 때 건강을 체크하면서 자신을 지켜내는 것이 모두를 돕는 길이다.

요즘은 백세시대라고 한다. 백세시대를 살려면 건강하게 백 세를 살아야지 요양병원이나 요양원에서 지내는 것은 생각만 해도 끔찍하다. 나는 평소에 운동을 많이 하지 않고 있다. 몸에 큰 불편함이 없어서인지 다급함이나 필요성을 못 느끼고 살았다. 운동하는 시간이 아깝다고 생각한 적도 있었다. 건강은 건강할 때 지켜야 한다고 이야기하면서 이를 등한시했다. 어깨, 팔, 다리, 허리 등 온몸이 가끔 신호를 주고 있다. 이제는 건강한 삶을 위해 건강을 최우선시하며 하루하루를 살아가려고 한다.

지성

지성인을 꿈꾸며

'지성'이라는 단어는 사람을 위축되게 만든다. 물론 나만의 생각일 수도 있지만, 나와는 동떨어진 단어인 것 같다. 사전적 정의로 보면 지성인은 높은 지식과 지능을 갖춘 사람을 말한다. 지성은 지식을 이해하고 깨닫는 데 그치는 게 아니라 구체적으로 실천해 나갈 때 의미가 있다고 한다. '시대의 지성' 이신 이어령 교수님이 얼마 전에 소천하셨다. 책으로 조금 접했고, 수년 전 병원에서 특강을 들은 적도 있다. 지성도 선물로 여기셨던 분, 감히 접근할 수 없는 분이시다.

> "모든 게 선물이었다는 거죠. 마이 라이프는 기프트였어요. 내 집도 내 자녀도 내 책도, 내 지성도 분명히 내 것인 줄 알았는데 다 기프트였어."
>
> -『이어령의 마지막 수업』 중

지성인의 삶을 꿈꾸며 살아가는 것은 고무적인 일이다. 지성인의 삶이 어떠한 삶인지 배우려는 노력은 하고 있을 테니까. 시대의 흐름 속에서 끊임없는 배움의 길을 걸어가고 싶다. 넓이와 깊이는 다를지라도 흉내는 내며 살아가고 싶다. 4차 산업혁명 시대에 발맞춰 신조어 하나라도 익혀보자는 생각으로 MKYU대학에서 강의를 듣기도 한다. 한 번 들어서는 이해할 수 없는 분야도 많지만, 반복 학습의 효과를 기대하며 듣고 또 듣는다. 뉴스에서나 신문에서 아는 단어가 나오면 스스로 아는 척해보기도 한다. 가족들, 친구들, 동료들에게 몇 마디 건네 보기도 한다. 그것이 알아가는 기쁨으로 승화시킨다.

2020년 1월에 시작하여 6개월 만에 책 한 권 쓰기를 마무리했다. 비록 출판사를 통해 출간하지는 않았지만, 친구의 도움으로 한 권의 책이 인쇄되어 나왔다. 말할 수 없는 기쁨이었다. 아는 지인들에게 한 권 한 권 선물했다. 상상할 수 없었던 상황을 만들어낸 것이다. 내가 책 쓰기를 완성하다니….

이후로 전자책과 공저로 책 쓰기를 계속하고 있다. 참여하는 기쁨이 너무 크다. 주변에서 작가라고 불러주기도 한다. 처음에는 어색했던 명칭이 이제는 자연스럽게 받아들여진다. 책을 많이 읽지는 못했지만, 한 권의 책을 쓴 것에 대해 스스로 자랑스럽다. 감히 지성인들을 흉내 낼 수는 없지만, 이런 식으로 쓰기를 확장해 나가면 될성싶다. 글쓰기 수준이 어떻든 간에 내가 쓰고 있고, 쓸 수 있다는 사실에 감사할 뿐이다.

퇴직 D-170일이다. 휴대전화 바탕화면에 날마다 줄어드는 숫자를 보면서 지난날들을 돌아보게 된다. 아쉬움이 만연하다. 나이만큼 지성인의 삶으로 점점 다가가고 있는가?

삶의 직, 간접적인 경험으로 얻어지는 노하우를 글로 표현해내고 싶다. 표현의 어색함도 있고, 언어의 확장성이 부족하여 한계가 느껴지기도 한다. 그렇지만 읽기도 하고, 쓰기도 하여 한 걸음씩 나아가고 싶다. 지성인을 꿈꾸며 지성인이라 불리는 그날까지….

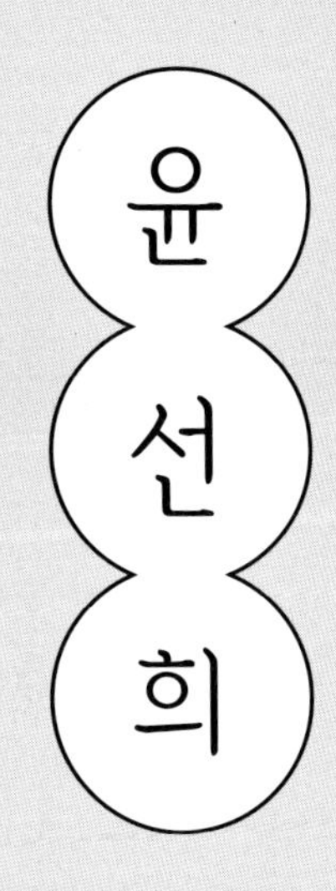

▶▶▶ "나는 누구지?"

내 안에 꼭꼭 숨어 있던 질문이 선명한 모습으로 내 앞에 나타났을 때 나는 대답하지 못했다.

그렇게 시작된 나를 찾는 여정은 인생에서의 나, 딸로서의 나, 엄마로서의 나, 아내로서의 나를 바라보게 했다. 그리고 감동과 감사로 풍요롭다는 것을 알았다. 지금도 꿈을 꾸고 성장하는 나를 따뜻하게 안아주며 말할 수 있게 되었다.

"나를 찾았다!"

블로그 https://blog.naver.com/seonhee45700

밥

|

밥은 사랑이다

시어머니께 첫인사를 드리던 날 손수 밥상을 차려주셨다. 시부모님과의 첫 식사임에도 불구하고 어머니의 음식 솜씨에 밥을 두 공기나 먹었다. 그 모습을 흐뭇하게 바라보시던 시어머니께서는 결혼 날짜를 잡으셨다. 그렇게 시어머니와 이쁨받는 막내며느리라는 소중한 관계를 맺어 준 것이 바로 '밥'이다.

김치, 간장, 고추장, 된장을 시어머니가 다 해주신다. 지금은 연세가 많이 들어 관절이 아프시면서도 5남매의 반찬을 걱정하신다. 시댁에서는 여전히 고봉밥을 주신다. 젊을 때는 부모님을 기쁘게 해드리고 싶은 마음에 주시는 대로 다 먹었지만, 이제는 소화가 잘 안 돼서 소화제를 먹어야 한다.

남편과 나에게 맞추어서 밥을 조금 푸면 어머님은 못마땅해하시며 "그거 먹고 힘을 쓰겠냐?"며 볼멘소리를 하신다.

나는 집에 와서 남편에게 "어머니는 왜 그렇게 밥에 예민하셔? 요즘 누가 밥을 그렇게 많이 먹는다고…. 어머님이 주시는 밥을 다 먹으면 소화제를 먹어야 한다고! 나는 아들 장가가면 알아서 하라고 신경 안 쓸 거야."라고 남편에게 투덜거린다.

마냥 철없는 막내며느리로 있을 것 같은 나도 세월이 흘러 시어머니가 되었다. 아들이 분가하고 일주일이 지났을까?

"내가 따로 살고 있는데 어떻게 살고 있는지 궁금하지 않아요?"라고 아들이 물어본다.

"둘이서 밥은 잘 챙겨 먹고 있지?"

나도 시어머니가 되었더니 밥 이야기를 먼저 한다. 나의 시어머니가 왜 그렇게 자식들 밥에 정성을 쏟으셨는지 이제야 알 것 같다.

밥은 사랑이다.

설거지

가위, 바위, 보 설거지 전쟁이다

직장에서 일이 생각대로 풀리지 않아 힘든 하루를 보내고, 피곤한 상태에서 저녁을 준비했다. 퇴근한 남편이 "오늘 많이 힘들었어? 피곤해 보이네."라고 물어도 "그냥."이라고 짧게 대답하고 식탁에 앉았다. 식구들이 저녁 식사를 끝냈다. 남편이 비장한 목소리로 아들과 딸을 부른다.

"오늘 엄마가 힘들게 저녁을 했으니까 설거지는 가위, 바위, 보로 정한다!" 전쟁이 선포되었다. 식구들 얼굴에 비장함이 감돈다. 딸과 아들은 긴 팔을 공중으로 올리고 손을 모아서 별을 보듯 신중하게 무기를 정한다.

각자의 승리를 위해 계략을 꾸미기도 한다. 남편은 전쟁을 치르는 동안 심리전을 전개한다.

"나 주먹 낼 건데 뭐 낼 거야?"

"그런 거 하지 말라고 했지. 난 그런 거 싫어해."

나는 울상이 되어서 말한다.

식탁 위로 네 명의 손이 모이고 "가위, 바위, 보!"를 목청껏 외친다. 1라운드에서 아빠는 주먹, 아들도 주먹, 딸은 보자기, 나는 가위를 냈다. 승자가 없다. 긴장한 나머지 모두 '으악' 소리를 지르고 각자의 진지로 흩어진다.

호흡을 가다듬고 2라운드를 위해 다시 모인다.

"가위, 바위, 보!"

아빠는 가위, 엄마는 주먹, 아들도 주먹, 딸은 가위를 냈다. 엄마와 아들은 이번 전쟁에서 승리했다. 긴장감 도는 3라운드를 치르고 딸이 승리의 환호성을 지르며 덩실덩실 춤을 춘다. 승자를 위해 박수를 쳐주고 패자를 위해 반찬 뚜껑을 닫아준다. 오늘도 가슴 졸이는 설거지 전쟁을 잘 치렀다.

그사이, 지쳤던 마음에 긍정 에너지가 충전되었다.

"내일은 오늘보다 좋아질 거야!"

빨래 속에서 옷가지들이 보인다

어제 빨래를 했는데 오늘도 빨래 바구니에는 너저분한 빨래가 잔뜩 쌓였다. 빨래는 세탁기가 한다지만 흰색과 검은색을 분리해서 넣고, 세탁이 끝나면 건조기에 넣어야 한다. 건조된 것들을 하나하나 개어서 각자 방에 넣어주어야 하는, 손 많이 가는 빨래!

빨래도 좋아하고 싶은 마음으로 바뀌면서 내 눈이 냄새나는 빨래를 부드럽게 바라본다. 겹겹이 쌓여있는 빨래 속에서 옷가지들이 보인다.

남편 운동복이 보인다. 회사 생활에서 받는 스트레스를 운동으로 풀어내고 집에서는 성격 좋은 아빠가 되어 주는 남편이 보인다. 퇴근 후, 돌돌 말아서 벗어놓은 그의 양말이 보인다. 가족들이 각자의 꿈을 찾고 펼칠 수 있도록 냄새가 나도록 뛰어다녔을 남편의 하루가 보인다.

아들의 경찰 제복이 보인다. 제복을 곱게 접어 빨래망에 넣고 세탁기에 돌린다. 옷이 상할까 걱정되어 차마 건조기에 넣지 못하고 옷걸이에 걸어 따로 말린다. 뽀송하게 마른 제복을 입고 활짝 웃으며 출근하는 아들이 보인다.

딸의 잠옷이 보인다. 모레 있을 면접을 준비하면서 책을 읽고, 노트북 앞에 앉아 글을 쓰기도 하고, 거울 앞에서 "할 수 있다!" 소리 내어 보는 딸도 보인다. 딸이 면접할 때 입을 흰옷은 손으로 세탁해서 은은하게 향기 나는 섬유유연제를 넣고 헹구어야지.

내 꽃무늬 원피스도 보인다. 운동과 독서로 몸과 마음을 챙긴 후, 좋아하는 원피스를 입고 다양한 사람들을 만난다. 꽃처럼 향기 나는 말과 글로 우리의 일상을 행복하게 만들고 싶은 내가 보인다.

아무 의미 없던 빨래를 바라보며 "빨래야!"라고 불렀더니 사랑하는 가족이 보인다.

청소

결혼한 아들의 방을 청소한다

아들이 바리바리 짐을 싸서 신혼집으로 분가한 다음 날 아침 청소를 하려고 방문을 열었다.

'뭐지? 이 기분…' 분명 매일 문을 열고 청소하던 방인데 기분이 다르다. 아들의 옷으로 가득하던 행거가 겨울나무처럼 휑하다. 아들이 늘어지게 잠을 자던 침대도 낯설다.

'간다 간다 하더니, 정말 갔구나!'

왈칵 눈물이 솟았다.

먼지를 빨아들이는 청소기 소리를 배경 삼아 나는 26년 전 과거로 빨려 들어간다. 아이를 낳는다는 아픔보다 무서움에 잔뜩 겁을 먹던 나는 건강한 사내아이를 출산했다. 장난기가 많은 아들을 키우면서 인생 공부도 시작했다.

아들이 유치원에서 가지고 온 영어 동화책을 보고 영어를 잘하는 사람이 되고 싶다는 생각을 했다. 그래서 영어 공부를 시작하게 되었고, 지금은 영어 강사로 나를 소개할 수 있게 되었다.

'세상은 넓고 사람은 많다. 네 안에 너를 찾아보길 바란다.'라는 말로 초등학교 6학년 아들을 중국으로 유학 보내는 용감한 도전도 했다. 그렇게 우리는 서로를 더 애틋해 하는 가족이 되었다.

아들이 자라나며 들려주는 이야기는 소설책보다 재밌었다. 취업을 준비하는 아들을 위해 기도하는 엄마도 되었다. 어느새 스물일곱이 되어 결혼을 준비하는 아들을 보면서 남편과 나는 '부모의 역할을 잘 해냈어. 참 잘했다!'라며 서로의 어깨를 다독여 준다.

혼자가 아닌 둘이 된 아들과 지혜로운 며느리가 만들어 갈 미래를 생각하니 허전했던 방이 희망으로 조금씩 채워진다. 아들 부부가 반짝반짝 빛나는 인생 여행을 하길 바라는 마음으로 광을 내며 방을 걸레질한다.

환기를 하려고 열어두었던 창문을 통해 아카시아 향기가 들어온다. 새들의 노랫소리도 경쾌하다. 나도 행복하다.

나

나는 어떤 사람이야?

인생에서 나이는 다양한 의미를 부여하는 것 같다. 10대에는 부모님이 하라는 대로 하면 되는 줄 알았고, 20대에는 일찍 결혼해서 남편에게 맞추며 살았다. 30대에는 힘들어도 부모라는 이름에 인내하며 살았고, 40대에는 '번아웃'이라는 이유로 현실과 이상의 어중간한 내 인생에 반항도 했다. 50대가 되면서 '나는 누구지?'라는 질문에 답을 찾으려 애쓴다.

가족과 지인들에게 따뜻하고 이해심 있는 사람으로 살고 싶다는 바람과는 달리 나만 챙겨 달라는 투정이 많아진다. 호기심이 많아서 하고 싶은 것도 많았는데 엄마이기에 나보다 가족이 우선이었다. 그래서 지금은 내가 잘하는 것은 무엇인지 잘 모르겠다. 잘하고 있는 것 같긴 한데 딱히 자신감은 없어지고 몸은 아프다고 비명을 질러 댄다. 그래서 중대한 결심을 했다.

"앞으로 2년 동안 나를 채우는 시간을 가져보자!"

나를 채우기 위해 내가 어떤 사람인지 알아보기로 했다. 내가 어떤 사람인지 남편에게 물어봤다.

"나는 어떤 사람이야?"

"생각이 많은 사람."

그래서 머리가 많이 아픈가? 내 성향도 궁금해서 MBTI 검사를 해본 결과

INFJ로 나왔다. 전 세계의 1%도 채 안 되는 극소수 유형으로 예언자 형이라고 한다. 성격 유형의 특징을 읽으면서 신통한 점술사를 만난 줄 알았다. 나는 내가 '이상한 사람인가? 왜 이러지?'라는 질문이 많았는데 이게 나구나! 싶어 속은 시원하다.

내가 어떤 사람인지 알았으니 내가 하고 싶은 것은 무엇인지 생각해 보기로 한다. 하고 싶은 것이 참 많다. 예전에는 돈을 벌 수 있는 일을 해야 능력 있는 사람이라고 생각했다. 그러나 지금은 '돈 못 벌어도 내가 하고 싶은 거 다 해보자.'라고 나에게 말한다. 그랬더니 실패에 대한 두려움보다 도전에 대한 설렘으로 가슴이 뛴다.

무언가를 이루기 위한 계획이 아니라 그저 하고 싶은 일이라 도전을 한다. 그러다 보니 계획하지 않았던 소중한 기회들도 찾아온다.

만일 아무 일도 일어나지 않는다면 바람 따라 움직이는 나뭇잎을 바라보는 것으로 내 삶을 채우면 된다.

딸

우리 딸 전화 매일 받아줄 거야

한참 나 잘난 줄 알고 살 때는,

"엄마, 그렇게 하면 안 되지. 내가 알아서 해, 신경 쓰지 마세요. 왜, 그렇게 살았어?"

부모님 마음에 상처 주는 말을 쏟아내고 혼자서 세상 멋지게 살 수 있는 줄 알던 얄미운 딸이었다. 결혼하여 가정을 꾸리고 나서야 부모님의 무거운 어깨가 보이기 시작했다. 시간이 흘러 주름이 생기고 거칠어진 손과 왜소해진 그분들의 모습을 보면서 두 분이 의지할 수 있는 딸이 되어야 한다는 부담감도 생겼다.

하지만, 자궁근종수술의 과정을 겪으면서 내가 웃으며 살 수 있는 삶의 근원이 부모님이라는 것을 알게 되었다. 병원과 소통이 잘 안 되어서 수술을 예약한 날 못하고 일정을 변경해야 하는 어처구니없는 일이 생겼다. 큰 수술은 아니라지만 신경도 많이 쓰이고, 수업 일정도 다시 잡아야 하는 번거로움에 화가 나서 울고 있는데 엄마 생각이 났다.

엄마에게 전화해서 병원에서 있었던 일을 어린아이처럼 이르고 있었다. 이야기를 들으신 엄마는 같이 화를 내면서 나를 진정시키고 수술 날짜가 바뀌어서 수술 다음 날부터 명절 연휴니 쉴 수가 있어 더 다행이라는 설명을 해주셨다. 엄마와의 통화 덕분에 상했던 마음이 잠잠해졌고 수업도 잘 마무리할 수 있었다.

퇴근 후, 엄마에게 또 전화를 했다. 아무리 친한 친구도 하루에 두세 번씩 전화하면서 내 불평을 토로할 수는 없다. 하지만, 엄마는 언제라도 전화를 할 수 있다. 왜냐하면, 엄마는 항상 내 편이라는 것을 알기 때문이다.

"엄마! 내가 친구도 있고 동생들이 있어도 기쁜 일이 있거나, 슬픈 일이 있을 때 편하게 전화할 사람이 엄마밖에 없네. 앞으로도 전화하고 싶을 때 전화할 수 있게 건강하게 오래 사세요."라고 말을 했다.

"걱정하지 말아라. 나 건강하게 오래 살아서 우리 딸 전화 매일 받아줄 거야."

나보다 더 활기찬 목소리로 70의 노부모가 대답했다. 나는 중년의 나이가 되어도 다섯 살 마냥 아빠와 엄마를 찾는 어린 딸이다.

엄마와 통화를 마치고 집에 돌아와 식탁에 앉아있는 딸에게 말했다.

"엄마도 할머니처럼 우리 딸이 힘들거나 행복할 때 또는 슬플 때 전화하면 받아줄 수 있도록 건강하게 오래 살 거야!"

딸이 환하게 웃으면서 말했다.

"꼭이야!"

아내

여동생 할래?

"내가 오빠 해줄게! 여동생 할래?"

5남매의 막내인 남편이 5남매의 맏딸인 나에게 한 말이다. 그날 우리 부모님도 모르는 오빠가 생겼다. 몇 개월이 지난 어느 날, 카페에 날 부르더니 내 손을 꼭 잡고 손가락에 동그란 반지를 끼워주었다.

"내가 죽을 때까지 이 손을 잡아 줄 거지?"

그 순간, 큐피드가 누구든 사랑에 빠지게 만드는 황금 화살을 우리에게 쏘았나 보다.

첫사랑을 시작한 스무 살 여자는 30년 동안 한 남자만 바라보고 있다. 함께 운동하려고 가입했던 동호회에서 우리 부부는 불륜이라는 소문이 날 만큼 이상한 부부이기도 하다. 부부 사이가 너무 좋다고 하면 "우리 쇼윈도 부부야."라고 말을 한다.

남편은 사람들과 소통을 좋아하는 외향적인 성격이고 나는 사람들과 있으면 피로해 하는 내향적인 성격이다. 남편은 매사 '그럴 수 있어!'라고 단순하게 생각하고, 나는 '왜 그래야 하는데?'라며 여러 번 곱씹어서 생각한다. 이렇게 서로 다른 두 사람이 30년을 매일 보고 있는데 좋은 일만 있었겠는가?

그런데 신기한 것은 남편이 밉다가도 기운 없이 고개를 푹 숙인 그를 보면 내 마음이 더 아프다. 한밤중에 문득 잠에서 깨어 잔뜩 구부리고 자는 남편의 어깨가 안쓰러워 살며시 안아줄 때도 있다. 갱년기 아줌마의 격한 감정이 남편을 향하는 날에는 "지나간 일을 어떻게 하겠어? 앞으로 행복하게 사는 게 더 중요한 거지."라고 살포시 안아주는 남편 덕분에 매서웠던 나의 눈은 온순한 고양이 눈으로 바뀐다.

나는 여행도 남편과 다닐 때가 제일 좋다.

"나, 이곳은 처음 왔어."라고 내가 말하면 "나도 처음 왔어."라고 남편도 말한다. 처음을 같이 하는 사이라 동지애가 생긴다. 둘이 같이 있으면 한 장소에서 사진 50장을 찍을 정도로 지루하지 않다.

우리 집에서 내가 아프면 아이들은 119에 전화하듯 남편에게 전화한다. 퇴근한 남편이 소고기를 사 들고 말한다.

"소고기 먹을까?"

어느새 아픔은 사라지고 환하게 웃는 내가 있다.

나만 남편 바라기인가? 다행히 아니란다. 아이들 말로는 내가 집에 없는 날은 아빠가 힘이 없다고 한다. 내가 화가 나서 남편을 미워하면 세상에서 제일 불쌍한 사람 같다고 한다. 밥을 먹을 때도 내가 꼭 앞에 앉아있어야 하고, 출근할 때는 내 웃는 얼굴을 보고 간다. 그리고, 내가 화를 내면 무조건 미안하다고 말한다.

다행히 남편도 아내 바라기다.

엄마

좋은 엄마로 성장하기

지금까지 살아오면서 가장 어려운 것이 무엇이냐는 질문을 받는다면 망설임 없이 '좋은 엄마로 성장하기'라고 답을 한다. 첫째 아들을 키울 때는 처음이라 힘든 줄 알았다. 그러나 둘째 딸을 키울 때도 똑같이 힘들었다.

아들이 초등학교 3학년 때 격하게 화를 내는 모습을 보면서 어떻게 해야 할지 몰라 청소년 상담 센터를 찾았다. 아이는 잘 자라고 있는데 엄마가 억압적이라는 상담 선생님의 말을 듣고 '부모'가 되는 공부를 시작했다. 책과 강연으로 공부하고 아들과 싸워 가며 성장하기 시작했다.

딸은 초등학생 때까지는 할 일을 알아서 잘하는 나무랄 데 없는 아이였다. 하지만, 사춘기가 시작되면서 최고의 아군에서 최악의 적군으로 변했다. 내가 하는 말은 딸에게 공격의 화살이 되었고, 그 화살을 받은 딸은 나에게 미사일을 발사해 버렸다. 하루는 내가 펑펑 울고, 다른 날은 딸이 엉엉 울었다. 딸이 대학교 3학년이 될 때까지 계속되었던 전쟁을 통해서 배려와 이해의 마음이 커졌다.

성인이 된 아들과 딸이 나를 자존감 높은 엄마로 성장시키고 있다. 열심히 살았다고 생각하다가도 다른 사람과 비교하면서,

"나는 잘하는 게 하나도 없는 것 같아. 돈도 많이 못 벌었고, 영어도 하고

싶은 만큼 잘 못 해. 블로그 방문자 수도 늘지 않아."라며 풀 죽어 있으면 아들은 이렇게 나를 위로한다.

"엄마! 돈보다 훨씬 중요한 건강하고 행복한 가족이 곁에 있잖아. 그리고 내 친구들보다 엄마가 영어 더 잘해. 나도 엄마 블로그 방문해서 하트를 남길 만큼 엄마는 멋진 사람이야!"

"정말 나 멋진 사람이야?"

"그럼!"

나는 멋진 사람이 되어 웃고 있다.

딸에게 사람들과 있었던 속상한 이야기를 한다.

"본인들 멋대로 나를 평가하는 무례한 사람에게 나도 큰 소리로 화내면서 상대해주고 싶은데 그 사람 마음이 다칠까 봐 듣고만 왔어. 집에 오는데 내가 바보 같아서 울고 싶었어."

"엄마가 배려심 많고 성숙한 사람이라서 무례한 행동을 안 하는 거야. 아주 잘했는데! 속상할 것도 아닌데 왜 그러고 있어?"

그렇구나! 나는 성숙하고 배려심 많은 사람이구나.

아들과 딸이 어릴 때는 내가 키우는 줄 알았다. 하지만, 지금 뒤돌아보면 내 안에서 웅크리고 있는 어린아이를 만나게 했고, 성장할 수 있게 도와주었다. 그렇게 나와 함께 성장한 아들과 딸이 멋진 엄마, 성숙한 엄마라고 불러준다.

인성

친절을 베풀자

재활용 쓰레기를 잔뜩 들고 엘리베이터를 탔다. 1층에 도착하자 이웃분이 내가 쓰레기를 다 가지고 내릴 때까지 열림 버튼을 눌러주었다. 감사 인사를 하고 쓰레기 바구니 중 하나를 먼저 가지고 나와 분리수거를 하고 있는데 다른 이웃분이 나머지 쓰레기 바구니를 가지고 나와서 정리를 해주시는 게 아닌가? 오다가다 눈인사만 하는 사이인데 웃으며 베푼 친절로 나에게 행복한 하루를 선물해 주었다. 이 선물을 나도 전달하고 싶어서 "오늘은 나도 누군가에게 친절을 베풀자!"라고 결심을 했다.

운동 길에 만나는 분들에게 밝게 웃으며 인사도 하고, 안내 전화를 받을 때도 친절하게 응대하였다. 그러나 오후가 되며 피곤하더니 마음이 살짝 불편해지기 시작했다. 설거지와 빨래도 해야 하고, 공부해야 할 것들이 머릿속에서 순서를 정하고 있는데 가족들이 소파에 누워 TV를 보고 있는 모습이 보였다. 짜증이 슬금슬금 올라왔다. 눈썹이 살짝 올라가고 목소리 톤이 높아지려고 할 때 블로그에 쓴 '나도 누군가에게 친절을 베풀어야겠다.'라는 글에 댓글이 떴다.

'아차! 모르는 사람들에게도 친절을 베풀어서 행복을 선물하는 하루가 되겠다고 하더니 소중한 가족들에게는 화를 내고 있네.'라는 생각이 번뜩 들었다.

'어휴, 바보 같은 행동을 할 뻔했어.'

해야 할 일을 미루고 방으로 들어가 피로를 풀었다. 그리고 가족들을 위해 저녁을 차렸다. 웃는 얼굴과 이쁜 말로 "식사하세요."라고 친절하게 말했다.

식구들이 각자의 공간으로 흩어진 시간에 '친절'을 흰 종이 위에 쓰고 질문을 한다.

"왜 나와 가족에게 먼저 친절을 베풀자는 생각을 하지 못했을까?"

친절이라는 글자 옆에 '나와 가족 그리고 이웃'을 같이 써주었다.

건강

몸을 상전으로 모시기로 했다

작년 겨울쯤부터 어깨가 자주 뻐근했지만 피곤해서 근육이 뭉쳤다고 가볍게 생각했다. 그런데 팔을 올리지도, 돌리지도 못하고 밤에는 통증 때문에 잠을 잘 수가 없었다. 진찰한 결과 오십견이라고 했다. 그 순간 '참, 어이가 없네. 아니 벌써 이러면 어쩌니!'라며 애꿎은 몸에게 화를 내었다. 옷도 마음대로 갈아입을 수 없게 되자 매사에 짜증을 냈다. 이래서는 안 되겠다 싶어 오십견을 회복할 수 있는 방법을 찾았다.

병원 치료와 함께 필라테스 운동을 병행하기로 했다. 강사님이 내 몸 상태를 확인하더니 빨리 회복되기는 쉽지 않겠다고 말했다. 속상한 마음을 뒤로 하고 아기가 걸음마를 배우기 시작하는 것처럼 팔을 천천히 들어 올리는 연습부터 했다.

'하루아침에 어떻게 이럴 수 있지? 내 팔인데 내 마음대로 움직일 수가 없네.' 하지만 내가 몸을 아껴주지 않아서 생긴 일인 것을 누굴 탓할까?

"내 몸아 그동안 고생했어. 이제부터는 더 아껴주고 운동도 꾸준히 할게."라며 몸을 위로했다. 강사님이 알려주는 동작을 집에서도 하고, 출퇴근 때마다 고무밴드를 활용해 근력 운동을 했다. 그렇게 4개월이 지나고 인체의 신비를 경험했다. 앞으로 평생 팔을 머리 위로 못 올릴 줄 알았는데, 심한 통증 없이 만세를 할 수 있게 된 것이다. 운동을 도와주던 강사님도 호전 상태를 보면서 거의 기적에 가깝다고 말해주었다. 일상생활에서 올바른 자세와 꾸준한 운동이 몸을 어떻게 변화시키는지 경험했다.

이 경험을 한 후, 아침에 일어나면 제일 먼저 운동복으로 갈아입는다. 그리고 밴드를 목에 두르고 공원으로 나가 걷기를 시작한다. 지금도 어깨가 묵직하고 찡하면서 가벼운 통증이 올 때가 있다. 그러면 하던 모든 일을 접고 스트레칭을 하면서 쉬는 시간을 가진다.

긴 세월 동안 혹독한 주인행세를 했으니 이제부터는 몸을 상전으로 모시기로 했다.

지성

책아, 만나서 반가워

나이가 들면 재밌게 할 수 있는 일이 있어야 한다는 말을 듣고 놀이처럼 재밌게 할 수 있는 것이 무엇일까? 생각해봤다. 그래서 시작한 것이 블로그다. 내 블로그를 보면 다양한 놀이기구가 즐비한 놀이공원 같다. 하고 싶은 게 많은 사람이라 여러 가지를 한다. 책을 읽고 서평을 하는 것도 내가 블로그에서 하는 놀이다.

처음에는 책을 읽고 느낌을 간단하게 썼다. 그런데 시간이 흐르면서 이상한 증상이 생기기 시작했다. 새로운 책을 만나면 바로 읽지 못하고 겉 페이지에 있는 제목과 그림을 가만히 보는 것이다. 또는 작가 이름을 소리 내어 읽기도 한다. 그리고는 책에게 말을 걸기 시작한다.

"책아 만나서 반가워. 너는 어떤 이야기를 가지고 있니?"라고 물어보고 한참을 쳐다보고만 있다. 나는 이것을 '책과 교감하기'라고 말한다.

책에 대한 궁금증이 증폭되었을 때 읽기 시작한다. 책을 읽기 시작하면 3번 정도 정독을 하는 것 같다. 미래에 같은 책을 다시 읽을 나에게 알려주고자 날짜와 짧은 감상도 함께 써준다. 감명받은 문장은 필사도 한다. 다음 단계로 서평을 한다. 책을 쓴 지은이에 대해서도 알아보고 모르는 단어가 나오면 사전에서 의미도 찾는다. 책에서 배운 내용을 어떻게 적용할지 고민해 보거나 나의 이야기를 쓰기도 한다. 마지막으로 같은 책을 읽고 서평을 쓴 블로그를 방문해서 책에 대한 이웃들의 감상을 읽고 공감도 하면서 댓글로 만나고 있다. 다양한 생각을 만나고 위로를 얻는다. 이웃들의 블로그를 방문하는 것은 여행을 다니는 것과 비슷한 재미가 있다.

책을 읽고 서평을 쓰면서 내 입에서 나오는 말 수가 줄어들고 귀로 듣는 소리가 많아졌다. 대화를 하면서 '그럴 수 있어!'라며 이해하기 시작했다. 그랬더니 너와 나로 나뉘었던 경계의 선이 지워지고 '함께'라는 것에 감사하게 되었다.

▶▶▶ 글을 쓰기로 하고 잔잔하고 별일 없는 평범한 일상을 가만히 들여다보니 별 볼 일 있는 특별한 일상임을 깨닫게 되었다. 어느 것 하나 당연하게 허락된 것이 없고 매 순간이 기적과 선물로 주어지는 귀한 하루하루. 의미 있는 그것이 모여 추억이 된 하루에 대해 글을 쓰는 중 아이러니하게 내가 위로받고 그간 시끄러웠던 마음의 답을 찾을 수 있었다. 글쓰기라는 느리지만 가치 있는 이 여정에 '나의 이야기'로 첫 단추를 끼울 수 있어 감사하다.

밥

|

사랑 식당

집 앞 놀이터에 오후 내내 가득 차 있던 아이들의 웃음소리가 잦아들고 땅거미가 내려앉을 즈음, 여느 때와 같이 앞치마를 둘러본다. 정성스러운 손길로 매일 밥을 지어주시던 엄마를 어설프게 흉내 내는 나는 어느덧 10년 차에 접어든 사랑 식당 주인이다. 오늘의 저녁 메뉴는 달래 된장찌개와 콩나물밥. 냉장고를 열어 오전에 장에서 사두었던 제철 달래와 콩나물을 꺼내 다듬어본다. 은근히 손이 많이 가는 향긋한 달래를 다듬다 올려다본 시곗바늘에 내 손이 분주해진다.

얌전하게 준비된 달래를 보글보글 된장찌개에 넣고 콩나물을 넣은 밥을 지으니 집 안이 포근한 봄으로 가득 찬 느낌이다. 밥상을 준비하는 이 시간이 참 좋다. 행복하다. 오늘 하루도 가족을 위해 고생했을 남편을 위해 그리고 몸과 마음이 무럭무럭 자라느라 나름 애쓰고 있을 어린 아들을 위해 하얀 밥 위에 넘치도록 사랑을 가득 담아본다. 소박한 밥상의 마무리에는 축복이라는 마법 가루를 솔솔 뿌리며 '오늘 하루도 애썼습니다. 사랑합니다.' 속으로 되뇌었다.

"밥 먹자!" 따듯하게 준비한 음식이 식을 세라 남편과 아들을 부르자 식탁에 옹기종기 모여앉은 우리 세 식구. 썩 대단하지 못한 솜씨로 차려낸 밥상에도 연신 엄지척을 하며 먹는 두 남자 사이에 있자니 어쩐지 부끄럽기도 하고 뿌듯하기도 하다. 정말 보기만 해도 배부르다는 말이 절로 나왔다. 하지만 그 말이 무색하게도 밥 한 공기 뚝딱한 내 모습이 우스웠다.

불현듯, 어릴 적 매일 먹어도 꿀맛이었던 솜씨 좋은 친정엄마의 모락모락 흰 밥에 구수한 된장찌개가 생각났다. 엄마는 밥으로 감동을 주는 분이었다. 입덧으로 잘 먹지 못하던 옆집 새댁을 챙기고 아픈 주변을 살뜰히 챙기던 엄마의 밥은 우리 가족에게 있어 세상에 지친 마음이 쉬어가는 안식처였다. 따듯한 엄마 밥을 먹으면 기운이 났다. 추웠던 마음이 살그머니 녹고 다시금 세상에 나갈 힘이 생기는 기분이었다. 부엌에 가면 늘 볼 수 있었던 한결같은 엄마의 뒷모습은 아마도 그런 가족에 대한 응원이자 사랑이 아니었을까.

시간이 흘러 젊은 날 그때의 엄마처럼 나도 엄마가 되었고 동시에 우리 가족만을 위한 사랑식당 주인이 되었다. 매일매일 사랑 식당에는 어김없이 사랑스러운 두 남자가 찾아온다. 신나는 마음으로 사부작사부작 소꿉놀이하듯 밥상을 준비해야지. 주방에서 복닥복닥 요리를 하다 보니 이렇게나 소중한 일을 하는 나 자신이 기특해졌다. 오늘도 나의 정성과 마음을 오롯이 담아낸 식탁을 차려내며 사랑하는 가족의 온전한 하루를 응원해본다.

잘 먹었습니다.

설거지

|

초보 엄마의 고군분투기

주말 아침 어쩐지 '우당탕탕' 소리를 내며 설거지를 하고 싶어졌다. 심호흡을 세 번 정도 하고 간밤에 미처 치우지 못하고 잠들었던 어지러운 식탁 위를 마저 정리한다. 밤새 속싸개에 쌓인 자그마한 아이를 안았다 내려놨다 해서일까. 고무장갑을 드는 팔이 저릿하고 뻐근하다. 게다가 간밤에 쌓인 피로가 어느 티브이 광고의 곰처럼 어깨 위에 묵직하게 매달려있는 듯하다. 눈물이 나고 힘들었다. 나도 저쪽 거실에 누워 모빌을 보고 있는 나의 작은 아기처럼 그냥 엉엉 울어버리고 싶었다.

우당탕탕 소리를 내며 설거지라도 해야 이 기분이 풀릴 것만 같았다. 그것도 그런 것이 태어난 지 한 달이 안 된 갓난아이는 지금이 낮인지 밤인지 알 길이 없으니 초보 엄마 역시 그리한 하루를 보내고 있었다. "애 나오기 전에 많이 자 둬~" 선배 엄마들의 조언대로 출산 전에 코가 삐뚤어지게 자 두었는데도 억울한 기분이다. 정말 아이를 낳은 후부터는 거의 24시간 깨어있는 기분에 온종일 정신이 몽롱했다.

틈만 나면 감기는 두 눈을 부여잡고 싱크대 수전을 '콸콸' 틀어 어깨를 들썩들썩 흐느껴 본다. 괜스레 투정도 부리고 싶은 마음에 이때다 싶어 엄한 그릇에다 화풀이까지 한다. 옆에 쪼르르 줄 서 있는 젖병들을 보니 밤에 무슨 전투라도 치른 것 마냥 그 모습이 장엄하기까지 하다.

너무 행복한데 동시에 너무 힘든 이 기분. 나의 이 고군분투를 누구라도 알아주길 바라며 떼쓰는 아이와 같이 애먼 설거지에 나를 투영한다. 누가 들어도 편안하지 못한 설거지 소리에 머리에 까치집을 지은 남편이 다가와 괜찮냐고 물어온다. 하품을 얼마나 한 건지 눈곱이 레이스처럼 달려있고 눈 밑엔 진한 다크서클을 한 초보 아빠의 얼굴을 보니 동지애가 느껴지고 전우애가 느껴졌다. 안 괜찮다고 말하고 싶지만 같은 처지인 초보 아빠에게 차마 입이 떨어지지가 않았다.

어쩐지 모두에게 미안한 마음이 들어 '졸졸' 흐르는 물줄기로 '달그락달그락' 설거지를 한다. 하얀 구름 같은 거품을 뒤집어쓴 그릇들을 아무 생각 없이 씻어내다 보니 마음이 이상하리만치 평온해진다. 복잡했던 머리가 단순해지고 고요해졌다. 숨소리마저 차분해짐을 느끼자 삐뚤빼뚤한 마음이 그때에야 비로소 둥글둥글해진다. 눈을 돌리자 눈부시게 반짝이는 내 아이가 보였다. 그리고 그 옆엔 눈부시게 찬란한 내 반쪽이 나를 향해 웃고 있었다. 나도 멋쩍게 따라 웃으며 소리쳤다.

"여보! 우리 백일의 기적을 믿어보자!"

빨래

빨래에 담긴 하루

아이를 등원시키고 돌아온 이른 아침. 습관처럼 빨래가 가득 담긴 바구니 앞에 선다. 찬찬히 바구니 안을 뒤적이다 보니 남편의 옷가지들이 먼저 눈에 들어왔다. 땀 냄새와 지난밤 회식 자리에서 함께 온 것 같은 고깃집 냄새가 묘하게 뒤섞여 있는 셔츠를 집어 들었다. 접어 올려진 그 소맷단을 펴고 있자니 남편의 지난한 하루가 떠오르는 듯하다.

고마웠다. 감히 가늠할 수 없는 가장의 무게가 손끝으로 느껴지는 것 같아 그 애씀이 고맙다.

그렇게 남편의 것을 정리하고 나니 아이의 조그마한 옷들이 보인다. 밥을 어디로 먹은 건지 도통 알 길이 없는 밥풀이 잔뜩 붙은 윗옷이며 바지 주머니마다 들어있는 작고 동그란 초록색 열매와 나뭇가지들을 보니 웃음이 나왔다. 요 꼬맹이가 어디 유격 훈련이라도 다녀왔는지 성한 옷이 하나 없다. 어제 놀이터에서 만든 거대한 물웅덩이 덕분이었을까. 옷이 흙탕물로 얼룩덜룩, 덩달아 내 마음도 얼룩덜룩.

하지만 괜찮다. 너만 즐거웠다면 이런 일쯤이야 얼마든지 괜찮은 일이 된다.

보다 보니 내 옷은 별로 없다. 입기 좋은 검은색 트레이닝 바지와 손이 자주 가서 즐겨 입는 티셔츠뿐이다. 저기 옷장에 걸린 적지 않은 옷들을 외면이라도 하듯이 늘 입는 옷은 정해져 있다. 하기야 매일 놀이터로 출근하는 나에겐 편한 옷이 최고다. 에너지 넘치는 아이와 함께 술래잡기하기엔 아무리 생각해봐도 이만한 옷이 없다. 자, 이제 모두 세탁기로 갈 준비를 마쳤다. 아차차! 한 가지 더 남았다.

누리끼리, 얼룩덜룩, 거뭇거뭇. 한 번 더 손길을 요하는 녀석들을 한데 모아 야무지게 싹싹 비비자 까만 물이 배어 나왔다. 정리된 빨래를 세탁기에 넣고 쪼르륵 향기 나는 세제를 부었다. 시원한 아메리카노 한잔을 들고 해가 잘 드는 베란다 의자에 앉아 건너편 '윙윙' 소리를 내며 돌아가는 세탁기를 물끄러미 바라본다. 어느새 세탁이 끝났다는 멜로디가 귓가에 들려오면 '탁탁' 젖은 빨래를 기다란 빨랫줄에 주렁주렁 널어본다. 그러자 하루를 열심히 살아낸 그 수고는 씻기고 행복했던 추억만 향기처럼 남는다.

반쯤 열어놓은 베란다 창문 사이로 따스한 햇볕과 봄과 여름 그 어디쯤을 알려주는 기분 좋은 바람이 불어온다. 빨랫줄에 걸린 옷가지들이 춤을 추듯 한들한들하다. 내일이면 까슬까슬 기분 좋게 말려진 옷과 마주할 수 있겠지. 누군가 '좋은 신발은 좋은 곳으로 데려다준다.'라고 했던가. 깨끗하게 세탁된 단정한 옷은 설레는 하루로 우리를 데려다주겠지.

빨래 끝~!

청소

꿈의 무대

어느 평화로운 오후, 소르르 단잠에 빠진 아이의 부드러운 머리카락을 쓸어 올린다. 토닥토닥 엉덩이를 두드리며 복실한 토끼 인형을 품에 안겨주고 조용히 문을 닫고 나왔다. 집 전체에 가득한 꼬마 예술가의 흔적이 눈에 들어온다. 이리저리 어지럽게 흩어져 있는 편백 나무 조각들이 그의 자유로운 작품세계를 보여주는 듯하다. 예술혼을 불태우며 분수처럼 뿌려댄 탓에 조각의 절반은 행방불명이다. 덕분에 작은 구멍마다 가자미눈을 하고 째려보다 기다란 막대기로 끄집어낸다.

몸집만큼이나 작은 책상 위엔 꼬마 예술가의 반려 식물인 '몽글이'가 올려져 있다. 꽃망울이 몽글몽글하게 달려있다고 해서 몽글이다. 어찌나 애지중지 사랑 주며 키우는지 몽글이는 책상 위에 있다가도 산책할 시간이라며 어느새 활짝 연 창문 앞에 놓여있기도 하다. 몽글이의 집을 보니 넘치는 사랑만큼이나 가득 찬 물 위로 자그마한 흙 알갱이들이 동동 떠다닌다. 배탈이 날까 싶어 몰래 작은 연못 물을 쪼록 따라냈다.

한쪽 벽에는 꼬마 예술가의 거침없는 손놀림으로 그린 작품이 그려져 있다. "아…!" 마음의 소리가 나지막하게 입술 밖으로 나왔다. 잠시 안방을 다녀온다는 것은 이토록 어마어마한 작품을 만들게 할 충분한 시간이었으리. 소파 위에는 친절하게 앉혀놓은 곰 인형 독자의 뒷모습이 보인다. 제법 진지한 모습에 찌글찌글 주름졌던 미간이 펴지고 피식 웃음이 새어 나왔다. 아까 얼핏 태풍이라고 작품 소개도 한 것 같은데 그림에 문외한인 내가 보기엔 역시나 어려운 작품이다.

"엄마~!" 끼익 문소리를 내며 뽀얘진 아들이 나왔다. 다정하게 안아주며 복숭앗빛 뺨에 뽀뽀를 한다. '그래. 너도 오전 내내 고단했겠지.'

꿈나라 여행을 다녀와 기분이 좋아진 아들과 청소를 시작한다. 활짝 연 창문 사이로 상쾌한 바람이 들어오자 꼬마 예술가는 익숙하게 바닥에 어지럽게 흩어져 있는 장난감들을 놀이방으로 퇴근시킨다. 청소기를 꺼내자 어느새 달려온 아들이 "내가! 내가!"를 외치며 제법 청소하는 시늉을 낸다. 금세 지루해진 청소기 놀이를 틈타 나는 빠르게 이쪽저쪽 밀고 다니며 낮게 깔린 먼지들을 데려간다.

파란색 작은 걸레 두 장을 물에 적신다. 사이좋은 친구처럼 하나씩 나눠 들고 여기저기 그려져 있는 꼬마 예술가의 흔적과 이곳저곳에 얹혀있는 노오란 송홧가루를 훔쳐본다. 말끔하게 빨아진 걸레는 푸른 하늘과 마주 보게 널어두고 비스듬하게 기대어 적당히 청소된 집을 보니 마음도 적당하게 여유롭다.

아이는 건축가도 되었다가 공룡도 된다. 과학자가 되기도 하고 예술가가 되기도 한다. 하얀색이었던 이곳은 어느새 알록달록 무지갯빛으로 가득 찬 우주가 된다.

오늘도 잘 놀았습니다.

나

읽는 사람이 아닌 쓰는 사람으로

꽃샘추위가 가시지 않은 4월의 월요일. 흙내음마저 익숙한 산책로를 걸어본다. 올해 처음 유치원에 입학한 나의 꼬마 덕분에 나는 풀타임에서 파트타임 직원이 되어 산책이라는 호사를 누리고 있다. 그것도 혼자. 타의적 주부가 아닌 자의적 주부가 되어 보낸 그 시간 동안 하고 싶은 것이 참 많았더랬다. 먼저 낮잠이라는 것을 자보고 싶었고 브런치라는 것을 앞에 차려두고 음식은 마시는 것이 아닌 즐기는 것이라는 사실을 새삼 느끼고 싶었다.

생리적인 욕구가 채워지고 나니 자연스럽게 영혼의 갈증이 느껴졌다. 나는 무엇을 해야 행복할까. 지금도 더할 나위 없이 행복하지만, 그것과는 완전히 다른 질문이었다. 나에게는 묵직한 한방이 필요했다. 하고 싶어 안달이 나게 할, 그리고 내 꿈을 송두리째 바꿀만한 그 무언가가 필요했다.

가만있어보자…. 내가 어떤 것을 할 때 행복하지? 습관처럼 수첩과 펜을 준비해 끄적거렸다. 앞장을 보니 김치찜 레시피며 매일의 다짐을 적은 글이며 별 소소한 이야기가 다 쓰여 있다. 무엇이든 쓰는 것을 좋아했다. 그래, 글을 쓰자. 오랜 꿈이었던 마음을 담아 울림이 있는 글을 써보자.

처음 글을 쓴다고 했을 때 여동생이 말했다.
"언니, 어릴 때부터 글 쓰고 싶어 하지 않았어?"

아, 그랬지! 작은 자물쇠까지 걸어가며 쓴 여동생과의 비밀 일기장과 열두 가지 색깔의 색연필로 지어낸 동화책을 품에 안고 다닌 나는 늘 읽고 쓰고 싶어 하는 사람이었다. 꿈을 이루기 위해 청춘의 이름으로 용서되었던 젊은 날의 무모한 퇴사와 세상에 둘만 존재하는 것 같았던 남편과의 연애 시절이 있어 다행이었다. 머릿속을 아련하게 떠다니는 신기루 같은 기억을 붙잡아 활자로 꾹꾹 눌러쓸 필요가 있었다. 어느 하나 버릴 것 없는 소중한 추억들을 재료로 글이라는 요리를 해봐야겠다.

쓰기로 결심한 순간부터 가만히 귀를 열고 눈을 감아본다. 타닥타닥 글을 쓰며 몰입하는 시간이 행복했다. 실로 오랜만이었다. 눈을 감아도 생각나고 자기 전까지도 생각나는 그 사람처럼 나는 글쓰기와 사랑에 빠진 것이 분명했다.

글을 쓰자 여기서 저기로 불어 가는 바람의 이야기가 궁금하고 고사리손의 아기로부터 자유롭게 떠다니는 민들레 홀씨의 종착지가 궁금했다. 그쪽 마음이 하는 말이 궁금하고 이쪽 마음이 하는 말이 궁금했다. 청소기가 고장이 나 전화 통화한 상담직원에게 너무 친절하시다고 말을 해야 직성이 풀리는 나는 표현을 해야만 했다. 표현을 글로 옮기니 더 뚜렷하게 살아나는 기분이다. 내 마음이 창피할 만큼 고스란히 드러나 꽁꽁 숨겨둔 그 글을 써보자. 이 결심은 그 누군가를 위함도 아닌 쓰기를 좋아하는 나를 위한 일이었다.

딸

|

환갑의 엄마에게

분홍색 책가방을 메고 포도맛 아이스크림을 입에 물고 온 어느 날 엄마가 말했다.

"엄마 이제 회사 그만 다니기로 했어."

별일을 기다렸던 마음이 하늘로 두둥실 떠올랐다. 늘 엄마가 고팠던 나는 두 발을 동동 구르며 좋아했다. 한동안은 늦은 밤 까만색 하늘에 걸려있던 엄마의 얼굴로 마음 한 귀퉁이를 채운 시간이었다. 그랬다. 금융위기로 인한 엄마의 퇴사는 어린 딸에게 있어 그저 어느 때나 엄마를 볼 수 있다는 기쁜 소식이었다.

하지만 엄마는 멸치볶음과 곰탕을 상 위에 올려두고 여전히 안팎으로 분주하셨다. 거짓말을 유독 싫어하던 아빠가 믿었던 사람에게 큰 배신을 당한 후 마주하게 된 모습이었다. 나름 부러울 것 없이 잘 지내고 있는 지금이 과거가 되어버린 것 같았다. 동그란 눈동자 안에 백조 같은 엄마가 겪어내야 하는 고단한 삶을 담아보았다. 담을수록 텅 비어 가는 엄마의 마음이 이미 끊어진 탯줄로 눅진하게 느껴지는 것만 같다. 토끼 같은 자식들을 건사하느라 빠알간 토끼 눈이 되어도 내려놓을 수 없는 그것 때문에 엄마는 쉬는 방법조차 잊어버린 모습이었다.

그럼에도 엄마는 숨을 쉬듯 감사를 찾았다. 이만큼 건강해서 감사하고, 이

만큼 행복해서 또 감사하다고 했다. 어두운 새벽을 깨워 기도하고 그 힘으로 매일 승리했던 엄마는 노여움을 택하는 대신 섬김을 택하는 사람이었다.

애지중지 키워낸 자식들이 둥지를 떠난다고 했다. 마냥 행복한 딸과 은은한 아이보리색 이불을 보러 다니고 종일 걸은 다리를 두드리며 새색시 같은 한복을 골라 준다. 엄마와 나는 식빵과 딸기잼처럼 붙어 앉아 매콤한 비빔국수를 먹으며 설레는 신혼생활을 상상했다. 그러다 문득 결혼 후에도 여전히 그리운 딸의 옷을 방 한쪽에 걸어두었던 외할머니의 마음이 이해된다고 했다. 기쁜 일이지만 우리 딸도 또한 여전히 그리울 거라고 했다.

푸르스름한 새벽녘 꼬물꼬물 뱃속 아이의 태동에 선잠에서 깨어났다. 둥그런 배를 가만히 쓰다듬다 보니 엄마의 자리가 주는 행복하고 선한 책임감이 보랏빛 습자지처럼 스며들어왔다. 어느덧 환갑을 지난 엄마도 이렇게 날 품으셨겠지. 이십 대의 꽃 같은 여인을 뱃속에서 처음 만나 엄마라고 부른지 내 나이만큼 흘렀다. 그런 그녀에게 우리들의 엄마로서 한 남자의 아내로서 고마웠다. 휘몰아치는 폭풍 속에서도 애써 살아 낸 엄마가 존경스러웠다.

사진 속 젊은 엄마는 어느새 눈가에 예쁜 주름을 가진 할머니가 되었다. 집 앞 공원에 앉아 서툴게 자전거 타는 손주도 응원하고 편안한 공간에서 통하는 사람들과 브런치를 먹으며 남편 흉도 보고 그럴 일만 남았다. 이제껏 우리와 그녀의 동반자를 위한 희생이 행복이라고 믿어왔던 엄마는 완전하게 행복할 자격이 있다.

아내

오늘보다 내일이 더 사랑스러울 아내

새해가 밝았다. 코로나로 인해 아주 오래간만에 부모님을 뵈러 친정에 갔다. 새해 인사를 드리고 남편이 스윽 용돈 봉투를 내민다. "작년 한 해 자네가 열심히 한 것을 다 아는데…. 이 귀한 것을 받아도 되는 건지…." 미안하고 고마운 마음을 담아 흐려진 말끝에 남편은 내 덕분이라고 한다. 예고 없이 들어온 감동에 내심 놀라 더듬거리다 우연히 잡힌 컵 손잡이로 밥알이 동동 떠 있는 식혜를 마셔본다. 마음을 표현해 주고 알아주는 남편에게 참 고마웠다.

남편은 늘 공이 세워지는 때가 오면 내 덕분이라고 한다. 실상 내 공의 지분이 일도 없는 일에도 언제나 끝마무리는 아내 덕분이다. 부지런하고 성실하게 일해 받은 월급날에도 당신 덕분이라고 하고 아이의 달리기 실력이 늘어 있으면 또 당신 덕분이라고 한다. 정말이지 지녁 식탁에 소고기 반찬을 하나 더 올려야 하나 싶다. 자세히 보면 아니 대충만 쓱 훑어봐도 허점투성이인 내가 퍽 괜찮은 여자가 된 기분이다.

우리는 서로 외에는 조건이 필요하지 않았던 그 시절을 지나 영원한 내 편이 되기로 약속했다. 신혼 초 치약을 밑에서부터 짜든 중간부터 짜든 서로를 존중하려 노력했고 사람 사이에는 당연한 것이 없다고 생각하기로 했다. 그래서 여전히 가족을 위해 매일 아침을 깨워 일터로 나가는 수고로움을, 아이를 돌보고 가정을 돌보는 애씀을 당연하다 생각하지 않고 세워 주고 귀하게 여겨준다. 상대방의 작은 소리에도 귀 기울이기를 원하고 내가 나 다울 수 있도록 늘 응원해주는 남편을 존경하고 사랑한다.

유난히 무더웠던 여름의 끝자락 밤. 열어둔 창문 사이로 어느새 서늘해진 바람을 타고 들려오는 '찌르르르' 풀벌레 소리. 그 소리에 귀를 열고 고단했던 하루의 살아냄과 그 온전한 하루를 마치고 돌아와 갖는 가족과의 쉼. 그 감사를 편안하게 나눌 수 있는 아내이고 싶다. 그런 그에게 커다란 행운을 기다리기보다는 함께 소소한 행복에 연연하는 세 잎 클로버 같은 아내이고 싶다.

오늘 저녁 우리는 바삭한 치킨을 앞에 두고 뽀글뽀글 탄산이 가득한 콜라로 건배를 하며 위로하고 칭찬할 것이다. 남편의 입버릇처럼 당신 탓이 아닌 당신 덕분이기에 서로를 긍휼히 여기는 마음을 담아 열렬하게 사랑해야겠다. 오늘보다 내일이 더 사랑스러울 그대여.

여보, 잘살고 있고 앞으로도 잘살아 봐요.

엄마

그렇게 엄마가 되어간다

이른 아침을 먹이고 챙이 넓은 모자를 씌워 집 앞 공원으로 나갔다. 폭신한 양 한 마리 떠 있지 않은 쨍한 하늘 덕분에 그새 목덜미엔 촉촉한 땀이 밴다. 간간이 부는 살랑살랑 바람으로 젖은 머리를 식히며 농구장 옆 벤치에 앉아 하얀 토끼풀을 구경해 본다. 그 모습을 지켜보시던 할머니 한 분이 다가와 웃으시며 말씀하신다. "아이가 참 행복해 보이네." 그 순간, 뭉클해졌다. 알 수 없는 위로와 환희가 밀려와 마음을 가득 채웠다.

그동안 참 많은 추억의 자리에 함께 있었다. 봄이면 여기저기 고개 내미는 보라색 제비꽃들을 쓰다듬으며 축복했고 여름이면 빨간색 우비를 입고 세차게 내리는 빗속에서 춤을 추기도 했다. 시원한 가을이 오면 느닷없이 마음이 너그러워져 다람쥐를 위해 한 알 한 알 모은 야무진 알밤을 나무 밑동에 올려두곤 했다. 눈이 오는 날에는 낙엽으로 꾸민 하얀 눈 케이크로 겨울에 태어난 너의 생일을 축하했다. 처음이라 서툰 서로 덕분에 함께 울고 함께 웃는 순간이었다.

엄마가 처음이라 미안했다. 콧물로 밤새 뒤척이는 아이를 보면서 오후에 긴 팔을 챙겨 입히지 않은 나 자신을 탓했고 나만 모르는 울음이 계속되는 날이면 내 부족함을 원망하는 날도 많았다. 최선이라고 생각하며 내렸던 순간의 결정이 아이를 힘들게 할 때면 심연에서 쉽게 빠져나오지 못하는 겁이 많은 엄마였다. 여전히 방법을 찾아가는 중이라 사랑만 넘치도록 주었을 뿐인데 아이는 자라나고 있었다.

다시 안 올 이 모든 시간을 붙잡아 두고 싶었다. 어느 것 하나 자유롭지 못한 몸이 버겁게 느껴지는 순간에도 아이의 미소를 마주치면 나는 세상에서 가장 행복한 엄마가 되었다. 뜬눈으로 새운 무수한 밤마저도 침대 밑 낡은 상자에 넣어 두고 싶은 추억이었다. 엄마가 되지 않았더라면 흔들리는 지하철 5호선에서 핑크색 배지를 달고 있는 초보 엄마의 불안함을 보고도 느낄 수 없었겠지. 울고 있는 아이를 구슬땀을 흘려가며 달래는 동년배 엄마의 그 애씀을 몰랐을 것이다. 오늘도 무엇을 생각하든 상상 그 이상이라는 육아 세계에서 열심히 허우적거리고 있지만 역시나 육아는 너무 어렵다.

매 순간 나름대로 최선을 다하고 있지만 알 길이 없다. 그래서 기도한다. 매일 드리는 기도처럼 세상의 지식보다는 지혜를 간구하는 아이로 자라길. 몸과 마음이 건강한 청년으로 자라 세상의 빛과 소금의 역할을 하는 자녀로 자라주길. 그리고 너와 내가 시간이 흘러 어떠한 위로가 필요할 때 왼쪽 가슴에서 이것을 꺼내어 '좋았었다'라며 추억을 살아가길 바란다. 덕분에 엄마로 살아갈 수 있어 행복하다.

이 또한 지나간다. 그래서 참 아쉽다.

인성

첫 우주를 만나기까지

이번 달도 헛헛하게 익숙한 방문을 닫고 나온다. 눈치 없이 차오르는 눈물을 애써 밀어 넣고 잔잔한 피아노 연주곡이 흐르고 있는 수납처로 간다. 덤덤하게 신용카드를 내미는 내 애달픈 오른손 옆으로 푸른색의 아기 수첩을 내미는 설레는 손길이 보였다. 결혼 후 빨간색 외제차를 몰고 갑자기 나타난 그 애도 부러워하지 않았던 나였지만 오늘만큼은 처음 본 그녀가 부러웠다. 결국 나는 병원 앞 붕어빵 가게 앞에서 엄마를 잃어버린 아이보다 더 서럽게 울어버렸다.

나의 첫 우주를 품기까지 이년이라는 시간이 흘렀다. 새 생명이 잘 깃들 수 있는 몸을 만들기 위해 우산을 쓴 날도 걸었고 장갑 두 개를 낀 날도 걸었다. 내가 믿는 신에게 태의 문을 열어달라고 떼도 쓰고 조르기도 했지만 여전히 내 몸은 잔잔하고 평온했다. 마음을 놓으면 생긴다는 진부한 얘기를 속는 셈치고 간절히 믿어보기도 하다가 소위 삼신할매, 할배가 있다는 유명 병원을 찾아 서성거렸다. 그럼에도 시리도록 새빨간 한 줄은 전혀 괜찮아지지 않는 일이었다. 마음이 차마 비워지지가 않아 부단히 바라며 한나처럼 기도했다. 친구의 대문 사진에 친절하게 안내된 출산 디데이 숫자를 못난 마음으로 외면하며 바라고 기다렸다.

견디기 어려웠던 시간이 넘어가자 감사가 보였다. 눈을 들어 찬찬히 살펴

보니 전보다 훨씬 건강해진 몸과 어느새 넉넉해진 마음 그릇이 보인다. 감사하다. 나의 때가 아닌 그분의 때를 기다려야 한다는 진리를 얻게 되어 감사했다.

몇 정거장쯤은 거뜬히 걸어 다닐 수 있는 체력과 백일을 맞은 이웃집 아이의 노란색 꼬까옷을 손수 고를 수 있는 둥근 마음일 때 아이는 선물처럼 찾아왔다. 까만 초음파 속 예쁘게 집을 지은 우리의 아기를 하나님의 감동이 되고 세상에 그 감동을 전하길 바라며 '감동'이라고 부르기로 했다. 매주 먹어도 질리지 않던 떡볶이가 놀랍게도 싫어지는 입덧을 해도 점점 불러오는 배로 인해 남편 옷이 더 편하게 느껴져도 감사했다.

아이가 간절한 친구에게 잘 될 거라는 어쭙잖은 위로 따위를 하지 않을 수 있어 다행이었다. 생각보다 길어진 신혼생활 동안 타워브리지와 다저스 구장에 찍혀있는 우리의 발자국을 추억할 수 있어 그 아련함에 행복했다. 감사로 열 달을 품고 감동이가 세상 밖으로 나오던 날. 그날은 내 인생에 있어 가장 좋은 날이었다. 부족한 우리에게 건강한 아이를 허락해주셔서 그것으로 족하다 생각했던 그날의 초심을 잃지 않길 오늘도 다짐해 본다.

감사를 고백하니 완벽히 행복해졌다.

건강

|

산

오늘부터 냉면 개시라는 현수막이 걸릴 즈음 푸르른 산에 올랐다. 가방 한 귀퉁이에 숨겨 둔 사탕부터 달라고 조르는 아이를 어르고 달래 초입으로 발걸음을 옮겨 본다. 조금 전까지 시무룩했던 아이는 어느새 납작하게 엎드려 호기심 가득한 눈동자로 산기슭에 피어있는 작은 풀꽃을 들여다본다. 저만의 상상 나라에 빠져있는 동안 나의 눈은 하늘을 덮은 초록색 싱그러움을 담고 귀로는 서로 맞닿은 잎사귀의 작은 소란과 새소리를 담아본다. 덩달아 좋아진 기분에 두 팔을 벌리자 몸은 어느덧 지나가는 바람을 담아 무거웠던 발걸음까지 가벼워지게 한다.

언제 이렇게나 많이 자랐을까. 분명 지난번 오름에는 이쪽 자리가 허전하기만 했는데 어느새 아이의 키만큼이나 자란 노란 꽃에서는 윙윙 줄무늬 꿀벌들이 부지런히 꿀통을 채운다. 시기마다 올랐던 산이지만 오르는 매 순간이 새롭고 자연의 가족들을 키워내는 그 힘이 경이롭기까지 하다. 이름 모를 산 꽃을 키워낸 땅의 애씀과 햇빛과 하늘의 조화로움에 절로 고개가 숙여진다.

여기저기 기웃기웃 작은 시골 동네의 재래시장을 구경하듯 발걸음을 옮기다 보니 꽤 많이 지나온 산책길 중턱이다. 이른 아침부터 부지런하게 쉴 새 없이 움직인 두 다리에 고맙다는 인사를 해본다. 숨소리는 평안한지 자유자

재로 움직이는 몸의 구석구석을 돌아본다. 눈에 담을 수 있어 감사하고 모든 감각을 편안하게 느낄 수 있어 감사한 시간이다.

발끝을 꼿꼿하게 세워 아무리 까치발을 해도 요 앞에 보이는 청년 소나무의 절반에도 미치지 못하는 것을 보니 자연 앞에서는 한없이 겸손해져야 하는 것이 분명하다. 마음을 힘들게 하던 크고 작은 시끄러움마저도 별일이 아닌 것이 되는 이곳은 마법 학교가 아닌 풀 내음이 가득한 어느 산길이다. 산에 싸여 있으니 마음까지 착해진 기분에 행동까지도 너그러워진다. 초록색 산 그리고 보이는 푸른색의 모든 것은 나를 보듬고 치유하고 있었다.

쫄쫄 흐르는 자그마한 시냇물에서 아이는 한참을 논다. 빨간색 열매를 실은 나뭇잎 배를 띄워보기도 하고 반질한 돌멩이로 물길을 바꾸어 작은 폭포도 만든다. 냇가 옆으로는 부지런히 어디론가 이사 가는 개미들에게 조언도 해가며 가는 길 내내 곳곳에 숨어있는 보물찾기를 해본다.

어느덧 많이 올라 쉼터에 다다랐다. 미리 준비해 간 간식으로 마침 출출해진 배를 채운다. 배도 적당하게 부르고 기분 또한 알맞게 좋아진다. 그래, 이런 것이 행복이지. 몸과 마음이 함께 여유로워짐을 느낀다. 오늘도 산에 올라와 보니 역시나 참 좋다. 사랑하는 내 아이도 자연과 더불어 착한 마음으로 세상을 바라보고 넉넉한 마음으로 인연들을 품어보길.

오늘도 산에 오르게 되어 참 다행이다.

지성

아빠

늦은 밤 부지런히 먹은 수박 탓에 휘적휘적 발바닥으로 바닥을 찾는다. 조용히 방문을 열고 나가자 식탁에 앉아 책을 보는 아빠의 커다란 뒷모습이 보인다. 자동으로 돌아간 눈이 네모난 시계에 멈춘다. 한결같은 새벽 네 시. 해가 긴 여름이고 짧은 겨울이고 언제나 해가 뜨지 않은 그 시간에 아빠는 늘 흰색 반 팔 러닝셔츠를 입고 그 자리에 앉아 책을 읽고 계셨다. 공부가 가장 쉬웠다던 아빠의 유일한 취미이자 특기는 독서였다.

아빠는 실로 모르는 게 없는 만물박사였다. 어떤 분야를 물어봐도 대답은 놀라울 만큼 완벽하고 자세했다. 기승전 공부의 정신이 부담스럽긴 했어도 학창 시절 우리들의 공부를 도와주는 친절하고 자상한 아빠였다. 그런 아빠를 좋아했다.

아빠의 어릴 적 꿈은 변호사였다. 그 시절의 까까머리 어린 소년은 가문을 위해 부와 명예를 붙잡을 수 있는 변호사를 꿈꿨다. 눈을 뜨고 잠자리에 드는 순간까지 처절하게 공부만 했던 그였지만 내 뜻대로 되는 것이 별로 없는 인생사가 다 그렇듯 아빠의 간절함은 슬프게도 꿈이 되어버렸다. 그렇게 평생을 공부만 해왔던 아빠는 책 속의 착한 주인공처럼 순수하고 순박했다. 아빠는 세상을 의심 없이 믿는 행복한 사람이었다. 어떤 큰 사건을 마주치기 전까지는.

회사를 다녀오면 집에서는 밤낮으로 책만 보는 아빠에게 서운했다. 과연 쓸 일이 있을까 싶은 독일어를 달달 외우는 아빠가 이해가 되지 않았다. 그 사건 이후 더 열심히 살아야만 하는 가족들을 위로하지 않음에 여전히 소설 속 주인공 같은 아빠의 초연함에 눈물이 났다. 그는 사면이 책으로 가득 찬 요새에 홀로 사는 외로운 기사 같았다.

시간이 많이 흐른 지금 나는 이제 서야 조금 어른이 되었나 보다. 처음 마주치는 커다란 파도에 몸도 가누지 못했을 그때의 아빠 마음이 오롯이 느껴졌다. 식탁 위의 그 시간은 소박한 탈출구이자 어쩌면 얕은 숨을 내뱉을 수 있게 해주는 쉼터가 아니었을까. 책과 평생을 함께해온 아빠는 여전히 본인이 살아 있다는 것을 느끼고 싶었으리. 그를 향한 노여움이 긍휼함으로 바뀌는 순간이었다.

아빠의 딸답게 나는 광고지로 만든 붕어빵 봉투에 적힌 문구까지도 읽고 싶은 사람이 되었다. 도서관에 매일 가던 어린 시절 나에게 책은 꿀과 같았다. 그런 아빠 덕에 야금야금 모아둔 글밥으로 부족한 글솜씨지만 글이란 걸 쓰게 되었다. 친정에 가면 머리에 하얀 서리가 내린 아빠는 젊었던 까만 머리 아빠처럼 여전히 공부를 하고 계신다. 그때는 서러웠던 아빠의 뒷모습이 오늘따라 그리워 눈물이 난다. 아빠의 마음을 이제야 이해하게 되었다.

너무 늦게 깨달아 미안해요. 아빠.

▶▶▶ 모두 다른 빛깔로 반짝이는 일상이 모여 찬란한 책 한 권이 완성되었다. 이 책을 통해 우리들의 일상이 더욱 아름답게 빛나길 기대한다. 한 주부의 소소한 하루를 세상에 내보이는 일은 부끄럽고 설렌다. 그러나 사랑하는 이들을 위해 잠시 잊혔던 내 삶을 기억하기 위해 용기 내어 펜을 들었다. 세상 주부들에게 말하고 싶다. 당신의 삶도 모든 순간이 반짝인다고.

블로그 https://blog.naver.com/dayuni74

밥

밥에 대하여

학창 시절 아침이면 엄마는 밥 먹으란 소리로 나를 깨우곤 하였다. 5분이라도 더 자고 싶은 어린 마음을 무참히 짓밟고 7시 20분이면 어김없이 "밥 먹어라!"고 외쳤다. 여간 신경질 나는 일이 아니었다. 잠에서 제대로 깨지 않은 몸을 이끌고 식탁에 앉아 가족과 아침밥을 먹었다. 식탁엔 갓 지은 밥과 따끈한 국, 노릇한 생선과 제철 나물이 있었다. 매일 진수성찬이었다. 하지만 꿈인지 생시인지 어렴풋한 채 먹는 아침밥은 맛이 있을 리 없었다. 잠을 깨기 위해 겨우 입으로 욱여넣는 밥이었다. 고등학교를 졸업할 때까지 거의 모든 아침 식사가 그러했다.

가끔 소풍날이면 엄마는 10인분도 넘는 김밥을 쌌다. 우리 가족은 네 명인데 소풍날 아침이면 늘 산더미 같은 김밥이 윤기를 뽐내며 식탁에 놓여있었다. 온 가족이 김밥을 좋아해서 많은 김밥도 그날 저녁이면 다 사라졌다. 소풍날은 당연히 그런가보다 여겼다. 요즘 문득 생각난다. 산더미 같은 김밥을 싸려면 엄마는 대체 몇 시에 일어난 걸까. 실은 몇 주 뒤 있을 아기의 첫 소풍에 도시락을 싸서 가야 한다는 말을 듣고 소풍을 가지 말아야 하나 심히 고민이다.

태어난 지 15개월이 된 나의 아기는 제법 어른의 것과 비슷한 밥을 먹기 시작한다. 어느 날은 콩나물과 시금치를 데쳐 무치고, 어느 날은 생선을 굽기도 한다. 분유만 먹일 때보다 손이 몇 배는 많이 간다. 오늘은 무얼 만들지 고민하고, 음식 궁합도 살펴야 한다. 어린 아기라 간도 약하게 해야 한다. 요리에 소질 있는 사람이라면 거침없고 신나게 만들겠지만 시금치 무침 하나 만들 때도 남들의 두 배 시간이 걸리는 내게 아기 밥 차리기는 매우 성가신 일이다.

시간과 노력을 쏟아 만들어낸 밥을 아기에게 먹인다. 조금 받아먹더니 얼마 지나지 않아 요리조리 숟가락을 피해 도망 다닌다. 소파 뒤로, 식탁 아래로 도망가는 아기를 쫓으며 한 숟가락이라도 더 먹이려 고군분투한다. 때론 소리도 지른다. 그럴 때면 '왜 이리 밥에 집착할까.' 스스로 한탄한다. 어릴 적 우리 엄마의 밥 먹으란 외침도 이와 같았을 것이다. 오늘도 식탁 아래 얼굴을 묻은 채 온몸으로 밥을 거부하는 아기에게 사정도 하고 달래도 본다. 몇십 년 전 우리 엄마가 차린 아침밥과 지금 내가 만든 아기 밥은 참 닮아 있었다.

설거지

어느 추석의 기억

결혼하고 한 달이 채 되지 않아 맞은 첫 명절이었다. 이제 막 며느리가 된 나는 떨리는 마음으로 시부모님댁에 갔다. 추석이라 송편을 빚고 차례상에 올릴 전도 부쳤다. 자주 해보지 않은 전 부치기가 의외로 재미있었다. 음식 준비를 마치고 저녁 식사를 한 뒤, 설거지를 할 때였다. 평소 장난기 많은 성격 탓에 나는 별생각 없이 남편, 시동생, 동서에게 설거지할 사람을 정하는 가위바위보 내기를 제안했다.

모두 흔쾌히 동의했고 가위바위보 끝에 남편과 시동생이 설거지를 하게 되었다. 내기에서 이겼다는 즐거움에 설거지하는 두 남자의 뒷모습을 방글방글 웃으며 지켜보았다. 시아버지는 웃으셨고 시어머니는 별말씀 없으셨다. 그러나 뜻밖의 일은 추석날 점심에 일어났다. 차례를 지내고 친척들이 오셨다. 점심을 대접해야 할 시간이 되자 시어머니는 갑자기 일회용 그릇과 수저를 몽땅 꺼내 상을 차리시는 것이었다. 너무나 예상치 못한 일이었다.

친척 한 분은 "이 집엔 그릇이 없나?"라며 농담처럼 물으셨고, 시어머니는 "우리 며느리들 설거지 안 시키려고 그래요."라고 말씀하셨다. 순간 망치로 한 대 얻어맞은 것 같은 충격을 받았다. 몇 년을 뵈어온 시어머니의 성품을 떠올리면 당시 진심으로 며느리와 아들에게 설거지 부담을 주고 싶지 않으셔서 그러셨다는 걸 안다. 하지만 그 일 이후로 다시 설거지 내기를 하지 않았다. 오히려 누구보다 열심히 설거지하는 며느리가 되었다. 만약 가위바위보 내기를 했을 때 시어머니께서 바로 한 말씀 하셨다면 어땠을까. 설화 속 청개구리 같은 성향의 며느리는 설거지할 때마다 언짢은 마음이 들었을지도 모른다.

송편을 빚을 때도 몹쓸 장난기가 발동해 겨자를 넣은 송편을 몇 개 빚자고 제안했다. 아무 말씀 없으시던 시어머니는 송편을 찌기 직전 조심스레 말씀하셨다.

"다윤아, 조상님들께 올릴 상에 혹시 겨자 송편이 들어가면 안 될 것 같은데 따로 표시해 놓을까." 순간 부끄러운 마음이 차올라 얼른 송편에 표시를 해 두었다. 정성스레 준비하셨을 음식에 장난을 친다고 한마디 하실 수 있지만 시어머니는 솜털처럼 부드럽게 말씀하셨다. 다정한 말씀은 따끔한 충고보다 더 깊은 울림이 있었다.

때론 부드러움이 거침을 이긴다. 부드러움의 힘을 그때 비로소 배웠다. 첫 명절을 떠올리면 아직도 얼굴이 화끈거린다. 철없는 며느리를 온화하게 가르치신 시어머니가 존경스러웠다. 하지 말라는 것만 골라 하려는, 날 닮은 아들에게 거친 말이 새어 나올 때마다 시어머니의 부드러움을 생각한다.

그해 추석 겨자 송편은 결국 시아버지가 드셨다.

빨래

빨래밖에 못 하는 주제에

"형수님, 빨래는 세탁기가 다 해 주잖아요."

명절에 만난 시동생의 말이다. 두 살 어린 시동생은 나와 친구처럼 가깝다. 아기가 잘 때 뭘 하시냐는 그의 질문에 "빨래도 하고 청소도 해야죠. 할 일이 얼마나 많은데요." 하고 대답하니 그가 했던 말이다. 서너 시간마다 울고 쉴 틈 없이 분유를 타 주어야 했던 아기의 신생아 시절에 들었던 이 말이 그 당시엔 약간 야속하게 느껴졌다.

지금 생각해보면 틀린 말도 아니다. 며칠 모아둔 빨랫감을 세탁기에 쑤셔 넣고 버튼 하나만 누르면 금세 깨끗한 옷으로 된다. 세탁된 옷을 털어 널 필요도 없다. 세탁기 바로 위 건조기는 옷을 따뜻하게 말려주고 새 옷처럼 먼지도 털어준다. 손에 물 한 방울 묻히지 않고 빨래는 끝이 난다. 고맙게도 저 덩치 큰 기계들이 나의 빨래를 다 해주고 있었다.

어릴 때 시골에 계신 할머니는 빨래터에 자주 가셨다. 고무 대야에 빨랫감을 넣고 가시는 할머니를 종종 따라나섰다. 어린 손녀와 함께한 할머니의 얼굴은 미소로 가득하셨다. 빨래터에 도착하면 물에 적신 옷을 방망이로 사정없이 두드리셨다. 난 흐르는 물줄기를 첨벙대며 할머니의 빨래를 구경했다. 가끔 할머니는 빨래를 하러 오신 이웃과 다정한 인사를 나누고 이런저런 이야기도 하셨다. 요즘은 볼 수 없는 오래된 기억이지만 속까지 뻥 뚫릴 것 같은 시원한 방망이 소리와 맑은 물소리, 할머니의 미소는 아직도 생생하다.

요즘 집안일과 육아로 우울증을 겪는 주변 사람들의 이야기를 자주 듣는다. 영리한 기계들 덕분에 집안일은 예전보다 훨씬 편안하지만, 주부의 스트레스는 사라지지 않는다.

지친 그들에게 필요한 건 최신식 세탁기와 건조기가 아닌, 작은 빨래터가 아닐까 생각한다. 신나게 두드리면 마음속 울분까지 털어내 줄 것만 같은 방망이와, 고된 마음을 어루만져줄 이웃의 한마디가 어쩌면 더 절실한지도 모른다. 작은 빨래터의 물줄기는 더러워진 옷과 함께 수많은 어머니의 마음까지도 말끔히 씻어주었을 것만 같다.

빨래밖에 못 하는 주제에 덩그러니 서 있는 기계가 오늘따라 미련해 보인다.

청소

모든 일은 마음 먹기 달렸다

'쏴아' 샤워기로 물을 뿌리자 희뿌연 공기가 욕실 유리창에 스민다. 물기 가득한 욕실 곳곳을 수세미로 박박 문지른다. 우렁찬 소리를 내며 구석구석 문지른 뒤 다시 샤워기로 물을 뿌려 씻어낸다. 남은 물기는 마른걸레로 닦아내면서 욕실 청소를 마무리한다. 말끔해진 욕실을 바라볼 때면 기분이 상쾌하다. 욕실은 늘 깨끗해야 좋은 기운이 들어온다는 누군가의 이야기를 들은 후로는 꽤 열심히 욕실을 청소한다.

신혼 초 남편에게 욕실 청소를 맡긴 적이 있다. 그는 기꺼이 청소를 하겠다고 대답했다. 그리고 다음 날부터 욕실을 하루에 사 분의 일씩 청소하기 시작하였다. 첫날은 변기, 둘째 날은 바닥, 셋째 날은 세면대, 넷째 날은 욕조까지. 작은 욕실을 며칠에 걸쳐 청소하는 것이었다. 성질 급한 내가 그 모습을 지켜보는 일은 여간 못마땅한 것이 아니었다. 누구나 자신에게 맞는 청소 방법이 있기 마련이지만, 당시 남편의 모습은 '차라리 내가 빨리 청소를 하고 말지.'라고 다짐하게 만들었다.

그때 이후로 남편은 거의 욕실 청소를 하지 않았던 것 같다. 난 욕실 청소를 할 때면 종종 남편의 고단수 수법에 넘어간 것만 같아 억울한 마음이 들기도 하였다. 욕실 청소를 자주 하진 않지만 한 번 할 때마다 온 몸의 힘을 다 써야 직성이 풀렸다. 서툰 주부는 욕실 청소를 마칠 때면 늘 진이 빠지기 일

쓰였다. 그럴 때면 자초하여 청소를 하면서 남편에게 역정을 내고 있는 내 모습을 종종 발견하곤 했다.

어느 날에도 한 시간이 넘게 욕실을 청소하고 있었다. 문득 학창 시절 들었던 '원효대사의 해골물' 이야기가 떠올랐다. 모든 것은 자기 마음에 달렸다는 그 이야기를 청소를 하며 떠올리게 될 줄은 몰랐다. 어차피 해야 하고 피할 수 없는 청소라면 마음가짐을 바꿔보기로 했다. 그 뒤로 욕실 청소를 일이라 생각하지 않고 운동이라 생각하자고 마음먹었다. 힘이 들 때면 '그래, 일부러 힘든 운동도 하는데 뭐.'라고 마음을 다독이며 더욱 열심히 물을 뿌리고, 수세미로 문지른다.

모든 청소가 그랬다. 청소를 일이라 여길 때는 진이 빠졌지만, 운동이라 여기니 살이 빠졌다. 공짜로 살을 뺀 셈이니 기쁘지 않을 수가 없었다. 집안에서 일어나는 수많은 일로 몸과 마음이 지칠 때마다 생각한다. 나를 갉아먹는 집안일이 아니라 나와 가족을 건강하게 만들어 줄 집안일이라고 말이다. 저녁 무렵 아이가 놀고 간 거실은 전쟁터를 방불케 하지만, 난 오늘도 열심히 운동을 할 생각에 들뜬다. 모든 것은 마음먹기에 달렸다.

나

|

역할

고등학교 2학년 때 일이다. 담임 선생님은 나를 불러 학생회장 선거에 출마해 보지 않겠냐는 제안을 하셨다. 하지만 난 완곡히 선생님의 제안을 거절했다. 친구들과 함께 무엇이든 앞장서 하는 것을 좋아했지만 학생회장이란 역할이 왠지 부담으로 다가왔다. 당시 학생회장은 참 바쁘고 할 일도 많아 보였다. 대학 시절에도 동아리 회장이나 학생회 임원이 되어 보라는 주변 사람들의 제안을 한사코 거절했다. 돌이켜보니 한 번쯤 그런 역할을 맡아 보았다면 좀 더 풍요로운 학창 시절의 추억이 만들어지지 않았을까 아쉬운 마음도 든다. 그땐 왜 그렇게 피하기만 했는지 모르겠다.

그동안 많은 역할을 가지고 살아왔다. 태어나서는 첫째 딸이었고 자라면서는 학생, 제자, 친구였다. 어른이 되어서는 직장인이었고 누군가의 아내였다. 언제나 나의 역할이 있었고 그 역할에 대한 책임도 뒤따랐다. 어릴 적의 역할은 큰 책임이 필요하지 않았지만, 점차 자라며 얻게 된 역할은 책임도 커졌다. 어쩌면 책임이 두려워 나는 선생님의 제안을 단번에 거절했을지도 모른다. 크게 책임져 본 적도 없었지만, 참으로 책임이 두려웠다. 그래서 큰 책임이 뒤따르는 역할을 피하며 살아왔다.

결혼하고 아기를 낳았을 때 간호사분은 나를 '엄마'라고 불렀다. 그때 나를 향한 엄마란 호칭은 흡사 맞지 않는 옷을 입은 듯이 어색했다. 아기가 태어나고 몇 달이 지날 때까지 엄마라는 이름이 좀처럼 편안해지지 않았다. 최근 아기를 어린이집에 보내고 많은 엄마를 만나고서야 엄마라는 이름이 덜 어색해지기 시작했다.

엄마라는 역할의 부담감 때문이었을까. 건들면 톡 부러질 것 같이 연약한 생명을 책임져야 한다는 게 겁이 났던 것 같다. 가장 최근에 얻게 된 엄마라는 역할은 지금까지와는 사뭇 다른 것이었다. 살아오며 가졌던 모든 역할 중 가장 큰 책임이 뒤따랐다. 작은 아기에게 온전히 집중해야 하고 세심하게 살펴야 했다. 아기가 엄마라고 부르며 방긋 웃을 때면 세상을 가진 듯 행복했지만, 막중한 역할의 부담감이 엄마라는 이름을 자꾸만 불편하게 만들었던 것 같다. 나는 그 불편함을 견디며 천천히 엄마가 되어가는 중이다. 작은 아기의 속삭임에 귀 기울이며 온종일 보살피는 일은 때론 지치기도 했다. 하지만 돌아오지 못할 소중한 순간이기에 이내 마음을 다잡곤 한다.

아기가 자라면 난 다시 치열한 사회로 돌아갈 것이고 수많은 역할 속에 던져질 것이다. 처음 엄마라는 말을 들었을 때의 불편함은 조금씩 사그라져간다. 아기와 함께 네 번의 계절을 보내며 엄마라는 역할이 조금 편안해졌다. 여전히 책임지는 것에 두려움은 있지만, 엄마라는 커다란 책임을 맡아 버렸으니 이젠 못 할 일도 없다. 엄마라는 이름은 어떤 역할도 자신 있게 도전할 수 있는 용기를 주었다.

딸

딸의 역할

전 세계인이 충격에 휩싸였던 9·11테러가 발생하던 날, 우리 집에도 전쟁이 일어났다. 아버지와 딸의 텔레비전 리모컨 쟁탈전이었다. 아버지는 9·11테러를 보도하는 뉴스를 봐야 했고, 나는 좋아하는 가수의 콘서트를 봐야만 했다. 텔레비전은 하나였다. 평소 친구 같던 아버지께 나는 큰 소리로 대들었고 화가 난 아버지는 밖으로 나갔다. 중학교 2학년이던 난 세계의 테러나 아버지의 마음은 아랑곳없이 좋아하는 가수의 콘서트를 신나게 보았다. 대학교에 입학할 무렵에도 아버지와 크게 다투었다. 아버지는 등록금이 저렴한 지방의 대학교에 가라고 하셨고, 나는 등록금이 비싼 서울의 대학교에 가고 싶었다. 그때도 아버지에게 지지 않으려는 나는 거의 한 달을 아버지와 대치 상태로 지냈다. 당시 우리 집의 형편을 잘 알던 터라 결국 아버지가 원하는 대학교에 입학했다. 내가 결혼을 할 무렵까지 아버지와 나는 많이 다퉜다.

아버지에게 난 오랫동안 그런 딸이었다. 어릴 적엔 친구처럼 가깝고 서로 장난도 많이 치는 사이였지만, 어느 순간부터 매사에 대립하는 사나운 딸이 되어있었다. 길을 가다 아버지와 팔짱을 끼고 조잘거리는 딸들을 보면 부러웠다. 난 그저 생신이나 명절에 선물과 용돈 봉투를 말없이 툭 건네고 마는 무뚝뚝한 딸이었다. 아버지를 누구보다 사랑하지만 사랑한다는 말은 할 수 없었다. '고맙다', '미안하다'는 흔한 말조차 하지 못하는 딸이었다.

코로나 바이러스의 확산이 우리 마을에도 절정에 이르던 무렵이었다. 콧노래까지 부르며 어김없이 일터에 나간 아버지는 영영 집으로 돌아오지 못한 채 먼 길을 떠나셨다. 전날 밤, "코로나 조심해라."고 문자를 주고받던 아버지의 갑작스러운 죽음은 믿기 힘든 일이었다. 장례 기간 내내 "이놈들아, 속았지?" 하며 어디선가 나타날 것만 같던 아버지는 끝내 돌아오지 않았다. 병원 한 번 가지 않던, 아직은 젊고 건강한 아버지였다.

생전 당신의 장례에 대해 "먼저 여행 끝내고 당당한 자세로 누워있을 테니, 여행 왔다 생각하고 술 한잔 하며 쉬어가라."고 하셨던 아버지. 보름달이 유난히 밝던 날, 그는 당당한 자세로 미소까지 머금은 채 누워 계셨다. 외국에 있던 남동생이 뒤늦게 장례식에 도착할 때까지 나는 상주가 되어 아버지의 손님들께 인사를 드렸다. 만삭이라 손님들께 절은 하지 말라는 친척들의 만류에도 불구하고 열심히 절을 했다. 미련한 딸은 '고맙다, 미안하다, 사랑한다.'는 말을 그렇게 대신하였다.

아버지에게 할 수 있는 처음이자 마지막인 제대로 된 딸의 역할이었다.

아내

|

가장 친한 친구

깨끗하고 세련된 구두와 깔끔한 옷차림의 남자. 남편의 첫인상이었다. 마치 도시 남자 같았다. 시골에서 태어나고 자란 내게 도시는 동경의 대상이었다. 아마 그래서 그에게 끌렸던 것 같다. 뜨거운 여름날 몇 번의 만남 후 우린 연인이 되었고, 네 번의 계절을 보낸 후 부부가 되었다. 어느덧 5년이 지났다. 된장찌개를 가장 좋아하는 남편은 실은 내가 살던 곳보다 더 작은 마을에서 자란 완전 시골 남자였다. 그럼에도 불구하고 우린 아직 사이좋게 지내고 있다.

남편은 직장에서 돌아오면 그날 있었던 소소한 일들을 이야기한다. 마치 어린아이가 학교의 일과를 엄마에게 이르듯 천진한 표정으로 말이다. 그 모습을 볼 때마다 웃음이 터졌지만 난 꾹 참고 제법 진지한 표정으로 듣곤 했다. 그는 자신의 이야기를 마치면 나의 하루를 묻는다. 매일 비슷하고 특별할 것 없는 일상이지만 난 정성껏 대답하려 노력한다. 남들에게는 굳이 할 필요 없을 만한 자잘한 이야기를 나누며 우린 저녁을 보낸다.

결혼 전부터 늘 친구 같은 아내를 꿈꿔 왔다. 도시 남자는 아니었지만 다정한 남편 덕에 이 꿈은 어느 정도 이루어졌다. 나에게 친구란 소소한 일상을 나누고, 같은 곳을 바라보며 살아가는 존재였다. 결혼할 무렵에는 매 순간 함께 할 가장 친한 친구가 생긴다는 기대감에 설렜다. 짧지도 길지도 않았던 5년의 시간동안 우리 부부는 수많은 순간을 함께 했다. 가장 기쁜 날과 가장 슬픈 날도 있었다. 때론 불같이 화를 내고 다투는 날도 있었다. 하지만 우린 여전히 같은 곳을 보며 서로의 곁을 든든히 지켜주고 있다.

결혼 후 몇 년이 지나고 나와 남편을 닮은 아기가 태어났다. 잠도 없고 투정도 심한 아기였다. 우린 제대로 된 준비 없이 치열한 육아 전쟁터에 던져졌다. 이 전쟁터에서 우린 때로는 적이었고 때로는 동지였다. 처음엔 몸과 마음이 지쳐 신경을 곤두세울 때가 많았다. 하지만 아기가 자라는 모든 순간을 나누며 누구보다 서로를 이해하는 사이가 되었다. 진정한 친구가 된 느낌이었다.

어느 날 남편에게 "당신은 나의 가장 친한 친구야."라고 말한 적 있다. 남편은 그 말이 내심 마음에 들지 않았나 보다. 그 말을 한 뒤로 몇 달 동안 남편에게 "친구끼리 이러면 안 된다.", "너 친구한테 왜 이러니." 같이 장난 섞인 서운함의 표현을 들어야만 했다. 남편이 생각하는 친구의 의미는 내가 생각하는 것과 조금 달랐던 것이다.

지나온 시간보다 더 긴 시간을 우리 부부는 함께 할 것이다. 앞으로 우리에겐 상상할 수 없이 수많은 일이 벌어질 것이다. 하지만 어떤 순간에도 의리를 잃지 않는 남편의 가장 친한 친구이고 싶다.

엄마

거울

아기를 어린이집에 보내기 시작할 무렵이었다. 어린이집 선생님은 매일 아기의 사진과 동영상을 보냈다. 그날도 '딩동' 소리와 함께 동영상이 전송되었다. 동영상 속에서 아기는 "아이씨, 아이씨."를 연달아 외치고 있었다. 활짝 웃는 얼굴이었다. 내가 무심코 사용하던 말을 아기는 가장 먼저 배워 따라 하는 것이다. 아직 엄마, 아빠라는 단어도 말하지 못하는 아기였다. 부끄러운 마음을 감출 수가 없었다. 그 뒤로 난 "아이씨"란 말을 하지 않으려 부단히 애썼다. 아기가 "아이씨"라고 외칠 때마다 "아이참", "앗"으로 수정해 주었다. 청개구리 같은 아기는 웃으며 자꾸 "아이씨"를 외쳤지만, 반복해서 가르쳐 주었다. 한두 달이 지나자 아기는 더 이상 그 말을 하지 않았다. 다행이었다.

태어나 15개월쯤 된 아기는 나의 행동도 그대로 따라 했다. 머리를 빗거나 로션을 바르는 모습도 똑같이 흉내 냈다. 급할 때 발로 아기의 장난감을 끄곤 하던 내 모습을 언제 봤는지 따라 하고 있었다. 고사리같이 작은 손과 발로 나의 행동을 따라 하는 모습이 귀여웠다. 그러나 한편으로 걱정도 커졌다. 행동과 말을 조심해야겠다는 생각이 들었다. 아기가 말을 하게 될 무렵 행여 내 일거수일투족을 그대로 따라 한다면 어떨지 생각만으로 아찔했다.

난 어릴 적에 원하는 게 이루어질 때까지 길바닥에 앉아 소리를 지르고 울었다고 한다. 예방접종을 한 날에는 분이 풀리지 않아 오랫동안 주저앉아 소리를 질렀단다. 얼마 전, 나의 아기는 자동차 안에서 삼십 분이 넘게 울고 떼를 썼다. 앞 좌석에 가고 싶다는 표현이었다. 위험한 일이라 계속 안 된다고 하니 창문을 이마로 받기까지 했다. 불현듯 어린 시절 나의 모습이 떠올랐다. 보여주지도 않았는데 아기의 모습은 나의 어릴 적 모습과 매우 닮아있었다.

나의 말과 행동을 그대로 따라 하는 아기를 보며 문득 엄마는 아기의 거울이란 생각이 든다. 엄마가 웃으면 아기도 웃고, 엄마가 울면 아기도 울었다. 심지어 나의 어릴 적 모습을 꼭 닮은 아기를 볼 때면, 엄마란 아주 오래전부터 아기와 연결된 거울인 것만 같았다. 여전히 부족한 내가 거울과 같은 엄마로 산다는 건 매우 어려운 일이었다. 나의 엄마도 그랬을 것이다.

아기를 바르고 아름답게 키우고 싶다면 엄마의 모습부터 바르고 아름다워야 했다. 아기의 표정과 말투, 행동을 통해 나의 모습을 살피고 단장해야 했다. 시간이 흐를수록 말 한마디, 행동 하나가 더욱 조심스러워졌다. 오늘도 아기의 거울 속에 비춰질 내 모습에 긴장하며 하루를 시작한다.

인성

모진 마음에 대하여

난 평소 성격이 모질다는 이야기를 거의 듣지 않았다. 물론 대놓고 그런 소리 할 사람이 많지 않으니 지극히 주관적인 생각이다. 어릴 적 친구들과도 여전히 잘 지내는 걸 보면 내가 그리 까다로운 사람은 아닌 것 같다. 예전부터 사람을 좋아해서 이 사람 저 사람 가리지 않고 두루 잘 지내왔다. 알고 지내는 사람과의 다툼이나 어색함이 싫어 서운한 일이 있어도 별말 없이 웃어넘기며 살았다.

그런데 유독 나의 가족 앞에서는 자주 모진 사람이었던 것 같다. 남에게는 웃어넘길 일도 가족에게는 세차게 따졌다. 부모님에게는 고집 센 첫째 딸이었고, 남동생에게는 사나운 누나였다. 오죽하면 내가 결혼하기 전부터 아버지는 "저 성질을 누가 받아주나." 하며 사위 될 사람에 대해 자주 걱정하였다. 돌이켜보면 소중한 사람들 앞에서 난 유독 모진 사람이 되었다. 가까운 사람들일수록 더욱 그랬다.

나의 모진 마음을 제대로 깨닫게 된 것은 아기를 낳고서였다. 눈에 넣어도 안 아프단 말을 처음으로 공감할 만큼 작고 사랑스러운 아기였다. 하지만 쉴 새 없이 울어대는 아기는 내 모든 신경을 곤두서게 했다. 유난히 예민했던 아기를 돌보며 짜증을 냈고, 때론 소리도 질렀다. 여린 아기에게 소리를 지르고 나면 후회로 잠을 이루지 못했다. 아기의 신생아 시절을 돌이켜보면 늘 후회의 연속이었다. 내 뱃속에서 태어난 아기는 나와 가장 가까운 존재였다. 태어남을 스스로 선택할 수도 없었던 연약한 아기였다. 가깝고 소중한 이들에게 더 모질어지는 모습은 아기에게도 마찬가지였다. 갓 태어난 아기는 내가 아직 덜 성장한 사람이라는 걸 확인하게 만들어 주었다.

가까운 사람에게서 느낀 편안함 때문이었을까. 어떤 모습을 보여도 내 곁을 떠나지 않을 것이란 믿음 때문이었을까. 둘 다였던 것 같다. 편안함과 믿음 때문에 그들에게는 예민한 나의 마음을 여과 없이 드러냈다. 몇 해 전 갑작스러운 아버지의 죽음을 마주했을 때, 눈물보다 먼저 솟구친 건 모진 딸의 미안함이었다. 오랫동안 곁에 있을 거라 믿었던 소중한 가족과의 이별은 나의 마음에 대해 깊이 반성하는 계기가 되었다.

그 후로 난 매 순간 조심한다. 곁에 있는 가장 소중한 사람들에게는 더욱 마음을 쓴다. 무심코 내뱉던 한마디 말의 무게를 깨닫기 시작하며 모든 말에도 정성을 기울인다. 물론 오랫동안 가져온 마음이 한순간에 변하진 않을 것이다. 그러나 아주 조금씩 노력하고 있다. 삼십 년을 넘게 살았지만 아직도 가까운 사람에게 종종 드러내는 모진 마음을 갈고 다듬어가는 중이다.

건강

|

산에 오르다

산에 오른다. 비 온 뒤 맑은 날이다. 따스한 햇볕 머금은 촉촉한 흙 내음이 올라온다. 2년 만이다. 전에는 전국의 100대 명산을 적어놓고 모두 오르겠다는 목표로 주말마다 산을 찾곤 했다. 산악회도 따라다니며 열심히 산을 올랐다. 하지만 임신과 육아로 좋아하던 산을 잠시 잊고 있었다. 요즘 아기를 네 시간씩 어린이집에 보내며, 뒷산을 오르기 시작했다. 오랜만의 등산은 숨이 가쁘고 다리도 후들거렸다. 그러나 중간에 돌아내려 올 수 없을 만큼 신이 났다. 정신없던 주부의 일상에서 벗어나 나만의 시간을 얻었다는 느낌이다.

어릴 때는 격렬한 운동을 좋아했다. 학창 시절에는 복싱을 배웠다. 몇천 번씩 줄넘기를 한 뒤, 상대를 이기기 위해 온몸이 흠뻑 젖을 정도로 뛰었다. 대학 시절에는 학교 앞 검도 체육관을 다녔다. 별생각 없이 시작했던 검도를 10년이 넘게 했다. 다른 욕심은 없는데 유독 운동에는 열정적이고 승부욕이 넘쳤다. 나보다 키 크고 체력 좋은 사람들을 이기려고 밤낮으로 연습을 했다. 그런 내게 결혼과 임신, 육아는 많은 것을 변화시켰다. 누구보다 활동적인 나에게 늘 조심해야 했던 임신기간은 특히 답답하기도 했다.

결혼을 하며 살게 된 곳은 사방이 산으로 둘러싸인 작은 마을이었다. 검도 체육관이 없는 마을이라 오래 하던 검도를 그만두었다. 대신 산을 오르기 시작했다. 주말이면 사람들을 모아 온 동네 산을 올랐다. 낮고 완만한 산부터 시작하여 높고 가파른 산까지 열심히 다녔다. 산을 오르기 시작하면 30분 정도는 괜히 올라왔다 싶을 정도로 힘이 든다. 하지만 그 후로는 아무 생각이 나지 않고 오로지 걸음에만 집중하게 된다. 그 느낌이 좋았다. 몸의 건강을 위해 시작한 등산이지만, 맑은 공기를 마시고 푸른 나무를 보며 마음도 더불어 건강해진 기분이었다.

예전에는 늘 누군가와 승부를 겨루는 운동을 했다. 이기고 싶은 마음에 조급해질 때가 많았다. 하지만 등산은 이겨야 한다는 욕심이 필요 없었다. 언제든 돌아 내려올 수 있지만 조금씩 꾸준히 올랐다. 홀로 산을 오를 때에도 정상에서 내려다보이는 멋진 풍경을 떠올리면 돌아 내려올 수 없었다. 등산은 복잡한 마음과 머리를 고요하고 느긋하게 만들어 주었다. 산을 좋아하는 젊은 친구들을 모아 등산모임을 만들기도 하였다. 산 덕분에 작은 마을에서 정다운 친구들을 여럿 만났다.

2년 만에 오른 산은 잊고 지냈던 푸른 마음을 일깨워 주었다. 아기가 조금 더 크면 함께 산에 오를 것이다. 생기 넘치는 푸름과 촉촉한 흙 내음을 아기에게 얼른 전해주고 싶다. 이기려 하지 않아도 묵묵히 걷다 보면 누구에게나 멋진 풍경을 선사하는 산의 마음을 나의 아기에게 가장 먼저 가르쳐주고 싶다.

지성

|

한 구덩이를 파는 일

"한 구덩이를 파며 여러 주변의 다른 것이 무너져 내리는 경험을 하라. 끝없이 무너져 내리면서 구덩이가 넓어지는 경험을 할 것이다. 그래서 공부는 끝이 없는 것이다."

해마다 찾아뵙던 교수님이 내게 하신 말이다. 한 분야만 50년 가까이 공부한 분이다. 그는 더 이상 공부하지 않아도 충분할 것 같지만 매일 이른 새벽부터 밤늦게까지 공부하셨다. 일흔을 바라보는 교수님의 열정적인 모습은 대학생이던 나에게 큰 자극이 되었다. 하루도 빠짐없이 가장 늦은 시간까지 켜져 있던 교수님의 연구실 불빛은 친구들과 어울려 놀기 바빴던 어린 마음을 존경심으로 뜨거워지게 만들었다. 나에게 한 구덩이를 파는 공부란 너무나 어려웠다.

공부에 열정이 없는 건 아니었다. 공부라면 이것저것 많이 해봤다. 학창 시절에는 남들처럼 교과 공부를 나름 열심히 했고, 대학에선 적성에 맞지 않았지만 역사와 철학을 공부했다. 졸업 후에는 경찰공무원 시험을 준비하기도 했다. 그러던 중 생활비를 벌기 위해 우연히 도서관에서 일하게 됐다. 자연스레 경찰공무원 시험은 포기했고, 두 번째 대학에 편입하였다. 원하던 영문학을 공부했다. 매일 서너 시간밖에 잠을 못 잤지만 피곤하지 않았다. 어느 때보다 열정적으로 공부했고, 대학원까지 졸업했다.

꽤 오래 다양한 공부를 했지만 지금은 어떤 공부와도 상관없는 일을 하며 산다. 돌이켜보면 어느 것 하나 제대로 공부하지 않았던 것 같다. 한 구덩이는커녕 곳곳의 흙만 만지작거리며 살아온 것 같아 부끄럽다. 얼마 후 돌아갈 나의 일터는 작은 도서관이다. 잠시 하려던 일이라 처음에는 다른 일을 찾기 위해 열심히 공부했다. 그러나 결혼을 하고 나이가 들수록 현실에 안주하려는 마음이 커졌다. 그 마음이 10년이 넘는 시간을 떠나지 못하고 도서관에 머물게 만들었다.

책에 둘러싸인 곳이라 자연히 많은 책을 접하고 읽어야 했다. 특별한 목표나 대단한 열정이 있는 건 아니었지만 조금씩 꾸준히 책을 읽었다. 오랜 시간 책과 함께하는 삶은 내게 사색과 성찰을 가르쳐 주었다. 우연한 기회에 글을 쓰게 된 것도 그동안 읽었던 책 덕분인 것 같다. 남들처럼 책을 통해 엄청난 지식을 얻은 것은 아니다. 다만 이전보다 조금 나은 사람으로 되어가는 느낌이 든다. 어쩌면 책이 내 삶에도 작은 구덩이를 만들어 준 것인지 모르겠다. 또 한 번의 10년이 지났을 때, 내가 여전히 작은 도서관에 남아있을지는 알 수 없다. 하지만 어느 곳에서든 난 책과 함께하는 삶을 살아가고 있을 것이다. 그때쯤엔 나의 작은 구덩이가 조금 더 깊고 넓어져 있길 기대해본다.

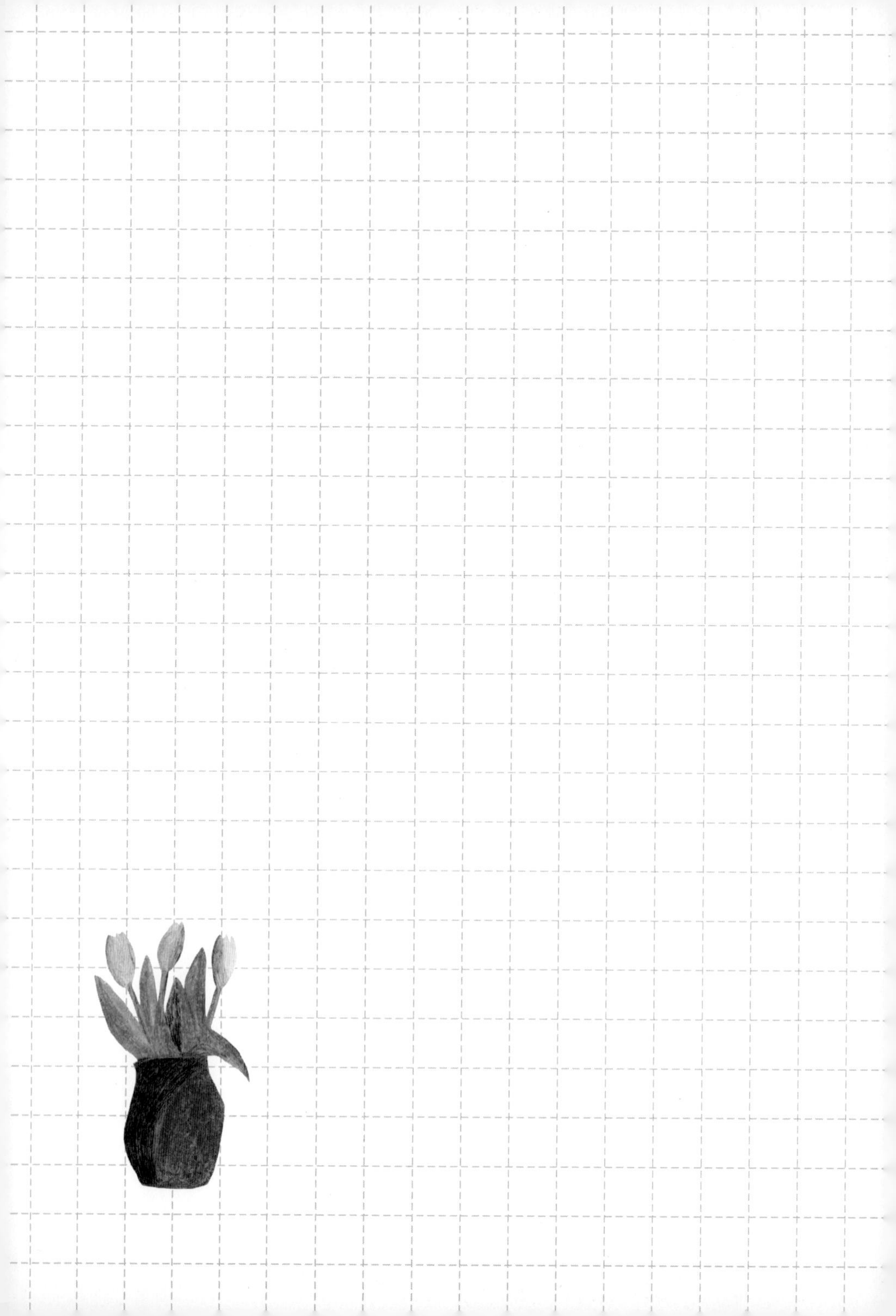

▶▶▶ 글을 쓰면서 한 아이의 엄마, 누군가의 딸, 아내의 역할을 해내고 있는 내가 기특하다는 생각을 했다. 그리고 나를 더 사랑하게 되는 계기가 됐다.

평범하기만 했던 나의 일상을 특별하게 만들어 준 이 기회가 너무 감사하다.

밥

|

엄마의 사랑

내가 초등학생이었을 때, 매일 아침 엄마는 학교 가는 차 안에서 먹을 수 있도록 밥상을 차려주셨다. 내 자식이 잠도 더 자게 하고 싶고 아침밥도 먹이고 싶었던 엄마의 생각이었다. 커다란 쟁반 위에 밥, 국, 반찬으로 채워진 플라스틱 그릇을 올리고 물통까지 챙겨주셨다. 엄마는 덜컹거리는 차 안에서 혹시라도 국물이 쏟아질까 노심초사하며 천천히 운전하셨다. 그릇에 담겨있는 음식이 없어지고 있는지 수시로 확인하면서 말이다.

대학생 때부터 자취생활이 시작됐다. 한 번씩 집에 내려와 잠을 잘 때면, 엄마는 밥 먹고 다시 자라며 아침부터 깨우셨다. 하루 세끼 안 먹으면 큰일 나는 줄 아는 우리 엄마이다. 딸이 자취방으로 돌아갈 때면 양손 가득 반찬이 담긴 가방을 들려주셨다. 혹시라도 기차 안에서 반찬이 샐까 봐 랩으로 몇 번을 감싸고 비닐 팩 2~3장에 넣어 포장해 주셨다. 가끔은 나의 늦잠을 깨우는 엄마가 미웠고, 무거운 반찬 가방을 들고 가는 게 짜증이 나기도 했다.

그러나 엄마가 되어 보니 그때의 엄마 마음을 알 것 같다. 내 자식 입안에 밥 한 숟가락 들어가는 모습만 봐도 행복하다. 매일 아침 눈뜨자마자 아이의 아침을 준비한다. 아이가 밥 먹기 싫다고 아무리 말해도 어떻게든 하루 세끼는 먹이고야 만다. 이뿐만인가. 몸에는 좋지만 아이가 싫어하는 재료는 형태를 알아볼 수 없도록 다져서 전으로 만들어 준다. 가끔은 밥 속에 몰래 반찬을 숨겨서 떠먹여 본다. 내가 해준 반찬이 맛이 없어 그런가 싶어 이것저것 레시피 검색해가며 다양한 반찬을 만들어 준다.

아이에게 "엄마는 우리 로건이가 밥 먹는 모습만 봐도 배불러"라는 말을 한 적이 있다. 어느 날 아이가 입안 가득 밥과 반찬을 집어넣고는 일부러 쩝쩝 크게 소리 내며 나를 쳐다봤다. 그러면서 "엄마는 로건이가 밥 먹는 모습만 봐도 배부르지요?"라고 말한다. 얼마나 사랑스럽던지 다람쥐처럼 빵빵한 아이의 볼에 뽀뽀를 해주었다.

손가락 한 마디 보다 작은 스푼에 담긴 이유식을 넙죽넙죽 받아먹던 아이가 스스로 젓가락질하며 먹는 모습이 기특하다. 아무 맛도 나지 않는 미음과 과자를 줘도 다 먹던 아이가 좋아하는 음식 취향이 생긴 게 신기하다. 자기도 요리하고 싶다며 내 손바닥만 한 손으로 조물조물 음식을 주무르는 모습이 귀엽다. 내가 해준 밥과 반찬을 먹으며 건강하게 자라고 있는 아이에게 고맙다.

설거지

|

엄마표 설거지 놀이

올해 5살이 된 아이는 스스로 할 수 있는 것들이 많아졌다. 양말 신기, 바지 입기, 티셔츠 벗기, 가방 메기, 세수하기, 신발 신기 등 혼자서 해내는 모습을 볼 때마다 얼마나 기특한지 모른다.

"로건이, 형아 다 됐네."라고 한마디씩 거들어 주면 아이는 뿌듯한 미소를 보낸다. 사람들이 꼬마나 아가라고 부르면 화를 내면서, "저 아가 아닌데요. 형아에요."라고 말한다. 요즘은 엄마를 도와주겠다며 내가 하는 모든 일을 함께하고 싶어 한다.

저녁 식사 후 설거지를 하려고 싱크대 앞에 섰다. 고무장갑을 꺼내 들자 등 뒤에서 아이가 큰 소리로 말했다.

"엄마 세가 도와줄게요!"

괜찮다고 대답하며 뒤돌아보니 이미 아이는 식탁 의자를 끌고 싱크대 쪽으로 오고 있다.

"로건이가 엄마 도와주고 싶었구나. 그래! 우리 같이 설거지하자."

라고 웃으며 말했지만 오늘은 얼마나 난장판을 만들어 놓을지 걱정이 앞섰다.

"엄마, 초록색 수세미 좀 줄래? 비누도 줘야지."

그렇게 아이의 설거지 촉감 놀이는 시작됐다. 초록색 꽃 모양 수세미에 주방 세제 가득 부어 조몰락조몰락하니 거품이 나왔다.

"우와! 거품 괴물이다."

수세미를 문지를 때마다 커지는 거품의 크기만큼 아이의 웃음소리도 커져갔다. 아이는 그릇 두어 개 수세미로 문지르다가 자기 손목에 묻은 거품과 눈이 마주쳤다. 그러고는 본격적인 촉감 놀이를 시작했다.

거품을 손끝으로 모아 거품공을 만들어 던지기도 하고, 입으로 불어보기도 한다. 거품 팔 토시를 만들고는 거품 마스크팩을 하려는 걸 제지했더니 타깃을 변경했다. 까치발까지 들어가며 내 머리부터 허리까지 거품을 묻힌다.

"엄마, 거품 요정이다!"

곧 40대가 되는 나에게 요정이라고 불러주는 유일한 존재.

나에게 설거지란, 설거지도 하고 엄마표 놀이도 할 수 있는 일석이조의 놀이이자 아이는 신나지만 나는 힘든 신기한 놀이이다.

빨래

건조기를 사야 할까

며칠 동안 비가 내리고 흐렸다. 한 번씩 보일러를 돌려도 집 안 가득한 습한 공기가 사라지지 않았다. 바구니에 넘치도록 쌓여있는 빨랫거리를 보니 한숨부터 나왔다. 건조기가 없는 탓에 날이 흐린 며칠 동안 빨래를 하지 못했다.

이사 가면 사야지 하면서 미루다 보니 2년째 건조기 없이 살고 있다. 아이가 사는 집에는 건조기가 필수라지만 없는 데로 살다 보니 살만했다. 비록 장마철에는 건조된 빨래에서 한 번씩 꿉꿉한 냄새가 나 하루에 두 번 세탁기를 돌려야 되는 번거로움도 있다. 그럴 때는 에어컨과 보일러를 같이 틀어놓고 건조하면 그런대로 뽀송했다. 그러다 장마철이 지나면 또 살만했다.

'오늘도 빨래 못하겠네.'

아쉬운 마음을 뒤로하고 옷장을 열어봤다. 다행히 이틀 정도 입을 수 있는 옷과 속옷이 남아있다. 화장실로 발길을 돌려 욕실 수납장을 열어보니 수건은 여유롭게 남아있다. 지난번 할인 행사 때 수건을 사둔 게 다행이라고 생각했다.

햇볕이 따스하게 비치는 아침이다. '오늘은 빨래해야지.'라는 생각이 제일 먼저 났다. 침대에 널브러진 이불과 건조대를 들고 마당으로 나갔다. 볕이 잘

드는 곳에 건조대를 펴고 이불을 널었다. 햇빛을 받은 하얀색 이불이 반짝거린다. 바닥에 깔린 카펫은 밖으로 가지고 나가 탈탈 털었다. 묵은 먼지와 함께 답답한 내 마음도 날아가는 거 같아 기분이 좋아졌다.

빨래 바구니를 들고 세탁실로 향하는 발걸음이 신이 난다. 오늘은 달콤한 향이 나는 섬유유연제로 빨래를 해 볼 생각이다. "징징징~" 세탁기 돌아가는 소리도 오랜만에 들으니 반갑다.

볕이 좋은 날이면 가장 먼저 생각나는 빨래.

하원 후 집으로 돌아온 아이가 문을 열자마자 말한다.
"음~ 오늘은 우리 집에서 향기가 나네."

청소

남편 vs 아이

우리는 2년 전부터 주말부부가 되었다. 남편이 한 달에 한 번 집에 오니 한 달 부부라는 표현이 더 맞을 것 같다. 3대가 덕을 쌓아야지만 할 수 있다는 주말부부인데 우리는 5대가 덕을 쌓았나 보다.

주말은 청소 휴무일이다. 매일 청소를 해야 한다는 강박증 때문에 나 스스로 정해놓은 규칙이다. 그러나 남편이 집에 오는 주말이면 그 규칙은 늘 깨지곤 한다. 주말이면 열리는 누가 더 많이 어지르기 시합. 남편과 아이가 선수로 출전하고 나는 심판을 본다. 오늘의 승자는 무패 행진을 달리고 있는 남편 승!

빨래 바구니 밖으로 삐져나온 옷과 속옷, 식탁 위에 구겨져 있는 수건, 안방 바닥에 굴러다니는 양말, 침대 옆 협탁에 놓여있는 찌그러진 음료수 캔, 옷장 안에 있는 구겨진 검은색 티셔츠는 모두 남편의 것이다. 욕실 문을 열어보니 물방울이 벽면을 빼곡히 채우고 있다. 샴푸 통은 왜 욕조에 떨어져 있는 것이며 거울은 왜 하얀 도트 무늬 얼룩이 묻어있는 걸까.

집 안을 가만히 살펴보니 어제저녁부터 오늘 오후까지 남편의 동선이 그려졌다.

토요일 오후, 청소를 하기 위해 남편과 아이를 놀이터로 보냈다. 유튜브에서 '청소할 때 듣기 좋은 플레이 리스트'를 찾아 재생 버튼을 눌렀다. 어디서부터 시작해야 할지 막막했던 마음을 리듬에 맞춰 흘려보냈다.

제일 먼저 여기저기 흩어져 있는 물건들을 제자리에 넣었다. 꼬리를 흔들며 따라다니는 반려견은 나의 청소 메이트이다. 베란다에서 청소기를 꺼내 연결선을 콘센트에 꽂았다. 윙윙 돌아가는 청소기 소리와 반려견이 짖는 소리가 섞여 하모니를 만들어낸다.

물걸레질과 설거지까지 끝내니 집에서 반짝반짝 빛이 난다. 나만 볼 수 있는 반짝임. 이 반짝임이 좋아서 매일 청소를 하는 건지도 모르겠다.

식탁에 앉으니 보글보글 주전자에서 물 끓는 소리가 나고 라디오에서는 좋아하는 노래가 나온다. 따뜻한 믹스커피 한 모금 마시고 나니 행복해졌다.

어느새 내 발을 베고 잠이 든 반려견을 보니 마음이 따뜻해졌다.

이 순간을 더 즐기고 싶어 남편에게 문자를 보냈다.

"오빠! 나 아직 청소 안 끝났으니깐 조금만 더 놀다 와."

나

|

빛나는 40대를 위하여

한때 버킷 리스트 쓰기가 유행한 적이 있다. 월 500만 원 이상 벌기, 30평대 아파트에서 살기, 외제 차 타기 같은 물질적인 것부터 타로 카드 배우기, 종이접기 자격증 따기 같은 소소한 취미까지 50여 가지의 버킷 리스트를 작성했었다. '키 180㎝ 이상에 덩치가 좀 있는 남자, 정장을 입는 직장에 다니는 남자, 생일이나 결혼기념일 등 각종 기념일을 챙기고 여행을 좋아하는 남자'와 같은 미래의 배우자에 대한 버킷 리스트로 적었었다.

정장을 입는 직장에 다니는 남자도 기념일을 챙기고 여행을 좋아하는 남자를 배우자로 맞이하지는 못했지만, 키 180㎝ 이상에 덩치가 좀 있는 남자를 만났으니 절반은 성공한 셈이다.

내 나이 29살이 되었을 때, 서른 살의 나를 상상하니 끔찍했다. 아직 버킷 리스트의 반도 못 이뤘는데 벌써 서른 살이라고? 30대라고 하면 늙고 무엇을 시작하기에 늦은 나이라 생각했던 것 같다.

나의 30대는 그동안 살아온 시간보다 조금 더 특별했으면 했다. 그래서 서른 살이 되던 해, 직장에 사표를 내고 필리핀으로 떠났다. 그리고 그곳에서 남편을 만나 결혼식을 올리고 아이도 낳았다.

이제 마흔 살을 일 년 앞두고 있다. 29살 때는 서른 살이 되면 세상이 무너질 것 같았지만, 내가 곧 마흔 살이 된다는 사실은 덤덤하게 받아들여진다. 마흔 살이 돼도 세상은 변하지 않을 걸 알기 때문이다. 세상은 변하지 않지만 내 인생은 더 아름답고 위대하게 변할 수 있다는 걸 알기 때문이다. 그래서 40대의 내가 더 설렌다.

오늘은 새로운 버킷 리스트를 적어봐야겠다. 엄마, 아내의 역할에서 할 수 있는 일부터 오롯이 나를 위한 일까지. 나의 40대는 새로 작성한 버킷 리스트를 하나씩 지워가는 성취감으로 보내고 싶다. 나의 인생 여행을 함께해 줄 아들이 있어 든든하다. 지금보다 더 많은 것들을 이룰 수 있는 희망이 있어 행복하다.

나의 빛나는 40대를 위하여 건배!

딸

|

엄마의 마지막 기억은 내가 될게

엄마가 수개월 전부터 손 떨림이 심해 지역 병원을 찾았다. 약을 먹어봐도 나아지지 않자 의사인 고종사촌 오빠가 일하는 큰 병원을 찾았다. 여러 검사 끝에 파킨슨병이라는 진단을 받았다.

처음 들어본 병명이라 검색해 보니 치매 다음으로 흔한 대표적인 퇴행성 뇌 질환이라고 나와 있다. 70세 미만의 노령층에서는 약 1%만 발생한다는데 그 1%에 우리 엄마가 속해버렸다. 치료 약은 아직 개발되지 않았고 병의 진행 속도를 늦추는 약만 있다고 한다.

눈물이 쏟아지고 가슴이 아팠다. 숨을 쉴 수가 없었다. 당신의 병명을 딸에게 알리는 엄마의 마음은 얼마나 아팠을까.

그동안 본인 몸은 돌보지 않고 오로지 남편과 자식들을 위해서 살아온 엄마였다. 엄마는 국에 밥 말아 대충 한 끼를 때우는 날이 잦았어도 남편과 자식들 밥상은 칠첩반상으로 차려주셨다. 생활력 없고 가정적이지 않는 남편 덕분에 35년을 악착같이 하루도 쉬지 않고 일만 하면서 살았다. 그런데 이렇게 살아온 결과가 너무 비참했다. 남들에게만 일어나는 일. 한 번도 상상해 보지 않았던 일이 엄마에게 일어났다.

2020년 9월, 필리핀에 살고 있던 나는 코로나로 인해 한국에서 친정살이를 하게 됐다. 며칠 전 남편은 필리핀으로 돌아갔지만, 나는 아이와 함께 한국에 남기로 했다. 내가 없으면 온종일 혼자서 멍하니 텔레비전만 보고 있을 엄마가 걱정됐기 때문이었다.

이 세상에 나에게 절대로 일어나지 않는 일이란 없다. 일만 하며 가족을 위해 살아온 엄마를 위해서 남은 인생 원 없이 쉬라고 하늘이 주신 선물이라 생각하기로 했다. 그동안 딸과 함께 살지 못했으니깐 남은 인생 딸과 손자와 함께 살라고 하늘이 주신 선물이라 생각하기로 했다.

가까이서 엄마의 하루를 보니 마음이 아프다. 하루가 다르게 병의 진행 속도가 빨라지는 모습을 보니 두렵기도 하다. 일하면서 5살 아이와 엄마를 함께 돌봐야 하는 것이 힘에 부칠 때도 있다. 부모 자식 사이라 해도 그동안 엄마와 떨어져 살았던 시간이 더 많았기에 함께 산다는 것이 쉽지가 않다. 안타깝고 속상한 마음 들킬까 봐 짜증 내는 날도 많다. 아빠를 원망하는 날도 많다.

언젠가 엄마는 딸을 알아보지 못하는 순간이 올 것이다. 엄마의 마지막 기억은 내가 되고 싶다.

아내

|

이상형이란 없다

누군가 나에게 가장 존경하는 사람이 누구냐고 묻는다면, 42년째 결혼생활을 유지하고 있는 부모님이다. 수십 년을 서로 다른 환경에서 다른 가치관을 가지고 살다가 부부가 되어 산다는 건 생각보다 훨씬 어렵다. 부부 관계를 유지한다는 건 생명의 탄생보다 더 위대한 일이라고 생각한다. 한 아이의 엄마로 살아온 시간보다 한 남자의 아내로 살아온 시간이 더 길지만, 아내로 산다는 건 아이를 키우는 것보다 더 어렵다.

나와 남편은 식성부터 좋아하는 영화 장르, 취미, 여행 스타일, 성격까지 교집합이 하나도 없다. 이렇게 다른데 연애할 때 사소한 말다툼 한 번 안 했던 게 신기하다. 연애할 때는 나와 다른 성격인 남편이 참 좋았는데 결혼해 보니 성격이 달라서 자주 다툰다. 결혼하고 살다 보면 눈에 씐 콩깍지가 조금씩 벗겨진다는 말을 실감하고 있다.

다들 참고 산다고 나까지 이렇게 살아야 하는 건가 싶어 이혼을 생각해 본 적이 한두 번이 아니다. 아무에게도 말하지 않고 혼자서 이혼 준비를 했던 적도 있었다. 그러나 아이가 생기니 이혼하는 게 더 힘들어졌다.

그렇게 한 집에서 매일 얼굴 보고 살다 보니 결혼생활에 요령이 생겼다. 음식을 할 때면 청양고추 넣기 전에 내가 먹을 양은 덜어 놓는다. 남편이 매운 음식을 좋아하기 때문이다. 외식을 할 때는 각자 취향대로 하나씩 주문하고, 여행을 싫어하는 남편이라 나와 아이 둘만의 여행을 계획한다. 취미가 다르니 쉬는 날에는 각자 원하는 취미생활을 하고 있다. 내가 좋아하는 것들을 상대방과 함께하기 위해서 설득하는 불필요한 에너지를 소비하지 않는다.

화가 나면 말을 하지 않는 아내. 화가 나면 그 자리에서 바로 풀어야 하는 남편. 나는 화가 나면 왜 화났는지 말하기 시작했고, 남편은 화가 나면 나에게 생각할 시간을 주기 위해 자리를 피해 주기 시작했다. 이렇게 조금씩 다름을 인정하고 합의점을 찾아가고 있다.

"오빠는 남편으로서는 0점인 거 같아."
"나 정도면 훌륭하지. 도박을 하냐, 여자가 있냐, 가정 폭력을 하냐."

누군가 그랬다. 사람은 고쳐 쓰는 게 아니라고. 나도 남편에게 완벽한 아내가 아니듯이 남편도 내가 원하던 배우자의 모습이 아닌 건 당연한 거다.

엄마

내가 엄마라니

아이들을 좋아했다. 지나가는 아이들만 봐도 눈 마주치며 인사를 하고, 아이들의 목소리와 웃음소리만 들어도 즐거웠다. 명절이면 조카들과 놀아주기는 내 담당이었다. 한때는 유치원 교사가 되는 꿈을 가져본 적도 있다. 내 인생의 목표는 아이 세 명이 있는 행복한 가정이었다.

20대 때, 산부인과에 간단한 검사를 받으러 갔었다. 조그만 동네 산부인과에서 나이가 아주 많아 보이는 의사 선생님이 진료를 봐주셨다. 내가 다낭성 난소 증후군이란다. 임신이 어렵냐고 물었더니 어려운 게 아니라 임신이 아예 안 된다고 말씀하셨다. 아이가 없는 결혼생활은 생각해 본 적이 없었기에 그 후로 배우자 조건 1순위는 입양에 동의하는 사람이었다.

결혼 후 3년이 시나도록 아이가 생기지 않았다. 남편에게 입양 이야기를 꺼내자 절대 안 된다며 아이 없이 살자고 했다.

"연애할 때는 입양할 수 있다며! 그래서 오빠랑 결혼한 거야. 입양 못 한다고 했으면 결혼 안 했어!"

"그때는 연애할 때인데 무슨 말인들 못 하겠냐?"

돌아오는 남편의 대답에 속상하고 눈물이 났다.

어느 날 올케가 조심스레 시험관 시술 이야기를 꺼냈다. 올케가 다니는 산부인과가 시험관 시술로 유명하다고 했다. 밑져야 본전이라는 생각으로 올케가 추천해 준 산부인과에 가서 검사를 받았다.

"다낭성 난소 증후군이네요. 이런 경우는 시험관 시술하면 성공할 확률이 아주 높습니다. 저만 믿으세요."

확신에 찬 의사 선생님의 눈빛에서 나도 임신할 수 있다는 희망이 보였다. 나도 엄마가 될 수 있다는 기대감에 심장이 터질 것 같았다.

그렇게 나는 산모가 되었다. 한 번의 시술로 그토록 바라던 임신에 성공했다.

2018년 9월 19일 밤 12시 7분, 마취가 깨지 않아 정신은 몽롱했지만 내 아이의 울음소리는 또렷하게 들렸다. 그리고 몇 분 뒤에 간호사가 말했다.

"저기 봐! 너의 아기가 오고 있어!"

영어를 잘하지 못하는 내 귓가에 간호사의 영어가 한국어처럼 선명하게 들렸다. 저 멀리 내 아이가 누워있는 인큐베이터에서 후광이 났다. 간호사는 누워있는 내 머리 옆에 아이를 눕혀줬다. 그때 아이에게서 나던 냄새가 아직까지 잊히지 않는다. 처음 맡아본 냄새. 앞으로 다시는 맡아볼 수 없는 냄새.

그때 다짐했다.

'적어도 엄마, 아빠보다는 더 행복하고 더 나은 삶을 살게 해 줄게'라고….

인성

|

성선설

아이가 두 돌이 되었을 때 어린이집을 다니기 시작했다. 이중 언어를 자연스럽게 구사하는 아이로 키우는 게 목표이기는 했으나, 필리핀에서 태어나서인지 막상 영어로 말이 트이니 걱정되기도 했다. 그래서 한국에 들어오자마자 바로 어린이집을 보냈다. 그렇게 6개월 동안은 아무 일 없이 보통의 아이들처럼 잘 지냈다.

어린이집 담임선생님에게 전화가 왔다.

"어머님, 오늘 로건이가 친구를 때렸어요. 그 친구가 문을 계속 두드리면서 시끄러운 소리를 내는데 로건이가 하지 말라고 했어요. 그래도 자꾸 문을 두드리니깐 친구를 때렸어요."

다음 날에도 선생님에게 전화가 왔다.

"어머님, 오늘 로건이가 친구를 깨물었어요."

그리고 며칠 뒤에도 비슷한 내용의 전화를 계속 받았다.

선생님에게 그 친구의 부모님이 몇 시쯤 아이를 데리러 오는지 여쭤봤다. 그러고는 어린이집 앞에서 피해 입은 아이의 엄마를 기다렸다가 사과를 했다. 어린이집 차량을 타고 등·하원하는 아이의 경우에는 사과의 편지를 써서 보냈다. 직접 전화 통화를 해서 찾아가 사과를 하고 싶었지만, 개인 정보라 연락처를 알려주지 않았다.

사실 나는 남에게 미안하다는 말을 잘 못하는 성격이다. 그러나 내 아이가 남에게 해를 끼치는 잘못된 행동을 하니 저절로 머리가 숙여졌다. 입으로만 하는 죄송합니다가 아니라, 마음속에서 진심으로 우러나는 사죄의 말이 저절로 나왔다. 몇 번이고 고개 숙여 죄송하다고 말하고 적었다.

육아 상담 센터를 찾아갔다. 내 아이의 경우 한국에 온 뒤로 갑작스럽게 생활환경이 바뀌면서 정서적으로 불안한 상태라고 했다. 필리핀에서는 보모와 함께 지내면서 엄마와 분리 연습이 되어있었던 터라 아무 의심 없이 어린이집을 보냈다. 그런데 그게 화근이었다니. 경솔한 나 자신을 깊이 반성했다.

그리고 이 시기에 아이들은 언어 소통이 잘되지 않기 때문에 말보다 행동이 먼저 앞선다고 했다. 부모님이 잘 이끌어주면 아이는 금방 변할 수 있다고 말씀하셨다. 매일매일 상담 센터에서 알려준 그대로 실천했다. 다행히 아이는 놀라운 속도로 안정을 찾아갔다.

나는 성악설보다는 성선설을 믿고 있다. 세상에 나쁜 아이는 없다고 생각한다. 백지상태인 아이를 부모가 어떤 환경에서 어떻게 양육하느냐에 따라 아이들이 변한다고 생각하는 사람이다. 내 아이가 남에게 피해를 주는 어른은 되지 않았으면 좋겠다. 더 나아가 다른 사람에게 도움이 되는 어른으로 자랐으면 좋겠다. 이런 어른으로 성장할 수 있는 발판을 마련해 주는 건 나의 몫이다.

내일은 나도, 아이도 한 뼘 성장해 있을 것이다.

건강

엄마가 건강해야 아이도 건강하다

아이가 식탁 의자 위에서 까치발을 들고 찬장 속 무언가를 꺼내기 위해 안간힘을 쓰고 있다.

"로건아, 거기서 뭐 해?"

"엄마! 저 오늘 비타민 안 먹었어요. 곰돌이 비타민 주세요."

매일 아침 유치원 가기 전에 비타민을 먹는데 오늘은 깜빡하고 못 챙겨줬던 게 기억났다.

"엄마, 원래는 아침에 곰돌이 한 개 먹고 유치원 갔다 와서 곰돌이 한 개 먹는 건데 오늘 하나도 못 먹었으니깐 곰돌이 두 개 주세요."

곰돌이 비타민 두 개를 먹은 아이의 혓바닥이 노랗게 변했다. 말할 때마다 보이는 노란색 혓바닥에 피식 웃음이 났다.

후기 이유식이 시작되면서 편식이 심해졌고 먹는 양도 확 줄어들었다. 적응되면 괜찮아지겠지 위로하며 특별히 신경을 안 썼다. 5살이 된 지금도 아이의 편식은 나아질 기미가 보이지 않고 먹는 양도 늘지 않았다. 크게 아픈 적은 없지만 감기를 늘 달고 살았다. 그래서 영양제로 부족한 영양소를 채워주면서 면역력을 키워주고 있다. 매일 아침 아이는 유산균, 종합 비타민, 홍삼을 먹고 하원 후에는 기관지에 좋다는 배즙, 수세미즙을 먹고 있다. 그래서일까 다행히 아이는 감기 걸리는 횟수도 줄어들었고 잔병치레 없이 잘 크고 있다.

그러나 내가 문제였다. 아이의 건강만 챙기다 보니 내 몸 돌볼 시간이 없었다. 출산 후 제대로 된 산후조리 없이 지금까지 육아에 전념하고 있다. 아이가 두 돌 전에는 정말 시간이 없었다. 밥 한 끼 먹을 시간 없었고 운동은 사치였다. 그리고 지금은 게으름을 앞세워 내 몸을 돌보지 않고 있었다. 언제부터인가 아이와 한 시간 이상 외출하는 것이 힘들고, 아이와 5분만 몸으로 놀아줘도 숨이 턱 끝까지 차올랐다. 아이를 재우다가 내가 먼저 잠든 날은 수없이 많아졌다.

나를 위한 영양제를 주문했다. 유산균, 종합 비타민, 오메가3까지. 건강에 좋다는 반찬을 만들어 하루 2끼 이상 먹으면서 영양제도 잊지 않고 먹고 있다. 아이를 등원시키고 일하러 가기 전까지 남는 시간에는 강아지와 근처 공원으로 산책하러 간다. 아침에 30분씩 산책하는 것만으로도 머리가 맑아지고 개운해졌다. 요즘은 몸도 건강해지고 정신도 건강해지는 기분이 든다.

오롯이 독박 육아를 하고 있는 나에게 제일 필요한 건 건강이었다. 엄마가 건강해야 아이가 건강해진다. 육아는 장기전이다. 지치지 않고 끝까지 살아남기 위해서 내 몸부터 챙기는 습관을 가져야겠다.

지성

책 읽는 아이, 책 읽는 엄마

필리핀에서 출산을 했던 탓에 조리원에 가지 못했다. 주변에 사는 한국 교민들은 아이를 키워 본 적이 없거나 출산한 지 너무 오래돼 실질적인 도움을 받지 못했다. 너무 작아 손만 대면 부서질 것 같은 신생아를 데리고 집으로 왔는데 덜컥 겁이 났다. 그래서 그때부터 미리 사둔 육아 서적을 틈나는 대로 읽어댔다. 얼마나 열심히 읽고 공부했는지 중고등학생 때 이렇게 공부했으면 서울대도 갔었겠다는 생각이 들었다.

육아 서적에 나온 내용과 현실은 달라도 너무 달랐다. 나는 분명히 책에 적힌 대로 하고 있는데 아이는 그렇지 않았다. 그런 아이를 보며 내 아이가 이상한 건가 걱정이 되고 책대로 아이가 따라오지 않으니 스트레스가 쌓여갔다. 그러던 어느 날, 내가 사소한 일에도 화를 내고 아이에게 짜증을 내고 있다는 걸 알아챘다. 책과 현실의 차이를 인정하는 데 몇 달이 걸린 거 같다. 적당히 현실과 타협하고 포기할 건 포기하면서 융통성 있게 육아를 하기 시작하니 마음이 편해졌다. 아이에게 짜증을 내는 일도 줄어들었다.

그래도 아직 포기하지 않고 꾸준히 하는 일은 매일 밤 아이에게 책을 읽어 주는 것이다. 신생아 때부터 단 하루도 쉬지 않고 자기 전에는 꼭 책을 읽어줬다. 아이와 장거리 여행을 갈 때도 여행용 가방에는 항상 그림책 3~4권을 넣어서 갔다. 집 안 곳곳 아이의 눈길이 닿는 곳에는 그림책으로 가득 채워놨다. 똑똑한 아이로 키우겠다는 마음보다는 책 읽는 습관을 만들어 주고 싶었다. 아이가 성장하면서 어려움을 겪을 때는 책을 통해 깨달음 얻고 힘든 상황을 잘 견뎌내기를 바라서이다.

책을 좋아하는 아이로 키우기 위한 가장 쉬운 방법은 부모가 매일 책 읽는 모습을 보여주면 된다고 한다. 아이의 그림책으로 가득 채워놨던 거실 책장 한 칸에 내가 읽는 책을 꽂아뒀다.

"엄마! 이거는 엄마 책이네. 엄마는 이거 읽어. 나는 이거 읽을게."

하며 아이는 글자만 빼곡히 적혀있는 자기계발서를 나에게 건네줬다. 한글을 읽지 못하는 아이가 혼자서 그림만 보며 이야기를 지어내더니 말했다.

"엄마! 내 책 같이 읽자."

주말이면 아이와 함께 서점에 가서 읽고 싶은 책을 고르고, 거실 소파에 누워 온종일 책을 읽고 싶다. 햇빛이 잘 드는 창가 쪽 테이블에 아이와 마주 보고 앉아 각자 읽은 책에 대해 토론하고 서로에게 책 추천도 해주는 사이가 되고 싶다. 이것이 특별한 일이 아닌 일상이 되는 하루를 보내는 게 나의 로망이다.

▶▶▶ 소설을 썼다. 혼자 쓰고 혼자 봤다. 그런 나에게 출간은 남의 이야기였다. 그럼에도 마흔 살에는 저자가 되고 싶었다. 그 일이 실제가 되어서 지금도 놀랍고 신기하다. 에세이를 쓰며 진짜 작가로 살았다. 모든 과정이 벅차고 감격스럽다. 조용히 응원해 준 가족에게 감사한 마음을 전하고 싶다. 이제는 타인이 읽는 글을 쓰겠다는 다짐을 남긴다.

블로그 https://blog.naver.com/rapture1004

밥

|

더 잘 차려서 나에게 먹여줄 것

밥이 안 넘어갔다. 목구멍이 붙어 버린 걸까? 먹어보려 해도 삼켜지지 않았다. 눈동자만 올려 눈치를 살폈다. 엄마의 밥그릇도 그대로였다.

"이별 한번 요란스럽다."

탁! 식탁에 숟가락을 내려놓으며 엄마가 자리에서 일어섰다. 목젖이 버석했다.

"우리 헤어지자."

한 줄 문장이 여섯 발의 총알로 몸을 관통했다. 함께 했던 계절과 시간, 모든 기억이 한마디 말로 흩어졌다. 받아들여지지 않았다. 하지만 할 수 있는 것은 없었다. 떨어지는 꽃잎이 아쉬워도 봄을 잡을 수는 없으니까.

내가 숟가락을 놓으면 엄마도 숟가락을 놓았다. 몰아서 쉬는 숨의 끝에 엄마의 긴 한숨이 따라다녔다. 울다 잠드는 것을 반복하던 어느 새벽. 머리를 쓰다듬는 익숙한 손길에 정신이 들었다. 눈을 뜨려다가 엄마인 것을 알고 가만히 그 손길을 받았다. 따뜻했다.

"그렇게 힘들면 엄마가 전화 한 번 해볼까? 다시 한번 생각해 보라고."

엄마의 나지막한 목소리에 가슴에서 뜨거운 것이 치밀었다.

해가 뜨자 벌떡 일어나 뜨거운 물을 틀었다. 끈적하게 달라붙은 미련을 벅벅 문질러 씻었다. 몸이 개운해지고 정신이 맑아졌다. 방문을 열고 엄마가 나왔다. 일부러 배에 힘을 주며 말했다.

"아~ 배고파 엄마, 돼지고기 많이 넣어서 김치찌개 끓여줘."

엄마는 대답도 하지 않고 냉동실 문부터 열었다.

지금 생각해 보면 싱거운 이십 대 이야기다.

언제부터였을까? 마음이 아프면 구석으로 도망쳤다. 컴컴한 곳에서 두 손으로 얼굴을 묻고 나를 숨겼다. 자신을 내팽개치는 것으로 가까운 사람에게 화를 냈다. 내가 선택한 방식은 나와 함께 긴 울음을 우는 사람에게까지 깊은 상처를 남겼다.

이제 삶이 입맛을 빼앗아 가면 붉은빛이 좋은 돼지고기 한 근을 산다. 시큼하게 잘 익은 김장 김치 한 포기를 꺼내 큼직하게 썬다. 두부를 먹기 좋게 자르고 대파의 흰 부분을 송송 썰어 보글보글 찌개를 끓인다. 잘 익은 쌀밥 한 그릇에 김치찌개로 배를 두둑하게 채우면 구멍 난 마음이 든든하게 찬다. 마음이 아프면 나를, 더 잘 챙겨준다. 좋은 걸 먹여주고 푹 재운다. 아프면 아프다고 말하고 도와 달라고 손을 내민다. 함께 울어 달라고 부탁한다. 그리고 나면 원래의 상태로 돌아올 수 있다. 회복된다. 다시 가득 힘이 채워진다.

설거지

수고스러움을 더하기

설거지는 귀찮다. 살림 중에 뭐가 제일 싫어요? 누군가 묻는다면 일 초도 망설이지 않고 답할 것이다. 설거지요. 설거지입니다. 차 한잔을 마셔도 과일 한 조각을 먹어도 녀석들이 달려온다. 매일 반복된다.

요즘 가정의 필수 가전 중 하나가 식기 세척기란다. 한동안 식기세척기만 검색했다. 작은 주방이지만 어떻게라도 끼워 넣고 싶었다. 내 마음을 알아주지 않는 남편은 말했다.

"식기세척기는 게으름의 상징이야."

그의 말이야 어쨌든, 지금도 인터넷 쇼핑몰 장바구니에는 브랜드별로 식기세척기가 있다. 이사만 가면 첫 번째로 사야지!

코로나로 격리된 기간 십오일. 평소에도 배달 음식을 잘 시켜 먹지 않는 집은 갇혀도 마찬가지다. 온종일 음식을 했다. 고개만 돌리면 개수대에 그릇이 쌓여있었다. 나중에는 화가 솟구쳤다. 어떻게 이럴 수가 있지? 계속 치우고 있잖아. 격리의 답답함보다 폭풍 같은 주방 일에 더 숨이 막혔다.

더 이상 이렇게 살 수는 없었다.

주방에 수납된 물건을 모두 꺼내 바닥에 내려놓았다. 개수대에 쌓여있는 그릇의 물기도 닦아서 나누었다. 용도별로 접시를 정리해서 각자의 공간을 정했다. 싱크대에서 그릇이 모두 사라지자 주방이 숨을 쉬었다. 나도 숨통이 트였다. 동서남북이 꽉 막혀 있어 아무것도 보이지 않는 날이 있다. 답답하고 무력함만 가득하다면 작은 변화를 시도해야 한다. 거창하고 새로운 것은 필요하지 않다. 바로 옆에 있는 것을 바꾼다. 연필, 신발, 이불 이것은 무엇이라도 될 수 있다. 보이는 그것에서부터 시작하면 된다.

그날 이후, 아침에 눈을 뜨면 제일 먼저 그릇을 정리한다. 금방 다시 꺼내야 하지만 제 공간에 들어가 그릇도, 주방도 잠시 쉴 시간을 준다. 뭐가 변한 건지 모르는 남편은 말했다.

"요새 주방이 좀 넓어진 거 같아."

피할 수 없다면 무엇이 내 숨을 편하게 하는지 찾자. 그것이 좀 더 수고스러운 일이더라도 말이다.

그래도 설거지는 언제나 귀찮다.

빨래

불편함을 피하지 않기

옷을 선물 받았다. 진보라와 연보라의 포도알이 가득한 민소매 원피스다. 둘째는 보자마자 공주 치마라고 소리쳤다. 시어머님이 밝게 웃으셨다. 여름이 시작되기 전부터 아이는 포도 치마를 입겠다고 떼를 썼다. 결국 흰색 긴팔 상의를 사서 함께 입혔다.

원피스를 검색하고 나서는 마음이 편하지 않았다. 아이 옷이라고 하기에는 값이 비쌌기 때문이다. 유치원에서 아이가 돌아오면 옷을 먼저 살펴보게 됐다. 한여름이 시작될 무렵 우려하던 일이 생겼다. 원피스 가슴 부분에 엄지손가락만 한 얼룩이 찍혀 있는 것이 아닌가! 보라색 동그라미들 가운데 빨간 점이 귀신처럼 보였다. 얼른 핸드폰으로 얼룩 지우기를 검색했다. 주방세제, 치약, 베이킹소다, 스프레이, 아세톤까지. 박박 비비고 벅벅 문질렀다. 내 마음도 모르고 얼룩은 오히려 넓게 번졌다.

갑자기 락스가 떠올랐다. 베란다에서 녀석을 들고 왔다. 먼지 쌓인 파란 뚜껑을 열었다. 특유의 향이 금세 욕실에 퍼졌다. 그 순간만큼은 독한 향이 믿음직했다. 얼룩 위에 락스 몇 방울을 조심스럽게 떨어트렸다. 순식간에 젖은 원피스 사이로 락스가 퍼졌다. 안 돼! 보라 연보라 원피스가 분홍, 진분홍, 꽃분홍이 가득한 얼룩덜룩한 원피스로 변하고 말았다. 원피스를 구겨서 옷장으로 처박았다. 여름 내내, 요즘은 포도 치마 안 입네? 라는 말만 들으면 다른 말을 하거나 어물거렸다. 나중에는 옷과 관련 없는 말에도 고개를 푹 숙였다.

불편한 상황을 만나면 피하기 바빴다. 모르는 척했다. 선뜻 나서지 않았다. 마땅히 져야 할 책임을 지지 않았다. 지금까지 늘 그랬다.

올해 봄. 시부모님과 저녁을 먹던 자리였다.

"포도 원피스가 좀 컸지? 이제는 딱 예쁘겠다."

어머님의 말씀에 입에 가득 들어 있던 음식을 그대로 꿀꺽 삼켰다. 꾸물거리다 겨우 그간의 일을 설명해 드렸다. 어머님께서는 잠시 답을 하지 않으셨다. 얼마 후 끙하는 소리와 함께 말씀하셨다.

"옷에는 함부로 락스를 쓰면 안 돼."

생활 얼룩은 생긴 즉시 주방세제로 조물조물 빠는 것이 가장 좋은 방법이다. 여건이 되지 않아 지체되었다면 얼룩 제거제를 사용해야 한다. 인터넷에 있는 방법이 모두 통하지 않으면 마지막으로 세탁소에 가보는 것을 추천한다.

불편함을 꿀꺽 삼키고 솔직해지자 가슴 한쪽에 박혀 있던 알맹이 하나가 쑥 빠졌다. 회피하며 도망 다니다가 오히려 더 오래 거북하게 살았다. 옷장에 있던 원피스를 버렸다. 이제 좀 가볍다.

청소

매일 쓸고 닦아서

미세한 먼지를 걱정하게 된 것은 언제부터일까? 맑아 보여도 깨끗한 것은 아니라는 공기 덕분에 매일 쓸고 닦는다. 매일 공기청정기까지 돌린다.

"차라리 보이지 않아 다행이지."

먼지가 눈에 모두 보인다면 성격상 마스크 대신 방독면을 쓸 것이 분명하다.

창문을 열지도 않았는데 수북한 먼지를 보면 깜짝 놀란다. 창틀은 또 어떤가! 볼 때마다 질겁할 정도다. 먼지라고 부르기도 민망한 시꺼먼 가루가 틀 끝에 수북하다. 주위를 떠도는 먼지가 몸 안에도 켜켜이 쌓여가고 있겠지? 마음에 차지 않지만, 코털과 마스크에 기대 보는 수밖에.

먼지 포로 쓸고 물걸레로 닦아야 하는 것이 먼지만 있는 것은 아니다. 마음도 매일 닦아야 한다. 보이지 않는다고 내버려 두면 까끌까끌한 방바닥이 되는 것은 시간문제다. 나도 모르는 사이에 새까만 것이 온 마음에 가득 찬다. 먼지도 마음도, 매일 시간을 내서 쓸고 닦아야 한다.

먼지를 닦기 전, 창문을 활짝 연다.

'밖의 먼지가 더 들어오는 거 아니야?'

하지만 집 안의 공기는 순환이 필요하다. 널려있는 물건도 미리 정리해 두면 쓸고 닦는데 거추장스럽지 않다. 그러고 나서 손에 착 안기는 익숙한 도구 하나를 챙긴다. 먼지 포든 물걸레든 상관없다. 쓱쓱 싹싹 기분 내키고 손 가는 방향으로 닦아주면 순식간에 집이 편안해진다.

마음도 마찬가지다. 먼저 전환이 필요하다.

마음을 닦겠다! 하고 마음을 먹어야 한다는 말이다. 덕지덕지 붙어 있는 감정은 잠깐 밀어 놓는다. 치워 버리는 게 아니라 밀기만 하면 된다. 모르는 척 하는 것이 아니다. 닦고 나서 다시 볼 요량이다. 이렇게 떠다니는 마음을 옆으로 밀어 놓고 나면 원래 있던 공간이 나온다. 구름을 치워낸 하늘과 같다. 파도가 멈춘 바다와 같다.

마음이 고요해졌다면 그 공간에서 잠시 머문다. 그 순간은 매우 짧을 수 있다. 그런데도 마음의 본래 상태를 일부러 만들고 나면 시선이 달라진다. 휩쓸려 있을 때는 보이지 않던 것이 보인다. 평온한 상태로 다시 본다는 것이다. 주관(主觀)과 객관(客觀)을 분리할 때 요긴하게 쓸 수 있다.

내 안에는 쉴 수 있는 공간이 있다. 그것을 보는 것이 쉬운 일은 아니다. 그러나 매일 닦으면 찾을 수 있다.

나

|

괜찮은 오늘을 살고 싶다

[살 수 있는 날이 일주일 남았습니다. 주변을 정리해보세요.] 100일 동안 100까지 질문에 답을 하는 프로그램에 참여했다. 보자마자 섬뜩한 마음이 들었던 이 질문을 중간쯤에 만났다.

'진짜는 아니니까.'

한참의 시간이 지나고 나서야 답변을 쓸 용기가 생겼다. 하지만 주변을 정리한다는 문장만 떠올려도 눈물, 콧물이 뚝뚝 떨어졌다. 나중에는 내 영정사진을 보고 있는 것처럼 통곡하고 말았다.

"일주일로는 아무것도 할 수 없어!"

예상과는 다르게 주어진 시간은 주변을 정리하기에 적당했다. 아쉽기는 했지만 부족하지 않았다. 기한을 정해놓고 쓰니 할 수 있는 일과 할 수 없는 일이 분명하게 보였다. 시간이 귀했다. 아깝지 않게 쓰고 싶었다. 제일 먼저 정한 것은 잠자는 시간. 눈을 뜨고 있는 동안에 온전하게 깨어 있어야 했다. 피곤하고 흐릿하게 마지막 장면을 보고 싶지 않았다. 온몸의 세포가 살아 있는 순간을 느껴야 했다.

소중한 이의 이름을 한 명씩 노트에 적었다. 무엇으로 이들에게 진심을 전할 수 있을까? 음식이 떠올랐다. 반나절 단위로 나누었다. 장을 보고 음식을 만드는 시간도 정했다. 메뉴를 떠올리다가 반성하는 마음이 들었다. 남편과 아이가 좋아하는 음식은 금방 적었는데 부모님과 친구가 좋아하는 음식은 떠오르지 않았기 때문이다.

삼 일이 남았다. 남편과 아들 그리고 딸과 함께 할 시간을 적어야 했다. 생각만으로도 팔다리가 뻣뻣해졌다. 손가락 끝이 벌벌 떨렸다. 그들이 단단하게 살 수 있음을 믿기로 했다. 때로는 슬픔이 찾아오겠지만, 기쁨을 잃지 않고 살아갈 것임을 굳게 믿기로 했다.

나를 존재하게 하는 사람들에게 사랑과 감사를 모두 전하고 하루를 남겼다. 마지막 날은 혼자 있기로 했다. 이번 생은 이것으로 안녕! 이 아닌가. 오롯이 혼자서, 그것을 보리라. 특별히 할 일이 남아있지도 않았다. 다만 뜨는 해와 지는 해 사이에 함께 했던 모든 것에게 감사를 전하고 싶었다. 그러고 나서 깊은 밤 한가운데처럼 고요한, 집으로 돌아가야지.

"잘했다. 애썼다. 참 고생했다."

이 질문에 답을 하고 나서 한동안 가족의 얼굴만 봐도 눈물이 났다. 생명이 있는 모두의 시간은 정해져 있다. 끝을 모르게 한 것은 우주의 선물이라는 누군가의 말이 있다. 그날이 내일이어도 괜찮은, 오늘 하루를 살고 싶다. 유한의 시간을 귀하고 아깝게 여기리라.

딸

|

엄마의 모든 날에

엄마는 늘 명치가 아팠다. 불편한 속 때문에 1년에 한 번은 위내시경을 받았다. 헬리코박터 약을 먹고 대장 내시경도 했지만, 문제는 없었다. 그런데도 엄마는 늘, 아프고 괴로운 속 때문에 고생했다. CT까지 찍고 나자 의사는 조심스럽게 신경 정신과의 진료를 권유했다. 엄마는 그런 병원은 갈 수 없다며 펄쩍 뛰었다. 계속 위장약을 먹을 수 없다는 말을 듣고 나서야 마음이 달라졌다. 병원을 바꾸자 예상하지 못한 진단이 나왔다.

엄마의 병명은 화병이었다.

새로운 처방을 받자 약이 바뀌었다. 그러자 거짓말처럼 통증이 사라졌다. 숨도 잘 쉬어지고 밤에 잠을 다시 잘 수 있게 됐다고 했다. 속만 아픈 것으로 알았는데 엄마가 힘든 일상을 보내고 있다는 것을 그때 알았다. 남들에게 뒤지지 않게 요란 법석하고 고단했던 엄마의 시간을 잘 알고 있다. 그 시절 엄마와 나는, 한 편을 넘어 한 몸처럼 살았다. 함께 울고 아팠다. 엄마보다 더 화를 내며 살았다. 내가 그렇게라도 하지 않으면 엄마가 못 견디고 포기할까 봐 무서웠다. 이제는 푹 잘 수 있어서 좋다는 엄마의 말에 가슴이 먹먹했다.

경찰서 구내식당에서 일하는 엄마의 휴식이 시작되는 시간은 12시 40분.

어디야? 밥은 먹었어? 질문으로 시작되는 엄마의 목소리를 들으면 마음이 편안해진다. 가끔 시간이 지났는데 전화가 없는 날도 있다. 그러면 깜짝 놀라서 엄마에게 전화를 한다.

"왜 전화 안 해?"

나도 모르게 목소리가 한껏 올라간다. 그럴 때마다 엄마는 크게 웃는다.

"잊어버릴 때도 있지. 뭘 화내고 그래?"

인사말만 들어도 엄마의 기분을 알 수 있다. 내가 줄 수 있는 가장 큰 선물이 엄마의 이야기를 오롯이 듣는 거라고 믿는다. 그래서 항상 최선을 다해 듣는다. 그것에 온 힘을 다한다. 직선으로 전달되는 엄마의 감정이 나를 통과하고 나면 끝이 둥글둥글해진다.

나도 엄마와 함께 있으면 나이를 잊는다. 다섯 살도 열 살도 될 수 있다. 마음껏 화내고 울어도 된다. 그런 날이면 엄마는 말없이 내 어깨를 안아 준다. 작은 아이가 된 것처럼 엄마에게 안긴다. 마흔이 넘어도 아기가 될 수 있는 존재가 있다는 것은 얼마나 감사한 일인가! 어쩌다 통화하지 않은 날이면 쓸쓸하고 허전하다. 이러다가 갑자기 엄마가 없을까 봐 불안한 마음도 든다.

남아있는 엄마의 모든 날에 내가 있을 것이다. 그날이 아주 오래 지속되기를 진심으로 바란다.

아내

잘 싸우고 잘 화해합니다

남편과 나는 참 많이 싸우는 부부다. 일상이 티격태격이다.

"이 망할 매듭을 잘라버려?"

이런 생각을 나만 한 것은 아닐 것이다.

눈빛만으로도 부르르 떨던 신혼의 시간은 찰나, 우리는 초 단위로 치열하고 아찔하게 부딪혔다. 수건, 칫솔, 비누에서 밥그릇, 젓가락까지 시비를 따졌다. 모든 것이 맞지 않았다. 그러다 싸움이 크게 나면 며칠은 말도 하지 않았다. 상대방이 투명 인간이라도 된 것처럼 지냈다. 그 와중에 자동차 보험 갱신과 같은 일상의 이야기는 해야만 했다. 미워도 싫어도 함께 하는 사람이 남편과 아내라는 것을 싸우며 배웠다. 그렇게 벌써 십 년이다. 놀라워라! 여전히 우리는 부부나.

연애 시절, 지금은 돌아가신 외할머니께 여쭤봤다.

"할머니, 어떤 남자랑 결혼해야 해요?"

팔십을 훌쩍 넘긴 할머니라면 답을 알고 계시지 않을까? 할머니의 웃음이 자글자글했다.

"아이고, 몰라. 살아 봐야 알지. 그전에는 아무도 몰라."

할머니의 말씀은 옳았다. 나도 살면서 알게 됐다. 지금도 여전히 놀란다.

"뭐 이런 남자가 다 있지?"

그럼 그도 답할 것이다.
"내가 할 말이네, 이 사람아!"

남편 귀밑머리에 새치 한 가닥이 삐죽하다. 머리카락을 들춰 보니 서너 가닥이 빼꼼하다. 흰머리도 소중하다는 그의 의견을 존중해 쪽 가위로 짧게 톡 톡 잘랐다. 허벅지에 머리를 베고 누운 그의 앞머리를 손가락으로 가만히 쓸어 올려 봤다. 연애할 때 공원 벤치에서 누워 종종 낮잠을 자던 그의 모습이 떠올랐다. 언제 시간이 이렇게 지나간 걸까? 검은 머리가 파뿌리 될 때까지 라는 말이 흰소리는 아니었나 보다.

두 사람은 남자와 여자로 만나 아빠와 엄마가 되었다. 아이가 자라는 만큼 둘도 어른이 됐다. 삶의 거침없는 돌진을 만나면 동시에 쓰러졌다가도 먼저 일어선 사람이 상대의 손을 잡아, 일으켜 세웠다. 깊은 새벽에 함께 울고 서로의 어깨를 토닥이며 남자와 여자는 조금씩 부부가 되어 갔다.

언젠가 남편에게 물었다.
"한 사람이랑 이렇게 수없이 싸워본 적 있어?"
"없어."
"10년 뒤에도 이렇게 다툴까?"
"응."
지금도 우리는 잘 싸우고 잘 화해하며 매일 부부가 되고 있다.

엄마

안 괜찮아

"엄마가, 사과하고 싶어."

무릎을 굽히고 앉아 아이의 검은색 바람막이 지퍼를 목 끝까지 올린다. 까만 눈동자가 위아래로 부딪친다. 지퍼 윗부분을 만지작거리던 아이가 무심하게 고리를 밑으로 끌어내린다.

"아직 바람이 차."

"답답해."

우리는 서로를 바라본다.

"아까 너무 별것 아닌 일에 소리 지르고 화내서 미안해."

아이는 가방 옆에 달린 파란 별 모양의 참 장식을 엄지와 검지로 툭툭 친다.

"엄마, 나 안 괜찮아."

아홉 살이 다 큰 어른처럼 커 보인다. 아이가 아기였을 때, 근처에만 가도 흐르던 젖비린내를 기억한다. 뜨겁고 짙은 내음, 나와 아기가 한시도 떨어지지 않도록 연결된 끈, 언제라도 아기를 안게 하는 그 애틋하고 좋은 향이 연해지면 아기는 아이가 된다. 만져서 닳아지는 거라면 닳아졌을 거라는 친정엄마의 말처럼 나도 아이들을 쓰다듬었다. 계속 아기처럼 대했다. 아이가 된 것을 나만 몰랐다.

"나 안 괜찮아."

대답 없는 나를 보며 아이가 한 번 더 말한다. 학교를 향하는 아이들의 재잘거리는 소리가 담을 타고 넘어온다. 입술을 꽉 다문 아이의 눈동자는 흔들림이 없다.

아이의 흐트러진 앞머리를 살며시 넘긴다. 아이가 신발 앞 코를 바닥에 대고 툭툭 차는 통에 머리가 다시 헝클어진다.

"안 괜찮았구나. 속상하고 서운했지?"

후욱 아이가 숨을 크게 들이마신다.

"응. 엄마. 아까 엄마가 화낸 거 진짜. 안 괜찮아."

아이를 끌어안고 등을 토닥이며 다시 한번 사과한다.

"미안해. 엄마 마음이 급해서 화낸 거였어. 그렇게 화내지 않고 말해도 되는 거였는데. 정말 미안해."

오른쪽 뺨에 아이의 숨소리와 향이 닿는다. 한껏 올라간 작은 어깨도 원래의 자리로 내려가 있다.

"이제 괜찮아. 나는 엄마 사랑하니까."

아이가 지퍼를 쭉 끝까지 위로 올린다. 우주선이 그려진 파란 가방이 팔짝 뛴다.

훌쩍 자란 아이가 보인다. 눈물이 조금 나온다.

인성

안아주고 싶다

입사하고 얼마 지나지 않은 회식이었다. 열 명 정도 되는 직원들이 두셋씩 모였다. 그때 누군가 말했다.

"이야, 여기 백화점 일 층 아닙니까? 루이뷔통, 샤넬, 구찌…."

팀원들이 들고 있는 가방 브랜드의 이름이었다. 신입이고 막내였던 나는 제일 끝 쪽에 엉거주춤 서 있었는데 브랜드를 나열하던 이름이 내게서 뚝 하고 끊어졌다.

오래된 가방이었다. 사계절을 들고 다녔다. 밑바닥에 금속 가방 발이 있어 닳아지지 않았다. 순간 모두의 시선이 내게 쏠렸다. 와하하 하는 웃음이 터져 나왔다. 그러고는 언제 무슨 일이 있었냐는 듯, 모두 자신의 대화로 고개를 돌렸다. 귀가 뜨끈뜨끈했다. 얼굴이 따가웠다.

그 뒤, 천 가방을 일부러 더 많이 들고 다녔다. 그러면서도 눈으로는 타인의 로고를 쳐다봤다. 괜찮은 척, 필요 없는 척했다. 위선과 가식이었다. 사실은 나도 갖고 싶었다. 부러운 것을 부럽다는 마음 그 자체로 인정하지 못했다. 대신에 타인을 비난했다. 비싼 것이 죄라도 되는 것처럼 말했다. 내가 물건을 사더라도 한참 동안 반성했다. 소유하고 싶은 마음은 잘못된 것이 아니다. 나쁜 것도 아니다. 왜 나는 그 마음을 틀렸다고만 생각했을까?

2021년 비폭력 대화를 배웠다. 3단계 과정을 수료하며 새롭게 알게 된 사실이 있다. 그것은 내가 내 마음을 모르고 있다는 것이다. 뿌리를 알 수 없는 신념에 쌓여 나를 비난하며 살고 있다는 것은 충격적이기까지 했다. 억압하면서 억압인지 몰랐다. 혹독한 비판가가 그림자처럼 나와 함께 살고 있었다. 그렇게 살아온 내가 가여웠다.

어릴 때부터 아껴 써야 한다고 들었다. 분수에 맞게 살아야 한다고 배웠다. 함부로 돈을 쓰면 큰일이 난다고 믿었다. 여기에 내가 수많은 날개를 붙였다.

'아끼는 것은 어떻게 아끼는 것인가.'

'분수는 무엇이 분수인가.'

'어디서부터 어디까지가 함부로인가.'

더 딱딱하고 견고하게 규칙을 만들었다. 틀 안에 나를 끼워 넣었다. 그것이 안전한 것이라고 착각했다.

이제는 부러운 일에는 부럽다고 말한다. 갖고 싶은 게 생기면 살 수 있는지 없는지를 판단하면 된다. 이렇게 되자 타인을 보는 시선도 부드러워졌다. 모두 자신의 방식과 이유가 있는 것이니까.

'지금 내가 하는 생각이 사실일까. 그것이 진짜일까?'

비난과 불안이 솟구치면 한 번씩 다정하게 되묻는다.

그날, 집에 돌아와 가방을 집어 던지고 엉엉 울던 나를 만날 수 있다면 좋겠다. 떨어진 가방을 들어 툭툭 털어주며 안아주고 싶다.

건강

연고 바르고 밴드 붙이며

건강하게 살고 싶다. 조금만 아파도 큰 병이라도 났을까 봐 마음이 떨린다. 친구는 나를 걸어 다니는 종합병원이라고 불렀다. 밥만 먹으면 체했다. 늘 머리가 아팠다. 술 몇 잔에도 며칠은 앓아 누었다.

"또 아프냐?"

끌끌 친구의 혀 차는 소리는 지금도 듣지만 그렇다고 햇빛에 쓰러지는 약골은 아니다. 아무리 날을 새고 공부해도 코피는 없었다. 아프다고 항상 골골거리면서도 체격은 건장하다.

나를 가장 오랫동안 따라다닌 녀석은 편두통이었다. 편두통은 십 년 동안 끈질기게 옆에 붙어 있었다. 누구나 한 번은 앓는 두통이지만 나는 정도가 심했다. 시작은 열여덟 살이었다. 머리가 너무 아프다고 데굴데굴 구르다 기절했다는 사실은 나중에 알았다. 광주에 있는 많은 병원을 돌았다. 마지막에 전남대학교 병원 신경과에서 정착할 수 있었다. 한 번 약을 먹으면 3개월에서 6개월까지 먹어야 했다. 너무 차도가 없어서 할머니 묘에서 굿을 했다는 사실도 나중에서야 알았다.

의사 선생님은 친절했다. 수능도 봐야 하고 시집도 가야 하는데 어떻게 해야 하냐고 덜덜 떠는 엄마의 말에 의사 선생님은 껄껄 웃었다.

"아니 고3이 당연히 수능 보고 대학 가고 취직하고 시집도 가야지. 그럼 안 하려고 했어요? 이거 아프다고?"

나는 엄마 얼굴을 한 번 보고 선생님의 얼굴도 한 번 봤다. 무슨 말인가 싶어서 왼쪽 손등을 오른쪽 검지로 살살 긁었다.

"이게 내일이면 낫는다. 이렇게 말할 수 없어요. 편두통은 그냥 같이 살아야 해요. 아프면 친구 온 것처럼 왔어. 하고 약 먹다가 안 아프면 갔나 보다. 하고 그래야 합니다. 방법이 없어요. 그리고 정말 다행인 게. 임신하면 절대 편두통이 안 와요. 그러니까. 그건 걱정하지 않아도 됩니다."

그때 마음에서 무언가 펑 하고 터지는 소리가 났다.

'아, 같이 살아야 하는 거구나. 오면 왔나 보다, 가면 갔나 보다 해야 하는 거였구나!'

꽉 막혀 있던 가슴에 구멍 하나가 뚫렸다. 그 뒤로도 이 쉽지 않은 친구는 올 때마다 나를 기절시켰다. 녀석이 오면 수업 시간에도 벌떡 일어나 화장실로 뛰어갔다. 두꺼운 쇠바늘로 뇌를 긁는 통증이 지나가기를 변기에 앉아서 기다렸다. 온몸이 땀에 젖을 때까지 아플 만큼 아프고 나면 녀석은 갔다. 그러면 다시 수업을 들었다. 그렇게 대학에 가고 취직을 하며 함께 지냈다.

신기하게도 임신했을 때는 정말 편두통이 오지 않았다. 지금은 가끔가다 만난다. 예전처럼 약을 먹을 만큼도 아니다. 타이레놀 몇 알이면 가뿐하다. 완벽한 건강이 있을까? 연고 바르고 밴드 붙이면서 사는 수밖에.

지성

우울이 왔다

실업자가 됐다. 마흔을 한 달 앞둔 11월 말일이었다. 화려한 꽃은 아니더라도 들꽃쯤은 되는 줄 알았다. 착각이었다. 잔뿌리조차 뻗을 수 없었다. 단숨에 나는 뽑힌 잡초가 되었다. 제출한 이력서는 서류조차 통과하지 못했다. 자부심을 느끼고 살았던 십 년의 직장생활이 별것 아닌 일이 되었다.

'얼마나 열심히 살았는데.'

억울하고 분했다. 세상은 길고 날카로운 칼이 되어 나를 찔렀다. 보이지 않는 온몸의 구멍에서 피가 흘렀다. 걷잡을 수 없이 화가 났다. 타오르던 분노가 나를 재로 만들고 나자 우울이 왔다.

'요즘 우울해.'

일상처럼 쓰던 말과는 달랐다. 우울은 검은 갯벌이 되어 나를 삼켰다.

운동을 시작하고 악기를 배웠다. 직장생활을 하는 것보다 더 바쁘게 하루를 보냈다. 그렇게라도 하지 않으면 우울함을 견딜 수가 없었다. 끌어올린 에너지로 일상의 책임을 지고 나면 무력함이 왔다. 웃었지만 웃지 않았다. 울었지만 울지도 않았다. 삶의 의미가 느껴지지 않았다. 구멍 난 걸레가 되어 말라비틀어졌다. 숨 쉬는 게 무겁고 귀찮았다. 2021년의 일이다.

짜잔! 무언가 달라졌으면 좋았겠지만, 여전히 나는 직장이 없다. 하지만 그때처럼 우울 속에 잠겨 있지 않다. 목숨이 달린 것처럼 책을 읽기 시작하면서 생긴 변화다. 다른 어떤 방법도 떠오르지 않았다. 모든 활동을 멈추고 읽는 것에 집중했다. 일부러 나를 돌보는 책만 골랐다.

단어가 마음에 각인되자 우울함이 덜해지는 순간이 생겼다. 문장이 나를 위로할 때마다 다시 숨을 쉴 수 있었다. 그것으로 씨줄과 날줄을 삼아 구멍 나고 해진 곳을 덧댔다. 책으로 떨어져 나가는 영혼을 꿰맸다. 매일 조금씩 스스로를 깁고 채웠다. 나를 달랬다.

통제하려고 애를 쓰면 쓸수록 비틀어진다는 것을 알았다. 무언가 잘못되어 있고 내가 그것을 바꿔야 한다는 생각도 버렸다. 오히려 지금 이 자리에 내가 있는 이유가 있고, 변화의 시작은 내가 선택하지 않아도 온다는 것을 믿게 됐다.

요즘도 매 순간 우울이 온다. 끈적한 것이 느껴지면 책을 꺼낸다. 책장을 넘길 때마다 그것이 묽어지는 것을 본다. 그래도 부족하면 글귀를 옮겨 적거나 긴 글을 쓴다. 혹시 누군가 나처럼 우울하다면 책 읽기를 권한다. 글이 주는 뜨거운 위로를 전하고 싶다. 내가 쓰는 글도 그랬으면 좋겠다.

▶▶▶ 한 가정의 막내딸로, 한 남자의 아내로, 외며느리이자 두 아들의 엄마 그리고 특수교사로 살아온 일상의 여정을 글로 썼다. 글을 쓰고 있을 때 물 만난 물고기처럼 살아 있다는 생동감을 느낀다. 글 안경을 쓰고 생각의 날개를 힘껏 펼치며 맑은 하늘로 날아올라 잔잔한 여행을 떠난다. 공저로 설레며 집필하게 된 이 책이 인생의 새로운 출발점에 선 엄마들, 아내들 그리고 많은 사람에게 작은 희망의 씨앗이 될 수 있기를 소망한다.

블로그 https://blog.naver.com/jnm1988

밥

밥은 정이며, 사랑의 고리다

나는 아침밥을 먹지 않는다. 아들도 안 먹으려 한다. 그저 과일 하나로 때운다. 가끔 어머님 뵈러 경기도에 간다. 곧 여든이 되는 어머님조차 아침밥을 거르신다. 밥이 아닌 사과 한 두 쪽과 삶은 달걀 1개로 아침을 때우신다. 어디에서든 아침 식사를 챙기지 않아도 되기에 아침을 대하는 마음이 한편으로는 홀가분하다. 끼니때가 되어 점심을 차리고 있는 나에게 어머님이 웃으며 말씀하셨다.

"하나님이 처음 사람을 만들 때, 하루에 한 끼만 먹고 살게 했었다면 좋았을 텐데…."

평생 가족을 위해 밥상을 준비한 어머님도 매 끼니 상차림이 버거운 일이셨나 보다.

'따르릉' 전화벨이 울린다. 둘째 아들의 전화다. 전화를 받자마자 물었다.

"밥 먹었니?"

평소 자식을 향한 사랑을 말로 표현하기 어색해하시는 엄마도 내게 "밥은 먹었니?"라고 물으셨다. 그 물음은 단순히 밥만을 의미하는 것이 아니라는 것을 한참 뒤에 알았다.

'내 귀한 딸, 사랑한다. 잘 지내고 있지?' 이런 의미 이였음을….

나도 끼니마다 밥 챙겨 먹는 것이 때론 귀찮은데, 미혼인 아들은 오죽할까!

전화 끊기 전 잊지 않고 당부한다.

"아들, 용돈 아낀다고 밥 굶지 말고 꼭 챙겨 먹으렴."

내 엄마가 그랬듯이 나 역시 아들을 향한 사랑을 밥에 듬뿍 담아 표현한다.

밥은 사람들과 나누는 정이며, 사랑을 연결해주는 고리이다. 누군가와 시간을 함께하면서 정을 나누고 싶을 때 '우리 언제 밥 한번 먹자.'라고 말을 한다. 살아가면서 많은 사람을 만나지만, 정작 밥을 같이 먹는 사람은 그리 많지 않다. 이는, 단순히 먹는 밥 만을 의미하지 않기 때문이다.

나는 사람을 집에 초대하여 밥 먹는 것을 좋아한다. 내가 잘할 수 있는 음식으로 정성껏 기쁜 마음으로 준비하기에 그리 힘들지 않다. 요즘은 코로나19로 인해 집에 사람을 초대하여 밥 먹는 일이 뜸해졌다. 가끔 예전의 생활이 그립다.

"우리 집에 가서 밥 같이 먹어요."

밥을 먹으며 도란도란 이야기 나눌 수 있는 그런 날이 속히 왔으면 좋겠다.

설거지

삶의 흔적이자 작품

집 가까이에 마트가 있어서 퇴근길에 장을 본다. 회사에 출근했다가 퇴근하는 아들을 위해 저녁거리를 더 챙긴다. 아들이 어쩌다 회식한다고 전화가 오는 날은 영락없이 집에 있는 것으로 식사를 대충 때운다.

몇 년 전 첫째 아들이 세종시에서 직장을 다니고, 둘째이자 막내인 아들도 집을 떠나 공부할 때, 난 집에서 혼자 생활했다. 나를 위해 애써 밥을 해 먹는다는 것이 귀찮았다. 끼니를 때우며 지내는 날이 다반사였다. 하물며, 직장 때문에 떨어져 혼자 사는 남편은 얼마나 귀찮아했을지 짐작이 되었다. 그때 비로소 남편을 더 이해하게 되었다. 혼자 밥하고 설거지하고 청소하고 빨래하면서 살아가는 남편이 안쓰러웠다.

음식 준비를 하기 위해 재료들을 다듬고 밥을 지어 먹는 것은 그런대로 괜찮다. 하지만, 설거지는 이상하게도 하기 싫을 때가 많아 아침에 일어나서 설거지한 적이 있다. 이른 아침 설거지하며 생기게 되는 그릇 닦는 소리와 물소리에 예민한 아들의 단잠을 깨운다는 사실을 어느 날 알게 되었다. 그날 이후 아무리 피곤해도 저녁 설거지를 다 해 놓고 잠을 잔다.

설거지할 때는 내키지 않는 기분으로 하지만 막상 해 놓고 나면 깨끗한 그릇들이 가지런히 정리된 모습이 눈에 들어온다. 어질러진 내 마음이 정리된

듯 금세 기분이 좋아진다. 평생 해야 할 설거지이다. 기왕 하는 거, 기분 좋게 하자고 마음먹는다.

거실 소파에 앉아 오른쪽으로 고개를 살짝 돌리면 계절마다 바뀌는 아름다운 풍경이 늘 그 자리에 있다. 삶의 흔적들로 채워진 집들도 옹기종기 모여있다. 저 멀리 나지막한 산 역시 한눈에 들어온다. 베란다를 통해 불어오는 시원한 바람과 따스한 햇볕을 맞으며 넋 놓고 있으면 세상 부러운 것이 없다.

주방에서 설거지하며 볼 수 있는 바깥 풍경도 제법 그럴듯하다. 싱크대 바로 뒤에 조그마한 창 너머로 보이는 작은 초록 숲은 내 마음을 싱그럽게 함과 동시에 지금의 계절을 잘 말해준다.

설거지를 누가 하느냐에 따라 정리된 그릇들의 모양새가 다 다르다. 설거지도 하나의 삶의 흔적이자 작품이라 말하고 싶다. 오늘도 또 하나의 삶의 흔적인 작품을 남기기 위해 설거지를 기쁘게 한다.

'이 작은 삶의 흔적들이 모여 나의 삶을 하나둘 채워 나가겠지'란 생각에 어느 것 하나 허투루 여길 것이 없다. 그것이 설령 삶의 흔적으로 남는 게 설거지일지라도.

빨래

햇볕에 말린 빨래가 주는 행복

둘째 아들 생일을 사흘 앞두고 코로나 확진되었다는 소식을 접했다. 이러지도 저러지도 못하고 발만 동동 구르다가 얼마 전 아들을 만나러 대전으로 갔다. 아들은 아주 좁은 임대아파트에서 혼자 생활하고 있다. 공부하랴, 주말에는 사역하랴 정신없이 산다.

냉장고 안을 열어보니 집에서 가져간 반찬들이 너무 오래되어 먹을 수 없었다. 심지어 아들이 음식을 직접 만들어 먹으려고 산 채소는 상해 있었다. 안쓰러운 마음으로 냉장고를 정리했다.

케리어와 천 가방, 그리고 튼튼한 종이가방에 빨래를 가득 담았다. 택시를 타고, 지하철을 타고 버스터미널까지 오는데 낑낑대며 가져왔다. 집에 드럼세탁기를 이용하여 빨래하기 위해서다.

사실 아들 집에도 드럼세탁기가 있지만, 말릴 만한 공간이 없어 집으로 가져올 수밖에 없었다. 집에 돌아온 나는 빨래 말리기 딱 좋은 날 세탁기를 세 번씩이나 돌렸다. 세탁한 다음 옷을 툭툭 털어 말렸다. 햇볕에 바짝 말린 빨래를 걷어서 차곡차곡 갰다. 기분이 참 좋았다.

내 어린 시절에는 개울가에서 빨래했다. 손목의 힘을 빌려 빨래를 꽉 비틀어 짰다. 그리고는 있는 힘을 다해 옷을 툭툭 털었다. 마당 한가운데에 걸쳐 있는 빨랫줄에 집게를 이용하여 널었다. 시원한 바람과 따스한 햇볕에 빨래가 뽀송뽀송 마르는 것을 보고 기분 좋아했던 기억이 새록새록 난다. 나도 모르게 어느새 입가에 미소가 지어진다.

햇볕에 바짝 말린 빨래를 걷을 때, 살면서 찌들었던 때를 말끔히 씻어 바람과 햇볕에 날려 보낸다는 그런 기분이 들어 상쾌해진다. 행복은 그다지 먼 데 있거나 아주 좋은 일이 일어날 때만 주어지는 것은 아닌 듯하다. 작지만 소소한 일상을 통해 오늘도 행복한 하루다.

청소

늘 정리·정돈되어 있으면 참 좋으련만

아들들이 학교에 다닐 때의 일이다. 현관문을 열고 들어오면서 집 안이 깨끗이 청소된 것을 보고 놀란다.

"엄마, 오늘 구역예배 드려?"

예배가 없는 날에 집 안 청소하고 있으면,

"오늘 우리 집에 누가 와?"

이렇게 묻곤 했다.

오래전 남편은 대학원 기숙사에서 생활한 적이 있었다. 퇴근하여 집에 있었는데 남편이 갑자기 현관문을 열고 들어왔다.

"집이 왜 이 모양이야?"

퉁명스럽게 말을 건네는 표정에 검은 먹구름이 잔뜩 끼었다. 오랜만에 집에 왔는데 여기저기 정리되지 않은 집안 꼴을 보면 기분이 좋지 않을 거라는 것쯤 충분히 이해한다. 하지만, 그땐 이해심이 그리 많지 않은 나로서는 속상하기만 했다.

25년 전쯤 교회 성가대에서 만난 세 가정이 있다. 지금까지 만남을 이어가며 정을 나누는 두 부부가 요즘, 주말에 가끔 우리 집으로 온다. 이날은 집 안 대청소를 한다. 집에 손님이 오지 않거나 정리해야겠다는 마음이 안 생기면 어질러진 채 오래갈 수 있을 것 같다. 그래서 손님이 찾아오는 것도 감사하게 받아들인다. 그것을 기회 삼아 대청소할 수 있으니까 말이다. 대청소하고 나면 엉클어진 내 마음도 덩달아 깨끗하게 정리된 것 같아 상쾌해진다.

우리 집은 늘 정리·정돈되어 있지는 않다. 어떨 땐 여기저기 어질러져 있다. 정리해야겠다는 생각이 들면 그땐 보이지 않는 곳까지도 다 꺼내 정리한다. 주로 토요일이 되면 냉장고와 냉동고를 정리한다. 그러다가 마음 내키면 싱크대 서랍장은 물론 집 안 구석구석 정리한다. 정리하고 나면 개운하다. 앞으로는 평상시에도 이렇게 정리해 놓고 살아야지 속으로 다짐해 본다.

며칠이 못 가 또 이전의 상황이 반복된다. 왜 난 늘 정리·정돈된 상태에서 살아가지 못할까? 생각해보니 오랜 습관인 것 같다. 그래도 마음 내킬 땐 대청소하고 정리하며 살고 있으니 이대로 살아가련다. 늘 정리·정돈된 채로 살아간다면 아주 좋겠지만 말이다.

나

|

꿈을 찾아 한 걸음 나아가다

초등학교 1학년 때 엉치뼈를 다친 나는 4학년이 되어서까지 걷지 못해 보조기를 착용하고 학교에 다녔다. 많은 병원비를 감당하기 위해서 논까지 팔아야 했다. 부모님의 헌신과 희생이 없었다면 아직도 지체 장애를 가지고 있을지 모를 일이다. 부모님의 한량없는 사랑 덕분에 나는 지금 건강하게 두 발로 걷고 있다.

성장하고 공부하는 과정에서 경제적 어려움은 있었지만, 감사하게도 대학 졸업하자마자 특수학교에 첫발을 내디뎠다. 지금까지 34년째 근무하고 있다. 가끔 힘들 때도 있지만, 아이들의 초롱초롱한 눈망울을 보면 힘이 솟는다. 특히, 마음이 자라고 성장하는 아이들을 볼 때면 내 마음속에 쌓여가는 보람과 행복의 열매가 나를 더 행복하게 해서 참 좋다.

아버지가 돌아가시고 이듬해 결혼을 하여 아들 둘을 낳았다. 생명의 신비로움은 말로 어떻게 표현할 수 없이 감격 그 자체였다. 해맑은 웃음소리, 천사 같은 미소, 엄마라고 불러주는 아들로 인해 행복한 순간들이 참 많았다. 하지만, 자녀 양육이 늘 행복만을 가져다주는 것은 아니었다. 때로는 엄마인 나에게 육아가 벅차게 다가올 때도 있었다. 좋은 부모가 되어 보겠다고 나름 애썼기만 쉽지 않았다. 아들이 당면한 문제 중 많은 것이 엄마인 나에게서 비롯되었다는 것을 알고 성찰하는 시간을 가졌다.

두 아들이 사춘기 시절을 보내면서 아픈 만큼 성장했다. 지금은 회사원으로, 대학원생으로 살아간다. 부모로서 아들들의 더욱더 큰 성장에 목말라 한다. 그런데, 이 목마름조차도 내 마음대로 되지 않는다. 욕심부린다고 이루어지는 것도 아님을 알기에 이제는 마음을 비우려고 노력한다. 있는 그대로 인정하고 존중해주며, 믿음 안에서 잘 성장할 수 있도록 기도로 뒷받침해주는 일 외에 무엇을 더해 줄 수 있을까!

우연한 기회에 자기 계발을 하기 시작했다. 수강료가 부담되었다. 이전 같으면 엄두를 내지 못했을 것이다. 용기를 냈다. 지금까지 나 자신의 성장을 위해 투자한 것이 별로 없었기에 과감하게 투자했다. 마침 코로나 상황으로 인해 온라인으로 강의를 들을 수 있었다. 나에게 위기가 기회로 찾아온 것이다.

글쓰기와 코칭 과정을 통해 내가 정말로 하고 싶은 일이 무엇인지 찾았다. 그건 바로 작가가 되는 것이다. 작가는 특정한 사람만 되는 줄 알았다. 감히 꿈도 꾸지 못했다. 그러나, 매일매일 글을 쓰는 사람이 작가라는 말을 듣고 꿈틀거리고 있었던 내 안에 있는 열정을 밖으로 밀어낸다. 마음속에 잠자고 있던 숱한 이야기들을 하나, 둘 꺼내어 차분히 정리한다. 나를 성찰할 수 있는 시간이 밑거름되어 조금씩 성장하는 모습을 발견한다. 내가 원하는 꿈을 꼭 이루어보리라 기대하며 이 하루를 또 마감한다.

딸

|

아버지, 엄마, 죄송해요

1989년 여름방학이 시작되었다. 사귀는 사람을 소개하려고 시골집으로 갔다. 아버지는 그를 보고 처음부터 마음에 들어 하셨다. 아버지는 입가에 미소가 한동안 머물러 있었다. 그는 당시 대학 졸업반이었다. 아버지는 난데없이 그해 가을에 결혼하라고 했다. 둘러앉은 가족들은 아버지의 갑작스러운 말씀에 당황했다. 고모가 나섰다.

"오빠, 아직 졸업도 하지 않았는데, 다가오는 2월에 졸업하고 결혼하면 되지요. 뭐 그리 서두르세요?"

이 말에 생각지도 않은 말씀을 하셨다.

"너 나 없을 때 결혼하면 좋아?"

그가 대학 졸업하넌 2월에 아버지는 갑자기 우리 곁을 떠나셨다. 어떻게 이런 일이 있을 수 있단 말인가! 이듬해 신록의 계절인 오월에 우린 결혼했다. 결혼식 내내 아버지가 생각나서 흐르는 눈물을 주체할 수가 없었다.

'아버지, 그때 아버지 마음을 알아채고 결혼했더라면…. 아버지 말씀 듣지 않은 거 두고두고 후회하고 있어요. 죄송해요.'

겨울방학을 하여 시골에 내려갔다. 혼자되신 엄마와 뜨끈한 아랫목에 누워 이런저런 이야기로 꽃을 피웠다. 엄마가 한글을 모른다는 사실도 그때 처음 알았다. 외할머니가 일찍 돌아가시자 엄마는 새어머니와 살면서 살림살이를 도맡아 했다고 했다. 내가 초등학교 때 엉치뼈를 다쳐서 병원에 오랜 기간 다닌 적이 있었는데, 그 당시 버스를 어떻게 탔는지 궁금했다. 엄마는 글자를 모양으로 인식했다고 했다. 얼마나 불편하셨을까! 초등학생인 딸에게도 말하지 않고 불편함과 힘듦을 견뎌오셨다. 마음이 많이 아팠다.

종이와 연필을 준비하여 엄마의 선생님이 되기로 했다. '가, 갸, 거, 겨….' 예순 넘은 나이이지만, 글을 배우려는 엄마의 눈빛은 햇살보다 밝았다. 밤하늘에 빛나는 별보다도 아름다웠다. 엄마는 삽시간에 한글을 깨치고 두꺼운 성경책을 줄줄 읽어내는 최우수학생이셨다.

'엄마, 엄마가 한글을 읽지 못한다는 사실을 너무 늦게 알아서 죄송해요. 좀 더 빨리 알았더라면 참 좋았을 텐데 아쉬워요.'

엄마는 직장 다니는 딸의 형편을 아시고 익숙한 시골 생활을 뒤로하고 우리 집으로 오셨다. 손주 둘 다 각각 만 2년 동안 살뜰히 키워주셨다. 그때도 형편이 어렵다는 이유로 양육비 한 번 제대로 드리지 못했다. 시간을 되돌리고 싶다.

'엄마, 죄송해요. 제 욕심만 차렸네요.'

'있을 때 잘해'라는 평범한 구절이 마음속 깊은 곳을 울린다.

아내

여전히 연애 중

결혼 31주년이다. 대학교 때 교회에서 만나 열렬한 사랑 끝에 결혼했다. 5년 동안 연애하면서 이런저런 일들이 더러 있었지만, 믿음으로 잘 견뎌냈다.

어느 날, 새벽 교회 종소리가 '땡~땡~땡~' 들렸다. 왠지 모르게 교회로 가고 싶다는 생각이 깊숙한 곳에서 솟았다. 며칠 뒤 언니로부터 전화가 왔다. 시골에서 만났던 목사님이 김천에서 목회했는데 얼마 전에 대구로 이사와 교회를 개척했다고 했다. 반가움에 달려 나갔고, 나의 신앙생활이 그때부터 본격적으로 시작되었다. 그 당시 성령님의 도우심이 내게 있었다는 사실을 나중에야 알았다.

교회 청년 중 기타를 치고, 찬양을 잘 부르는 청년이 있었다. 그는 축구도 잘했다. 멋있게 보였다. 어느 날 시내버스를 타고 집으로 가는데 같은 버스를 타게 되었다. 우리의 사랑은 그때부터 싹트기 시작했고, 결혼이라는 열매를 맺었다. 무엇보다도 믿음 하나로 굳건히 세워진 그의 모습에 반했다. 내 인생에 우선순위가 예수님이라고 생각했던 시절이라 신랑감으로서 손색이 전혀 없었다.

명절마다 시어머님 만나러 대구와 울산으로 내려갔다. 명절 아침이면 항상 감사예배를 드린다. 외며느리였지만 특별히 할 일이 많지 않았다. 이리 뒹굴 저리 뒹굴면서 여유 있는 시간을 보내고 오기도 했다. 그래도 시댁은 시댁이었다. 시댁이라는 공간적인 환경이 주는 정신적 피로감은 생각보다 꽤 컸다. 시댁에서 집에 돌아오면 남편은 차에서 내리기 전에 으레 꼭 하는 언행이 있다.

"여보, 수고했어요. 이따 내가 안마해줄게요." 하며 듬직하고 따뜻한 손으로 내 손을 살포시 잡아준다. 쌓여있던 피로가 눈이 녹듯 풀린다. 참 신기하다. 이렇듯 남편은 섬세하고 자상하다.

불과 한 달 전쯤, 아침에 남편이 카톡을 보내왔다.

'결혼 31주년인 날, 함께 하지 못해서 너무너무 아쉽네요. 지금까지 성격 까다로운 남편 때문에 기죽고 살아왔다는 당신 말이 되게 마음 아팠어요. 그동안 지혜롭게 참으며 잘 견뎌주어서 고마워요. 늘 변함없이 당신을 사랑한다는 거 잊지 말고, 늘 건강하길 기도할게요. 여보 사랑해요. 오늘 하루도 행복한 하루 보내요.'

여자는 남자의 말 한마디에 행복을 느낀다고 한다. 물론 그렇지 않은 사람도 있을 것이다. 적어도 나는 지금도 남편의 말 한마디에 웃고 우는 그런 여자이다. 왜냐하면, 난 아직도 남편과 연애 중이기 때문이다.

엄마

준비도 없이 엄마가 되다

"득남하셨어요. 축하드려요."

1992년 1월 31일. 아기가 세상 밖으로 나왔다. 창밖에 하얀 눈이 펑펑 쏟아졌다. 하늘도 첫아이의 탄생을 마음껏 축복해 주었다.

출산 몇 주를 앞둔 내게 산부인과에서 생각지도 않던 폐결핵 진단을 내렸다. 평소 기침 한번 하지 않던 내가 폐결핵이라니! 믿기지 않았다. 아기는 낳아야 했으므로 결국, 부분 마취하고 수술하기로 했다. 심란한 마음으로 1주일쯤 지났을 때, 황당하게도 산부인과에서 폐결핵 진단받은 것이 오진이라고 담당 의사가 말했다. 어이가 없었다. 어떻게 이런 오진을 할 수 있단 말인가! 화가 났으나 폐결핵이 아니어서 다행스럽다고 생각하면서 억지로 진정했다. 조금 뒤 간호사가 '오늘부터 수유해도 됩니다.'라고 하는 말에 젖을 말리고 있던 나는 할 말을 잃었다.

아들은 유난히 예민했다. 잠을 깊이 자지 않았다. 밤에도 두 시간마다 깼다. 업고 재워서 방바닥에 눕히면 깨고, 또 재워서 눕히면 깼다. 잠이 부족한 나는 아들을 업고 장롱 속에 있는 이불 여러 개를 꺼내 포갰다. 그리고는 이불 위에 엎드렸다. 등에 업혀 있는 아들은 세상모르고 잤다. 그 틈을 이용하여 겨우 눈을 붙였던 때가 어제 일처럼 생생하다.

아들이 성장할수록 점점 엄마 역할이 버겁게 느껴져 힘들었다. 준비 없이 엄마가 된 나를 깨닫고 두란노 운동 본부에서 운영하는 '어머니 학교'에 등록했다. 퇴근 후 청주까지 오가느라 몸은 지칠 대로 지쳤지만, 정신만큼은 시간이 흐를수록 더 또렷해졌다. '어머니 학교' 과정을 수료하면서 무지한 엄마란 사실을 깨닫고 얼마나 많이 울었는지 모른다.

둘째 아들의 사춘기는 첫째 아들보다 더 무겁게 느껴졌다. 그러나 문제를 만났을 때 화내고 말로 상처를 주기보다는 이성적으로 처리하려고 노력했다. 뒤늦게나마 엄마의 역할에 대해 깨달았기 때문에 가능했다.

엄마가 되는 것이 이렇게 힘든 줄 미처 몰랐다. 자식을 키우면서 비로소 엄마의 마음을 이해하게 되었다. 자식을 낳아 엄마가 되었을 뿐, 엄마로서 준비되어 있지 않았기에 늘 시행착오가 따라왔다. 엄마가 된다는 것은 시간이 흘러도 여전히 쉽지 않은 길이다. 하지만, 머물러 있는 엄마보다는 어제보다는 오늘, 조금이라도 성장하려고 애쓰는 엄마가 되고 싶다.

인성

|

부모는 자녀의 거울

아버지는 묶음으로 된 작은 종이에 매일 무언가를 기록하셨다. 방 청소하다가 라디오 위에 있는 작은 종이 뭉치에 내 시선이 멈췄다. 슬그머니 펼쳐 보았다. '오늘은 동남풍이 심하게 불었다. 배가 나가지 못했다.' 어부인 아버지의 짤막한 일기였다. 그 종이는 날짜가 지난 달력을 잘라 만든 작은 종이였다.

안방 높은 곳에 아주 작은 광이 하나 있었다. 광 정리하던 엄마가 농협 달력이 둘둘 말려 있는 것을 보고

"이 많은 달력 그만 버립시다."

"뭐라 카누? 다 쓸 데 있으니 내버려 둬."

엄마가 한 말씀 더 거드셨다.

"당신 죽을 때 갖고 갈 겁니까?"

"허! 참, 그냥 두라니까. 말이 많네."

엄마는 이내 하던 말을 멈추셨다. 그땐 아버지가 이해되지 않았다. 이다음에 크면 아버지처럼 궁상떨며 살지 말아야겠다고 마음속으로 다짐했다. 그런데, 아버지처럼 궁상을 떨고 있는 나를 발견했다.

남편의 사업을 정리하던 날 종이류가 많이 나왔다. 그냥 버리는 것이 마음에서 허락하지 않았다. 행여나 사용할 수 있는 종이가 있는지 일일이 살펴보

았다. 종이의 양이 워낙 많아 시간이 오래 걸렸다. 이면지가 생각보다 많이 나왔다.

지금도 종이를 사용하고 버릴 때 이면지가 있는지 없는지 꼭 확인한다. 이면지로 온전히 사용할 수 없으면 가위로 오려 두었다가 메모지로 사용한다. 나도 모르는 사이 절약 정신이 몸에 배어 있다. 이젠 궁상이라 생각하지 않고 물건을 대하는 나의 태도라고 인정하고 싶다.

자취하는 아들 집을 방문했다. 집은 좁은데 분리 배출함을 준비해서 사용하고 있었다. 집에서 분리배출을 철저하게 하는 나를 보고 닮은 것이다. 내가 아버지의 삶을 보고 자연스럽게 닮았듯이 아들도 그랬다. 아들이 대견스러웠다.

자식은 부모의 행동뿐 아니라 몸짓, 심지어 가치관이나 마음가짐까지도 닮는다. 무의식 속에 자리를 잡고 있다가 자식의 뇌에 입력되고 표출된다. 자식은 무서우리만큼 부모를 따라 배운다. 이것만큼은 닮지 않았으면 하는 모습까지도 쏙 빼닮는다.

자식에게 본을 보이는 삶이야말로 내가 줄 수 있는 최고의 선물이 아닐까! 내 삶이 자식에게 얼마나 어떤 영향을 끼칠지 잘 알기에 말보다는 행동으로, 삶으로 보여주려고 오늘도 노력한다.

건강

지금부터 건강을 잘 지켜야 해

작년 겨울 어느 날 밤, 자려고 눕는데 갑자기 천장이 빙글빙글 돌았다. '왜 이렇게 어지럽지? 빈혈인가?' 돌아누워 보았지만 마찬가지였다. 억지로 잠을 청했다.

평소처럼 알람 소리에 눈을 떴다. 일어나는데 어질어질했다. 방문과 벽을 더듬더듬 붙잡으며 화장실에 간신히 들어갔다. 현기증이 계속 났다. 출근은 해야 하기에 머리를 겨우 감았다. 드라이기로 머리를 손질했다. 갑자기 속이 매스껍기 시작했다. 토하고 싶었다. 머리에 무거운 돌을 올려놓은 듯했다. 거실에서 몇 발자국 움직여 보지만 그것조차 마음대로 되지 않았다. 이대로 걸어서 출근하다가 쓰러질지도 모른다는 무서운 생각마저 들었다.

급히 의료원 응급실로 갔다.

"이곳에서 진료받으면 진료비가 많이 나오니, 원무과 앞에서 기다렸다가 진료받아도 됩니다." 직원이 말했다.

진료비 많이 나온다는 말에 귀가 솔깃했다. 똑바로 서지도 못하는 내 몸은 벌써 원무과로 향하고 있었다. 아들이 아무 생각 없이 걸어가는 나에게 말했다.

"엄마, 응급상황이라 응급실에 왔는데 진료비 비싸도 그냥 응급실에서 진료를 받으세요. 그래야 빨리 나을 수 있잖아요." 생각지도 못한 아들의 대처가 기특했다.

응급실 침대에 누웠다. 속이 불편해 고통스러웠다. 속이 편해지는 주사약을 넣어 주어서 한결 속이 편했다. 천장이 빙글빙글 돌아가는 것도 조금 안정이 되어갔다. 피검사도 하고 CT 촬영도 했다. 신경과 과장이 와서 '머리 현수 검사' 몇 가지를 하더니 다행히 돌이 밖으로 나오지 않았다고 했다. 병명은 흔히 알고 있는 '이석증'이었다.

감사가 저절로 나왔다. 어지럼증이 없이 걸어 다닌 것이 당연한 줄 알았다. 그런데 삶에 있어 당연한 것은 존재하지 않음을 뼈저리게 깨달았다. 큰 병이 아니어서 정말 다행스러웠다. 병원비가 생각보다는 좀 많이 나왔지만, 아들 말 듣기는 참 잘했다고 생각했다.

요즘 지인으로부터 가족들이 아프다는 소리를 자주 듣는다. 남녀노소를 막론하고 암 소식도 잦다. 아파보니 건강이 얼마나 소중한지 알 것 같다. 삶에 있어 건강보다 중요한 것은 없다. 건강하게 살다가 조용히 하나님 품으로 가고 싶다. 그러기 위해서는 지금부터 건강을 잘 지켜야겠지.

지성

소중한 친구 책

소녀는 '눈보라 속에 핀 꽃'이란 소설책을 감명 깊게 읽고 있었다. 그때 부엌문이 열리며 밥상을 방 안으로 들고 가라는 엄마의 목소리가 들렸다. 읽고 있던 책을 얼른 안방으로 갖다 놓았다. 밥상을 들고 들어가 밥상 주위에 둘러앉았다. 부모님이 수저를 들자마자 옆에 있는 책을 펼쳤다. 이를 지켜본 엄마는 "밥상 앞에서 웬 책이야? 어디 버릇없게 아버지 식사하시는 밥상 앞에서 책을 봐?" 야단치셨다. 사람은 기본적으로 예의가 있어야 한다면서 예의범절만큼은 매우 엄했다. 예의가 없다는 엄마의 말에 꼼짝 못 하고 펼쳤던 책을 덮어야 했다. 소설 뒷이야기가 궁금해 밥을 부랴부랴 먹고 설거지까지 잽싸게 해치웠다. 내 방으로 얼른 들어가 한 자리에서 소설책 모두를 읽었던 중학교 시절이 떠오른다.

그 이후 나는 책과 담을 쌓고 지냈으며, 자녀 양육하면서도 달라진 것은 별로 없었다. 하지만, 아이들만큼 책을 즐겨 읽기를 바랐다. 부질없는 꿈이었다. 아이들이 책과 가까이 지내지 않은 이유를 철이 들면서 알았다. 부모는 책도 읽지 않으면서 아이들에게는 방으로 들어가 책 읽으라고 했으니 아이들이 좋아할 일이 없었다. 책에 관심을 가지지 않게 된 것이 당연한 결과일지 모른다. 지금은 늘 책을 가까이하고 글도 쓰고 있지만, 나의 영향을 받기에는 아이들이 너무 커버렸다.

책을 통해 성장하고 싶은 마음이 봇물 쏟아지듯 일어났다. 삶의 변화 중심에 서 있고 싶은 마음이 꿈틀거렸다. 1년에 책을 100권 읽었다. 공감하고 위로받았다. 새로운 지식획득은 물론 보는 시야가 넓어지고 사고력도 확장되었다. 책을 통해 새로운 세계를 만나게 되었다. 그러면서 나의 부족함도 깨닫는다. '본·깨·적'으로 삶에 더 풍성한 변화를 주고 싶다.

책을 읽고 있으면 좋은 기운이 나를 이끌어가고 있음을 느낀다. 단순히 보고 깨닫는 데에서 그치지 않고, 삶에 적용하여 '살아 있는 책 읽기'를 할 힘이 조금씩 생긴다. 글을 쓰면서 내 안에 있는 상처를 치유하는 경험도 한다. 책은 내 삶을 풍요롭게 만들어 주며, 진정한 평화를 맛보게 해 준다. 나에게 있어서 책은 행복을 안겨다 주는 소중한 친구다.

1년 전 향년 89세로 별세한 시대의 지성 이어령 교수님은 '시간과 공간이 함께 하는 바로 이 순간이 우리의 일생 이야기를 만들어 간다.'라고 하셨다. 그렇다. '순간'의 시간이 모여 '일생'이 되어가기에 오늘도 주어진 이 순간을 소중한 친구와 함께 살아간다.

▶▶▶ 길에서 글을 만나다. 강 건너 오리 한 마리가 물 위에 떠있다. 가까이 가서 보니 물속에서 열심히 물장구를 치고 있었다. 멈춰있는 일상에서 매일 같은 길을 걷고 돌아온다. 지금은 그 길 속에서 글을 만난 순간이다. 수많은 계획 속에서 만들어진 길을 가는 것이 아니라 타인이 만들어준 길에 이끌려 길을 함께 걷고 있다. 끝은 알 수 없지만 걷다 보면 멋진 보물을 만날 것 같다. 새로운 도전과 배움은 항상 나를 성장 시켜준다. 길을 걸으면서 만들어진 글들이 또 다른 나를 만들고 있다.

블로그 https://blog.naver.com/remeru

밥

|

사계절 땀방울의 밥

친정엄마의 작은 텃밭에서 자란 상추와 고추를 수확하여 흐르는 물에 세 번 씻어준다. 보조 주방에서 구운 삼겹살과 된장국으로 저녁 식사를 마치면 모두들 편안한 자세로 휴식을 취한다. 밥상 위의 반찬과 밥은 모두 친정엄마의 손을 거쳐서 만들어진 것이다.

따뜻한 봄, 텃밭으로 가 비료와 거름을 주어 흙을 섞어준다. 봄나물 씨앗을 뿌리고서 빗물을 받아둔 것을 뿌려주면 엄마의 첫 농사의 시작된다. 어린 시금치와 유채 나물을 따서 끓는 물에 데친 후, 소금 간으로 비벼 먹으면 몸도 마음도 건강해진다. 쑥 향기가 퍼지면 어린 쑥을 캐어 쑥국을 끓여 주시고, 어른 쑥을 캐어 손녀들을 위해 쑥떡을 만드신다. 콩고물에 묻혀 먹는 쑥떡은 세상에서 하나뿐인 수제 쑥떡이다.

뜨거운 빛과 거센 태풍을 맞이하다 보면 우리의 옷은 가장 얇고 시원한 차림으로 되어있다. 작은 울타리에 허리를 굽혀 빨갛게 익은 고추를 수확하여 뜨거운 햇살 아래 말린다. 그 고추는 가루가 되어 무, 파와 표고버섯이 들어간 소고기뭇국에 감칠맛을 내도록 한 스푼 들어간다.

은퇴하시고, 엄마는 자연과 함께 살아가신다. 긴소매 옷을 입고 장화를 신고선 산으로 올라가, 다람쥐가 되신 듯 도토리를 찾고 앞주머니에 넣어두신다. 가득히 주운 도토리는 어느 순간 도토리묵이 되어 있다. 파, 마늘, 고춧가루와 간장으로 만들어진 장에 찍어 먹는다. 못 만드는 것이 없는 마법의 손을 지닌 분이다.

하얀 눈이 내리고, 입김이 날 때쯤 엄마는 장을 담그기 바쁘시다. 콩을 삶고 발로 밟아 으깨어 숙성시키면 간장과 된장이 만들어진다. 여름에 따서 말린 빨간 고추도 고추장으로 변하는 날이 바로 이때다.

식탁 위 밥상에는 작년 김장철에 만든 김치로 만든 김치찌개와 돼지주물럭, 가지볶음, 멸치볶음, 두부조림이 있다. 바로 아이들과 남편이 함께 먹을 저녁 밥상이다. 냉장고에는 햅쌀, 두부, 국간장, 멸치 액젓, 고추장, 된장, 깨소금, 들깨기름, 참깨기름, 고춧가루는 모두 친정엄마가 챙겨주신 재료들이 있다. 이 양념들로 만들어진 나의 밥상은 바로 친정엄마의 사계절의 땀방울이다.

설거지

하얀 그릇들의 목욕

기다리던 아울렛 세일 기간이다. 집에서 10분 정도 거리에 아울렛이 있는 것이 얼마나 행운인지 모르겠다. 하얗고 부드럽게 빠진 그릇을 좋아하기에 이번에도 물방울 모양의 샐러드 만능 그릇을 두 개 사 들고 집으로 왔다. 나의 그릇들은 모두 세일 코너 자리에 앉아 있는 하얀 아이들이었다. 저녁으로 먹을 카레와 다이어트를 위한 두부샐러드를 만들어 그릇들에 담아 식탁에 두었다. 빨간 김장 김치와 첫째가 좋아하는 파김치는 긴 반찬 그릇에 두고 알록달록한 머그를 옆에 두니, 구름 속에 무지개가 보이는 듯하다.

어느 날, 하얀 그릇들만 있는 것을 보신 시어머니께서 푸른색의 꽃무늬가 있는 그릇 세트를 선물로 주셨다. 그것들은 집에서 컵을 제외하고 유일하게 무늬가 있는 그릇이기도 하다. 이 그릇에 국과 밥을 담을 때마다 시어머니가 생각나고 감사함을 느낀다.

나의 소중한 그릇들이 설거지 개수대에 담기게 되면, 누구도 그릇을 만질 수가 없다. 그릇에 관심이 커지고 다시는 이 가격으로 살 수 없을 정도로 저렴하여 어렵게 구한 것이기에 나는 그릇에 집착하는 집착녀가 되어버렸다. 설거지는 반복적이고 먹고 돌아서면 나오는 일거리이지만, 나에게 있어서는 특별한 일이다. 기쁜 마음으로 신생아를 목욕시키듯이 정성을 다해 깨지지 않도록 신중히 한다.

장식장에는 꽃 모양 커피잔과 차주전자, 와인잔이 있다. 딸의 생일에 친구들이 모여서 저녁을 함께 먹게 되었다. 코로나 팬데믹 시대에 살아가는 우리가 이웃과 저녁을 먹는다는 것은 흔한 일이 아니며 소중한 의미가 있다. 아이들도 어른들도 함께하는 식사 자리는 언제나 활기차고 즐겁다.

드디어 장식장에 있는 컵들이 세상 밖으로 나올 시간이다. 피자와 샐러드를 개인 접시에 덜어서 먹고, 어른들은 와인을 마셨다. 와인 향기가 퍼질수록 설거짓거리는 점점 쌓이게 된다. 개수대에 제 역할을 한 그릇 수만큼 우리의 이야기도 꽃을 피운다.

다른 공간도 그렇지만 부엌은 특히 내가 소중히 여기는 공간이다. 설거지를 집안일 중에서 가장 좋아하는 이유가 나의 공간에서 새로 태어날 그릇들을 맞이해 줄 수 있기 때문이다.

내가 다시 태어나는 느낌이다.

빨래

줄어든 드레스

흰색 블라우스에 분홍색 꽃무늬 치마를 입고 노란 머리핀과 분홍 목걸이를 한 세 살의 아이가 잔디 위에 서 있다. 항상 드레스를 즐겨 입던 첫딸 리사다.

어느덧 초등학교 4학년이 된 리사의 옷장은 보라색, 남색, 검은색, 흰색으로 이루어진 티셔츠와 청바지들뿐이다. 놀이터에서 노는 것을 유난히 좋아하고 편한 옷을 고집하다 보니 드레스가 옷장에서 사라져 버렸다. 나의 목표는 리사에게 치마를 입혀 보는 것이다. 세일 기간이 되면 버스를 타고 아웃렛으로 향한다. 리사에게 맞는 치마를 고르기 위해서이다. 이곳저곳을 다니다 보니 막상 리사가 좋아할 만한 것은 없고 빈손으로 집에 오게 된다.

나의 바람은 여기서 멈추지 않는다. 점심을 먹고 집으로 가는 길에 유일하게 동네에서 아이들 옷을 파는 곳이 보인다. 아이들과 구경을 하기 시작하는데, 리사가 드디어 한 치마가 마음에 든다고 한다. 사실은 바지 겸 치마인 활동하기 편한 치마바지이다. 아이의 마음이 바뀌기 전에 얼른 골라 계산하고 밖으로 나왔다. 드디어 나의 바람이 이루어지는 순간이었다.

집으로 돌아와서 아이들 옷과 뒤집힌 바지와 양말들을 빨래 바구니에 담아 세탁기로 향한다. 건조기에서 나온 리사의 치마바지가 한 뼘이나 줄어들었다. 건조기를 돌리고 나면 가끔 있는 일이지만 이렇게 허무할 수가 없다. 사랑스러운 두 딸에게 예쁘게 입히고 싶지만, 아이들이 거부하는 바람에 옷장에 걸려있는 물려받은 원피스들이 안쓰럽게 보인다.

나의 바람인 걸 알고 있다. 각자의 취향을 존중해줘야 하지만, 어릴 적 언니들 옷만 물려받고 바지만 입었던 나 자신에게 아이들의 몸을 빌려 입혀보고 싶은 어린 내가 존재하고 있었던 것이다. 이래서 두 딸이 나에게 찾아왔나보다. 새 옷 하나 사 입기 힘든 형편의 어린 나를 대신해서 아이들에게 입혀보고 기쁨을 느끼고 싶었다.

수건, 아이들 옷, 남편과 나의 옷이 세탁기 속에서 돌아가고 있고, 건조기에 들어가기를 기다리고 있다. 옷마다 추억과 이야깃거리가 숨어있다.

청소

새 출발의 시작점

작년 생일에 받은 수국이 꽃망울을 맺혔다. 파란색의 꽃이 어떤 색으로 변할지 궁금해진다. 둘째가 태어나면서 대전으로 내려와 새로운 식물들을 키운 것이 베란다 가득히 자리매김하고 있다. 나의 식물들은 코로나 팬데믹 시대에 자연을 그대로 전하러 나에게 다가왔고 이들과 함께하기에 싱그러움이 가득하다.

작은 화분에 뿌리가 가득 찰 때 큰 화분으로 옮겨 심어줘야 하고, 물과 영양제를 주어 식물을 단단히 더 고정시킨다. 나뭇가지가 길게 자라게 되면 가지를 잘라주어야 하며, 잎이 마른 잎은 따준다. 식물을 키우고 정리하는 가운데 새로운 순이 올라오면 그렇게 반가울 수가 없다. 잎사귀에 먼지라도 쌓이면 손걸레로 닦아주고, 화분 겉을 닦아 항상 윤기가 나도록 한다.

크리스마스에 인공 나무에 트리를 장식하기보다 살아있는 나무에 직접 하고자 크리스마스 나무를 샀다. 어느덧 나의 키만큼 크더니 이젠 베란다의 벽에 부딪히고 있어 다른 사람에게 넘기게 되었다. 결국, 크리스마스 나무는 근처 카페의 가장자리에 놓여 사람들을 맞이하고 있다.

한겨울에 푸름을 장식해 주던 행복나무가 베란다 넘어 감나무와 목련이 잎을 드러내기 시작하니 외로워 보였다. 마침 집을 방문한 큰 언니 집에 행복나무를 선물로 주었고 그곳에서 자라고 있다. 오렌지 재스민은 꽃망울을 피우면 거실 한가득 퍼져 향긋함을 전해준다. 베란다에 있는 호야와 제라늄은 꽃을 피우고 지고를 반복하고 있다. 이제 남은 화분을 다른 집으로 이사를 보내야 한다.

나의 베란다 정원을 청소하는 것은 내년에 한국을 떠날 것을 대비하기 위함이다. 정리한다는 것은 설렘과 기쁨을 전해주기도 하지만 정든 식물들과 헤어져야 하는 아쉬움과 슬픔도 존재하게 한다. 빈 화분과 화분대를 정리하고 물로 뿌려주면 송홧가루와 흙먼지들이 하수구로 내려간다.

청소를 한다는 것은 깨끗함을 유지하기 위함도 있지만 새로운 출발을 의미하기도 한다. 이사를 위해 청소를 하고 나면 짐들이 들어온다. 그리고 각 화장실마다 디퓨저를 하나씩 두고, 방마다 화분을 두면 진정한 이사의 마무리가 된다. 이렇게 다시 꽃을 피울 화분들을 키우기 시작한다.

청소는 새로운 출발의 시작점이다.

나

|

주인공은 바로 나

새벽 공기가 방 안으로 들어올 때쯤 리사가 먼저 일어나 방을 향해 다이어리에 해야 할 일과를 적고 있다. 나의 몸을 움직이기 시작하면 옆에 자던 안나가 따라 깨기에 꼼짝하지 않고 30분 정도 누워 유지를 한다. 기다리는 시간 동안 아침은 무엇을 해야 하나 고민을 하고, 아침은 채소 계란찜으로 결정했다. 연이어 아이들은 일어나 옷을 갈아입고 학교 갈 준비를 한다.

안나가 학교에 등교하고 나서야 비로소 나의 자유 시간을 갖게 된다. 나의 발걸음은 아파트 옆 갑천으로 향하고 있다. 무성하게 자란 풀과 나무들이 따뜻한 햇살을 받고 해야 하는 일들을 머릿속에 되새겨보면서 두 팔을 흔들며 걷고 있다. 한 시간쯤 걷다 보면 다리도 아픈지 벤치가 눈에 들어오기 시작한다. 이 시간이 나의 힐링 시간이다. 고요함 속에 내적 자아를 만나는 시간이며 나를 바라보는 중요한 시간이다.

초등 고학년인 리사가 스스로 스케줄 따라 움직여주니 나는 안나의 스케줄만 챙기면 된다. 힘겨워질 때면 아이들도 아는지 스스로 하는 영역들이 늘어가고 있다. 놀이터에서 친구와 열심히 그네 타고 논 후에야 영어 학원 버스가 와 아이들을 데리고 학원으로 향한다. 아이들이 학원을 다녀와 놀이터에서 보내는 시간은 꼭 필요하기에 집으로 돌아와 미리 저녁 식사 준비를 한다. 저녁 식사를 하고 각자의 시간을 가진 후 잠자리에 들 준비를 하면 아이들은 이야기보따리를 푼다. 한참 이야기를 나눈 후, 캐논 피아노 연주곡이 들릴 때쯤 아이들은 잠자리에 들고 모든 하루가 마무리된다.

나는 가족들의 스케줄을 머릿속에 넣고 다녀야 한다. 동시에 일을 하는 사람이 되어야 하며, 아이들과 남편의 감정을 읽을 줄 마음의 여유도 있어야 한다. 나와 가족들에게 소비하는 시간을 적절히 나눠서 생활을 하니 삶의 만족도가 좋아진다. 가족을 위해 희생하는 삶을 살기보다 내가 해야 하는 일은 하고 시간이 날 때 나에게 시간과 돈을 투자하여 자기 계발을 하면 된다. 아이들이 넘어졌을 때 나의 길을 보고 희망을 갖고 걸어오도록 안내 표지판이 되고 싶다.

엄마, 아내, 딸, 며느리의 역할을 조화롭게 수행하다 보면 어느 순간 나 자신을 잃어버릴 때가 있다. 나란 존재가 흔들리지 않고 나무의 뿌리처럼 지탱해야지 모든 역할을 해낸다. 나 자신이 어떤 상태인지 알고, 재충전을 해야 할지, 달려도 될지 판단을 잘해야 한다. 40살이 지나니, 몸이 예전과 달라짐을 느끼게 된다. 앞으로 다가올 중년의 삶이 어떠할지 미리 걱정할 필요가 없다. 미리 걸어오신 분들의 길을 참고로 하여 걸으면 되기 때문이다.

나 자신을 아끼고 사랑해야 하는 존재는 타인이 아니라 바로 자신인 걸 항상 기억해야 한다. 이것이 나의 역할이다.

딸

막내딸

엄마의 다리 수술을 앞두고 가슴이 두근거린다. 그동안 아픈 다리를 쓰느라 얼마나 힘들었을까? 가까이에서 지켜보고 간호하고 싶지만, 멀리서 또 생각만 하고 있다. 언니들, 오빠네가 가까이 있어 줘서 얼마나 감사한지 모르겠다. 수술이 잘되어서 계단도 편히 오르고, 다리 접어서 편히 쉴 수 있었으면 좋겠다.

아픔을 더 잘 참는 엄마이지만 수술 마치고 이제까지 못가 본 곳도 재활하면서 가보았으면 좋겠다. 집에 내려가면 엄마 손잡고 같이 산책하고 싶다. 나의 엄마로 살아주어서 감사하다.

친정집 앞에 새로운 밭을 일구어 고추 농사를 지으신다. 고랑을 만들고 검은 비닐을 덮는 것을 도우러 온 가족이 출동하였다. 아이들은 리어카를 타며 놀고 있고, 나는 비닐을 끌고 나가고 남편과 아버지는 흙을 비닐 가장자리에 덮고 있었다. 몇 분이 지나서 거센 숨소리가 들리기 시작한다. 바로 아버지의 숨소리였다. 매년 농사를 짓고 계시지만 힘들어하는 모습을 처음 본 것 같다. 아프신 아버지의 몸이 더 나약해졌음을 보여주는 순간이었다. 그리고서 아버지는 쉬러 집으로 가시고 남편과 엄마와 함께 마무리를 지었다.

친정 부모님께 내년쯤 외국으로 이민을 할 우리들의 계획을 이야기하고 돌아왔다. 갑작스레 소식을 알면 서운해하실 것 같아서 미리 전했다. 그렇게 일주일이 지나고 아버지께 전화가 왔다. 아버지는 어릴 적 호랑이처럼 무섭고, 가부장적인 분이시다. 하지만 지금은 마음이 약하시고 매번 뵐 때마다 나이 드심에 가슴이 아프다. "안 가면 안 되냐? 허전해서 어떻게 살겠냐?"고 붙잡으신다. 지금 자리 잡고 사는데 왜 낯선 곳에 가서 취업을 하고 집을 마련해서 지낼지 걱정을 하신다. 강인하셨던 아버지의 말씀이기에 더 가슴 아프게 들린다.

친정에 다녀오면 마음이 무겁다. 어느덧 칠순을 넘기신 부모님이시다. 아직 두 분이 곁에 계셔서 힘이 되어 주심에 감사드린다. 막내딸로 태어나 언제나 기쁜 소식을 전하고 싶지만, 아닐 때가 있을 땐 죄를 짓는 느낌이 든다. 식구가 많은 만큼 이야깃거리가 많다.

몇 년이 될지 모르겠지만 덜 아프시고 자연 냄새를 많이 맡으시며 하루하루를 지내셨으면 좋겠다. 이제는 자식, 손자 걱정하지 말고 두 분께서 맛있는 것 드시며 지나온 세월을 이야기하며 지냈으면 좋겠다. 언제나 부족한 막내딸의 인생에서 최고의 부모님이 되어 주심에 감사드린다.

아내

아낌없이 주는 남편

말하지 않아도 아는 관계가 되는 시점이 온다. 남편의 관계가 잉꼬부부나 소울메이트는 아니다. 평범하게 인정하고 노력하며 맞추어 가는 사이이다. 남편과는 4년 연애하였고 올해 결혼 11년 차 부부이다. 연애 시절 일 년은 너무 달라 많이 싸웠다. 말과 행동이 이해가 안 되는 점이 많을 때였다.

그러다가 차츰 서로에 대해 알게 되고 연애가 길어질 무렵 결혼을 하게 되었고, 두 딸과 함께 앞을 바라보며 살아가고 있다. 우리에게 결혼 초는 바쁜 박사과정과 박사 후 연구원 생활이라 아침에 같이 나가서 10시에 만나 퇴근하였기에, 신혼은 연구와 함께 한 시간이었다. 사람 관계를 중요시 여기는 나와 조용히 가족과 지내고 싶은 남편, 즉 마을에 사는 나와 성에 살고 있는 남편과의 성향 차이로 조율해야 하는 일들이 많았다.

어느덧 시간이 흐르고 보니 노하우도 생기고 침묵해야 할 때와 이야기해야 할 때를 아는 것 같다. 남편의 장거리 출장이 잡히면 생활 리듬이 깨져서 예민해지고 피곤해진다. 그때는 최대한 남편의 영역에 침범하지 않고 아이들을 돌보고 생활해야 한다. 내가 피곤해 먼저 잠자리에 들면 거실을 치우고, 건조기에서 빨래를 꺼내어 준다. 항상 나의 빈 곳을 채워주는 아낌없이 주는 나무 같다.

운전연수를 받고 연습을 할 때 옆에 앉아 안전 운전하는 법과 주의해야 할 점을 이야기해주는 자상한 남편이다. 회사에서 지친 몸으로 와도 항상 강아지를 산책시켜주고 독박 육아를 해주는 성실한 사람이다. 자신의 꿈을 가족을 위해 바꾸어주고 생각 깊은 어른이기에 믿고 따라갈 수가 있다. 항상 제자리에서 나를 응원해주고 공부할 수 있도록 도와주고. 무슨 일을 하든지 믿고 밀어주는 모습에 감사의 말을 전하고 싶다.

이런 남편에게 해 줄 수 있는 건 회사 마치고 돌아왔을 때 따뜻한 저녁 식사를 준비하는 것과 식사 후 함께 산책을 나가는 것이다. 남편에게 무거운 짐을 나눠서 들고 가길 바라는 마음은 항상 있다. 그런 마음이 나를 더 성장시키고 발전시키는 원동력이 되기도 한다.

노후에는 같이 마주 앉아 따뜻한 차를 마시며 지나온 세월을 이야기하며, 아침 공기와 노을을 보며 같은 곳을 바라보며 걷고 싶다. 항상 곁에만 있어준다면 세상에서 가장 행복한 사람은 바로 나일 것이다.

엄마

리사와 안나의 엄마

작년 여름 에어컨 바람이 필요한 이유로 모두 안방에서 잤다. 누워서 잠을 청하는데, "엄마 이마에 주름이 세 줄이야."라고 안나가 말을 한다. 또래에 비해 미간 주름과 깊게 파진 주름이 많은 건 사실이다.

"리사야, 안나야, 첫 번째 줄은 어떻게 하면 너희들한테 좋은 엄마가 될까? 고민해서 생긴 것이야. 두 번째는 아빠와 잘 지내는 방법은 없을지 생각해서 이고, 세 번째는 엄마 스스로 가치 있는 사람이 되고자 생각과 고민을 많이 해서 생긴 것 같아."

"엄마는 그래도 이 주름이 감사해. 부지런히 고뇌하고 열심히 살았다는 증거이거든."

나이가 들면서 주근깨와 주름, 흰머리가 나는 것이 안타깝거나 슬프지 않다. 그동안 생각해오고 시행착오들이 모두 삶의 지혜로 남아있을 수 있기 때문에 더 값진 것이다.

긴 방학을 어떻게 보내야 할까? 고민 끝에 학교처럼 수업 시간을 정해두었다. 1교시는 체육 시간. 놀이터에서 줄넘기 500개 한 후, 자유롭게 노는 시간이다. 그늘이 있는 놀이터를 찾은 다음 아이들은 놀고, 엄마들은 놀이터 주변을 돌면서 걷기 운동으로 시작한다. 감사하게도 작년 여름은 오전에 비가 거의 오지 않아서 지속적으로 놀이터 수업은 가능했다. 낙엽을 주워 고기와 쌈

채소로 고기쌈을 만들고 있다. 처음에는 놀잇거리를 찾지 못하다가 주변에 있는 흙, 돌멩이, 식물들로 놀잇거리를 찾아낸다.

하루하루 각자의 계획대로 지내다 보니 어느 순간 에어컨 바람이 필요 없는 신선한 바람이 불어온다. 아이들의 자연 놀이터인 오래된 아파트에는 무성하게 자란 나무들과 녹지가 많기 때문에 늘 자연과 더불어 살아갈 수 있다.

모든 사람이 운전하듯이 당연히 아이가 태어나고 나면 당연히 엄마가 되는 줄 알았다. 리사가 태어나면서 나의 삶의 초점은 가족들이 뭉쳐 함께 지내는 것이 최우선이며, 꿈꿔왔던 나의 꿈들은 사라지기도 하고 새로운 꿈을 만들어내기도 한다.

넘어지고 힘들어도 아이들이 있어 힘이 나고, 자신의 위치와 존재도 알게 되는 것 같다. 두 딸의 엄마로서 일거리가 끊임없이 많음에 감사드린다. 연말에는 비밀 산타도 되어야 하고, 추억도 만들어 주기 위해 계획을 세워야 하지만 이 또한 즐거움이기에 오늘도 에너지를 받고 시작하나 보다.

인성

다섯 가지 사랑의 언어

얼마 전 지인들과 모여 부부간의 사랑의 언어를 이야기한 적이 있다. 어떤 이는 도움 되는 일을 해주고 실질적인 도움을 주는 봉사를 최고의 언어라고 택했고, 그녀의 남편은 따뜻한 말로 답하면 된다고 했다. 그리고 또 다른 이는 남편과 아내 모두 스킨십을 원한다고 했다. 나의 경우는 인정하는 말이라고 생각이 든다. 그리고 남편도 인정하는 말이라고 여겨지지만, 실질적으로 서로 인정하는 말을 자주 하고 있는지 되묻게 된다. 비슷한 성향을 가진 세 명 모두 다른 사랑의 언어를 최고의 언어로 택하고 있었다.

다섯 가지 사랑의 언어를 알아보게 되었다. 나는 인정하는 말과 함께하는 시간이 동등하게 나왔고, 남편의 경우도 나와 같았다. 검사 전에는 인정하는 말이 최고의 사랑의 언어라고 생각하였지만, 두 가지 모두 중요하게 여긴다는 것이다. 심지어 나의 최고의 사랑의 언어가 남편도 같은 것이었다니 놀랍다. 우리는 서로를 무시하거나 혼자 있고 싶어 하는 표현들이 진정 원하는 것이 아니었음을 알 수 있다.

남편이 자주 하는 말 중에 자신은 돈만 벌어오는 기계 같다는 말을 하곤 했다. 어쩌면 일을 하고 와서 가족들에게 따뜻한 말이나 고생 많이 했다는 이야기를 듣고 싶어 했을 듯하다. 어느 범위까지 해야 그의 만족이 채워지는지 궁금하기도 하다. 집에 와서 집안일도 능숙하게 하는데 그동안의 노하우가 쌓인 듯하다. 나의 경우는 남편에게 감사의 표현을 잘하지 못한다. 많은 부분이 당연한 것이라고 생각하고 있었기 때문이다. 남편이 살아온 배경을 보면 당연한 일이 아닐 수 있었을 텐데 이해를 못 한 것은 나의 고정관념에서 벗어나지 못한 것이었다.

다행인 것은 서로가 원하는 부분이 비슷하여 표현하기는 쉬울 듯하다. 우리 부부가 앞으로 미래를 설계하고 나아갈 때 서로의 사랑의 언어로 표현을 더 한다면 분명 값진 하루들이 쌓일 듯하다. 반면 선물이 두 명에게 가장 중요하지 않는 언어이다. 어떤 이들은 명품 핸드백이나 시계를 받았음에 사랑을 듬뿍 받았고 행복할지언정, 우리 부부에겐 무의미한 것이고 선물을 하지 않더라도 이 사람이 나를 사랑을 하지 않는다는 생각을 하지 않는다.

나는 아이들과 부모와의 관계에도 사랑의 언어를 명확히 알고 대한다면, 진심이 더 다가갈 듯하다. 첫째의 경우는 선물도 사랑의 언어가 되며, 둘째의 경우는 스킨십이 더욱 강하게 남는다. 아이들이 바르게 자라도록 사랑을 듬뿍 주면 건강하게 자라게 된다. 자녀와도 사람의 언어가 무엇인지 파악을 하고 대하면 좋을 것 같다.

건강

코로나 시대에 살아가다

리사의 초등학교 2학년 생활이 끝이 났다. 코로나 바이러스의 시작으로 개학이 연기되었고, 격주로 다니기 시작하였다. 그렇게 또 다른 시대에 학교에 적응하며 지내게 된 것이다. 가장 아쉬운 것은 반 친구와 대화를 할 수 없다는 것이다. 친한 친구와 눈으로 대화하고 하굣길에 한두 마디 한 것이 다였다고 한다.

2학기 시작과 동시에 전학을 가게 되었고, 이곳은 학생을 절반으로 나누고, 일주일에 이틀 등교를 했다. 반 친구를 절반만 아는 것이다. 이러던 중 교내에 확진자가 나와서 일상이 멈추고 이 주간 학교 등교 금지가 내려졌다. 다행히 더 이상 교내 확진자는 나오지 않았다.

가장 걱정이 되는 부분이 보살핌을 받지 못하고 삶의 루틴이 사라진 아이들이 많지 않을까 싶다. 빈 시간에 혼자서 밥을 먹지 않을까? 게임이나 영상을 보고 집에만 있어 외롭고 방치되는 친구들이 많지 않을까? 걱정이 된다. 아이들의 정신은 건강할까? 부모님들은 자녀의 빈 시간을 어떻게 보냈는지 점검해주고, 외롭지 않게 주말이라도 함께 시간을 많이 가지길 희망한다.

교육의 목적이 지식 전달에서 인성교육이나 사회성 발달 교육으로 바뀌어야 하는 것은 아닐까 싶다. 아이들은 정말 자기 방역을 철저히 한다. 확진자가 생기는 것은 모두 어른들에게서 온 것이다. 아이들이 가장 잘하고 있음에도 가장 피해를 보고 있는 것 같다.

아이들의 생활 루틴을 살려주고, 우리는 그들의 자유로운 생활을 막아서는 안 된다. 아이들의 체력과 마음의 상태는 어떤지 학부모와 교사, 지역사회는 관심을 두고 확인을 해야 한다. 코로나 바이러스와 더불어 살아가면서 아이들에게 해줄 수 있는 활동은 최대한 해주며, 안전한 울타리 속에서 지낼 수 있도록 지켜줘야 한다. 시간이 지나면 우리 사회를 이끌어갈 주인공이 바로 아이들이다.

지성

꿈꾸는 나에게

한 번도 꿈을 꿔보지 않은 적이 없다. 그 꿈이 사라졌다면 또다시 방향을 틀어 꿈을 꾼다. 꿈이라고 거창한 것이 아니다. 단순히 해보고 싶은 것들이다. 중등 시절에는 전교 몇 등, 대학 시절에는 장학금과 조기졸업이 목표였고, 대학원 시절은 해외 논문 몇 편 쓰는 것을 이상이라고 세웠다. 책상 앞에 메모장에 적어 둔 것을 보고, 남편이 왜 이런 목표를 세워 놓냐고 물었다. 꼭 되라는 것이 아니라 그 근처까지 가도록 노력하기 위해 세운 것이다. 나에게 있어 목표는 삶의 등대였다.

결혼 후, 뚜렷한 목표가 사라지고 가족공동체의 목표를 세우고 있었다. 그러는 동안 흐릿한 목표가 사라지고, 최근에는 '감사하게 하루 살기'라는 목표를 세웠다. 계획을 세울 때 일 년, 삼 년을 세우는데 변수가 많다 보니 이젠 십 년 치를 세운다. 그냥 십 년 안에 하면 된다는 것이다. 얼마나 다행인가! 하고 싶고, 가고 싶은 것이 있다는 자체만으로도 감사한 일이다.

내가 꿈을 꿔야 하는 것은 나만의 등대에 불을 밝히는 것과 같기 때문이다. 지금은 암흑이지만, 저 멀리 아주 작은 불빛으로 나를 인도해 줄 것이기 때문이다. 나의 꿈과 생각이 굳어버린 나의 뇌를 변화시킬 것이라 믿는다.

나만의 꿈을 꿔보자! 꽃과 나무와 텃밭이 있는 정원에 테이블을 두고 지나가는 이웃이 잠시 쉬었다 가는 그런 공간을 만든다. 라일락과 장미향기, 파랗고 하얀 수국이 가득하고 꽃나무 아래 쉬었다 가는 그곳, 그런 집부터 마련하고 싶다.

안나의 초등 입학 적응 시기에 맞추어 지내다 보니 5월을 마무리할 때가 되었다. 입학과 더불어 공부방과 심리 상담실을 열었다. 4명의 학생과 수학 공부를 하고 있고, 나를 찾아와 준 첫 내담자와 상담을 이어가고 있다. 공저자의 나의 책도 만나게 되었다.

나뿐만 아니라 가족, 지인, 그리고 이웃을 생각하게끔 해주는 나의 병에게도 감사하다. 나를 다시금 태어나게 해 준 너. 너로 인해 다음 달에도 알차고 새로운 꿈을 꾸며 살아갈 것 같다. 더 멋진 모험을 해보자! 두려움과 설렘은 동시에 찾아오는 것이다.

나의 경험과 지혜, 지식을 바탕으로 두 딸을 포함한, 도움을 필요로 하는 이들에게 인생 멘토가 되고 희망의 증거가 되고 싶다.

▶▶▶ '3040 세대와 일상과 나에 대한 글을 공유한다는 것이 60대인 나와 어울릴까?'라고 생각했다. 독거노인 나이가 된 나에게 밥, 설거지, 청소는 어떤 의미일까? 고민하지 않을 수 없었다. 그러나 이루미 작가의 권유로 일상의 의미와 나의 삶을 돌아보게 되었다. 비록 멀리 떨어져 있어도 가족은 있다. 우리 존재는 홀로 존재할 수 없다. 그게 우주의 법칙이다. 혼자인 것처럼 느껴질 뿐 서로의 존재에 의지하여 살고 있다. 딸은 부모에게, 부모는 자식에게, 남편은 아내에게, 아내는 남편에게, 그리고 눈에 보이지 않는 모든 존재에게. 지금 나는 이 컴퓨터에 의지하며 글쓰기를 하고 있으니 말이다. 어떤 형태의 삶이든 우리는 함께 서로의 존재를 살리며 살아가고 있다. 그것을 알 때, 진심으로 나를 살리는 존재들에게 감사가 일어나는 것은 너무나 당연한 일일 것이다. 내 삶에서 나는 어떻게 나를 살리고 타인을, 가족을 살릴지를 성찰하며 살아갔으면 좋겠다.

블로그 https://blog.naver.com/spritual88

밥

|

집밥이 최고야

어머니가 서울에 가시면 대략 1주일 정도 머물렀다. 어머니 고향은 서울, 아버지 고향은 평양이다. 친척들도 대부분 서울에 살았다. 내가 초등학교 6학년 때 우리 집만 부산으로 이사를 왔다. 아버지가 부산으로 근무지 발령이 났기 때문이었다. 부모님은 경조사나 볼일을 보러 서울에 자주 가셨다. 어머니가 집을 비울 동안 나는 엄마 역할을 대신하였다.

집에서 밥하느라 장기 결석을 하는 나를 선생님과 친구들은 이해하지 못했다. 그러거나 말거나 나는 학교에 가지 않아 좋았다. 가장 좋았던 것은 나 스스로 판단하고 결정하고 행동할 수 있다는 점이었다. 엄마 잔소리를 듣지 않아서 좋았고 신났다. 아침에 일찍 일어나서 밥하고, 동생들 도시락 싸주고, 청소하고, 빨래하고, 또 저녁 밥상을 차리면서 내가 어른이 된 것 같아서 좋았다. 살아있음이 생생하게 온전히 느껴졌다. 그리고 가치로운 일이었다.

그런데 대학에 들어가서부터 내 생각은 뒤집혔다. 페미니즘의 영향도 있었다. 그 당시 살림 잘하는 것이 여성들의 운명적인 역할이었다면, 나는 이렇게 사는 여자들이 한심해 보였다. 엄마는 늘 자랑스럽게 말했다. "부부싸움 해서 아버지가 아무리 미웠어도 꼭 밥은 챙겨주었다."라고. 굶기지 않고 밥 먹이는 일이 큰 자랑거리처럼 말씀하셨다. 그 말을 들을 때마다 "밥하는 것이 뭐 그리 대단한 거냐?"고 반문하고 싶었다. 나는 엄마처럼 살고 싶지 않았다.

결혼 후 10여 년 뒤 남편과 딸은 미국으로 떠났고 나는 혼자 남았다. 밥 챙겨줄 사람 없으니 밥하는 것에서 해방되어 기뻤다. 대충 끼니를 때웠다. 먹고 싶을 때 먹고, 먹기 싫으면 굶었고 내 멋대로인 것이 좋았다. 때로는 과일이나 빵, 과자 등으로 밥을 대신했다. 배가 고프면 냉장고를 뒤져서 먹을 것을 찾았다. 처음에는 그런 삶이 자유롭고 홀가분해서 좋았다. 그런데 늘 허기지는 느낌이었다. 아무리 맛있는 식당에서 밥을 배불리 먹어도 허했다.

그 허기는 어머니가 해주는 집밥을 먹고 나면 채워졌다. 어머니는 아버지 돌아가시고부터 혼자 사셨다. 70살의 노모는 일주일에 한 번 찾아오는 딸을 위해 밥상을 차려주셨다. 내가 엄마 출타 시에 동생들 밥해주면서 느꼈던 존재감을 어머니도 느꼈을 것이다. 어머니는 "너 때문에 밥하고 반찬을 만든다."라고 기뻐하셨다. 엄마표 집밥은 어머니의 사랑 그 자체였다.

지난해 겨울 미국 사는 딸이 아기를 낳아서 3개월간 함께 지냈다. 참 오랜만에 누군가를 위해서 밥을 했다. 딸이 배달이나 외식을 하자고 할 때마다 "외식하는 것보다 집에서 밥해 먹자! 집밥이 최고야!"라고 자신 있게 말하지 못해서 미안했다. 오랜만에 반찬을 하려고 하니 서툴렀다. 딸은 맛있는 집밥을 해주는 엄마가 필요했을 텐데. 밥도 제대로 못 하는 엄마가 되어 버린 내가 한심했다.

딸은 7개월 된 제 딸에게 매일 이유식을 만들어 먹이고 있다. 그 모습이 숭고해 보이기까지 하다. 정성으로 밥을 하고 가족과 함께 밥 먹는 이 순간이야말로 행복이라는 것을 다시 한번 깨달았다. 다음에 딸을 만나면 어머니가 나에게 사랑의 밥상을 차려주신 것처럼 나도 사랑하는 딸을 위해 세상에서 가장 맛있는 밥을 지어주리라 다짐해 본다.

설거지 명상

결혼하고 나서 명절이 되면 나는 설거지를 담당했다. 남편 형제들이 8남매라서 시댁에 인사하러 오는 친척들이 많았다. 찾아오는 손님 밥상을 차리고 물리고 차리는 일을 계속하다 보면 설거지는 산더미처럼 쌓였다. 그런데도 나는 힘들지 않게 설거지를 했다. 내가 할 수 있는 일은 설거지뿐이었다. 직장 다니는 며느리라 요리 못하는 것을 알아주었다. 그래서 나에게 다른 일은 시키지 않아서 고마울 따름이었다.

나는 설거지를 좋아한다. 식기들이 저마다 반짝반짝 깨끗해지면 내 마음도 깨끗해지는 것 같아서 기분이 좋아진다. 다 씻은 식기들을 보면 뿌듯하다. 요즘 식기세척기가 있어서 설거지를 대신해주고 있어 편리해졌다고 좋아한다. 하지만 나는 직접 맨손으로 설거지하는 것을 좋아한다. 요리를 잘하는 내 친구는 음식 만드는 것은 재미있는데 설거지는 하기 싫다고 했다. 그래서 집에 초대되어 갔을 때 주인이 원하면 나는 남아서 설거지를 도와주곤 한다.

식당에 갔을 때, 간혹 식기가 깨끗하게 씻기지 않고 상에 오르는 경우가 있다. 내가 어렸을 때는 그런 사실이 끔찍이도 싫었다. 오염물질을 먹는 것 같아서 신경이 곤두섰다. 나는 사람들이 보란 듯이 정의를 실천하기라도 하듯 그 식당 측에 다그치고 따졌었다. 그런데 내가 나이 들고 시력이 나빠지다 보니 그릇에서 씻기지 않은 것이 남아있는 것을 지적당할 때가 있다. 깨끗한 척했지만, 나도 그런 실수를 하고 있음을 알아차렸다. 그래서 요즘 식당에서 식기가 충분히 안 씻긴 것을 발견하면 조용히 주방으로 가서 식기를 교환해온다. 함께 한 사람들까지 기분 나빠할 필요가 없으므로 그들이 모르도록 신경을 쓰게 되었다.

예전에 설거지하고 나면 허리가 아팠다. 어떻게 하면 설거지 후에 허리가 아프지 않을지를 살펴보았다. 싱크대 높이가 낮은 부엌이 많아서 몸의 자세가 구부정한 채 장기간 서 있으니 허리 아픈 것은 어쩌면 당연했다. 그래서 설거지를 내 몸을 알아차리는 도구로 활용했다. 어깨의 힘을 뺀다. 몸이 경직되지 않도록 심호흡을 한다. 양발의 위치가 가지런한지 밑을 내려다본다. 왼발이나 오른발이 앞으로 나왔다면 골반이 오른쪽이나 왼쪽으로 틀어진 것일 수 있다. 그러므로 골반의 위치도 점검해서 바르게 선다. 그리고 세면대의 높이에 맞춰 기마자세나 스쿼트 자세처럼 골반을 앞으로 내밀지 않게 중심을 잡아 선다. 배에 힘을 주어 허리에 무리가 가지 않는 자세를 만든다. 이렇게 설거지를 하면 바른 자세와 운동의 일석이조 효과를 얻게 된다.

설거지할 때는 설거지만 한다. 어떤 생각이 일어나면 생각을 알아차리고 설거지하는 지금 여기로 돌아온다. 빨리 해치워야 하는 일로서가 아니라 지금 여기에 오롯이 집중해 보자. 지금 내 눈앞에 보이는 것, 흐르는 물소리, 식기 달그락거리는 소리, 그리고 손에서 느껴지는 감각을 있는 그대로 음미하고 감상한다. 손에 닿는 식기의 감촉을 느낀다. 설거지 수세미 감촉도 느낀다. 헹구는 물의 온도를 느낀다. 리듬을 타면서 즐겁게 설거지를 한다. 설거지하면서 내 안에 남아있던 생각의 찌꺼기, 감정의 흔적들도 함께 씻어낸다.

아! 설거지는 나를 차분하게 해주고 지금을 살게 해주는 명상이 되었다.

빨래

빨래에 햇살 가득 담다

내가 어렸을 때, 이불 홑청을 뜯어 커다란 대야에 넣고 발로 팍팍 밟고 빨래판 위에 방망이로 팡팡 두들겨 가며 빨래를 했다. 빨래를 짤 때면 혼자서 짜기 힘들어서 엄마와 나는 양쪽 끝을 잡아서 비틀어서 짰다. 물방울을 뚝뚝 흘리는 빨래를 옥상 빨랫줄에 널었다. 그늘막 없는 옥상은 물에 축 처진 빨래들을 폭삭하게 말려내는 자연건조기였다. 햇빛에 말린 빨래에서는 뽀송뽀송한 감촉과 함께 햇살 가득 담은 기분 좋은 냄새가 났다.

이불 홑청이 어느 정도 마르면 주름을 펴느라 엄마와 나는 양쪽 끝을 잡고 팽팽하게 잡아당겼다. 그런데 나는 그게 왜 그리 웃기던지. 빨래 끝을 잡고 지그재그로 양팔로 주거니 받거니 당기다 보면 참을 수 없는 웃음이 터져 나왔다. 드디어 웃음보가 터져 빨래를 내려놓고 웃으면 엄마도 따라 웃었다. 배에 힘이 들어가는 바람에 손에서는 힘이 빠지게 된다. 다시 당기려다 보면 또 웃었다. 그러기를 몇 번. 끝내 엄마에게 등 짝을 맞고 나서야 겨우 팔에 힘을 줄 수 있었다.

적당히 팽팽해진 홑청을 잘 개어 화강암으로 된 다듬잇돌 위에 올려놓는다. 탁! 탁! 탁탁! 타 다다닥 탁탁! 리드미컬하게 방망이 두 개로 빨래를 두들기기 시작했다. 방망이 두드리는 강약 조절과 장단이 잘 맞는 방망이 소리는 나를 몰아지경에 빠지게 하였다. 쌓였던 응어리들도 다 분해되는 것 같았다. 방망이 소리는 때로는 경쾌했고, 때로는 서글펐다. 그리움과 한이 서린 방망이 두들기는 소리! 지금은 사라진 '빨래' 하면 떠오르는 그 소리가 그립다.

햇살 담고 방망이로 부드러워진 이불 홑청을 방 안 가득 펼쳐놓고 이불을 깔아 바늘로 시침질을 했다. 가장 긴 바늘로 약 10센티미터를 밑에 시침질하고 겉은 5밀리미터보다 작게 뜸을 찍듯 꿰매어야 보기에도 예뻤다. 엄마와 나는 대각선 방향 귀퉁이에서 바느질 시침을 시작했다. 나는 엄마의 속도를 따라잡을 수 없었고 서툴렀다. 잘못해서 손가락을 찔러 하얀 홑청에 핏방울이라도 떨어질까 봐 조심스럽게 한 땀 한 땀 바느질하던 기억이 생생하게 떠오르며 기분이 좋다.

바느질이 다 된 이불 위에 온몸을 던져 사지를 마구 휘 휘젓고 뒹굴어 본다. 그 사각사각한 느낌과 청결하다 못해 고결하기까지 한 쨍한 감촉! 하얗고 새침한 빨래 냄새가 나를 기분 좋게 했다. 깨끗이 빨래한 이부자리를 깔고 덮으면 온몸으로 느껴지는 상쾌함으로 행복하게 잠들곤 했다. 요즘 나오는 이불의 감촉과는 비교가 안 되는 그 감촉을 뭐라고 표현할 길이 없어 답답하다. 인스턴트가 아닌 오랫동안 숙성된 느낌이랄까? 빨래는 하나의 노동이자 예술이었다.

세탁기가 빨래를 대신해주는 시대에 살고 있다. 그 수고로움에 고맙고, 건조기에서 나온 빨래의 부드러운 감촉에 기분 좋아진다. 고가라서 아직 장만하지 못하고 있는 고온 스팀 분사하는 소독기능의 가전제품도 있다. 하지만 햇살보다 더 나은 제품이 이 세상에 또 있을까? 큰 자주색 대야에 발로 밟아가며 이불 빨래하던 시절. 간질거리던 웃음, 하얀빛, 사그락거리는 소리, 다듬이 두들기는 방망이 소리, 깨끗하고 정갈한 햇살 내음. 몸에 감기지 않고 사각거리는 싱그러운 빨래의 감촉, 묻혀있던 오감이 깨어나며 그 시절이 못내 그립다.

청소

청소는 너와 나 공간을 살리는 출발점

"언니야! 여기 지나갈 때 이거 치우고, 저기 지나올 때 그거 치우고, 그때그때 치우면 늘 깨끗한 집을 유지할 수 있어. 그렇게 해봐!"

동생이 내 집에 오면 늘 하던 잔소리였다. 무슨 뜻인지 알지만 실천하지 못했다. 나는 몰아서 청소했다. 한번 시작하면 종일 치우곤 했다. 늘 바쁘고 해야 할 것이 많다는 생각에 치워야 할 물건들이 내 눈에 들어오지 않았다. 머릿속은 언제나 해결해야 할 골칫덩어리들로 가득했으므로 청소는 내 삶의 우선순위에서 멀리 있었다.

청소는 시간을 내서 시간적 여유가 있을 때 해야 하는 노동이었다. 집에 손님이 온다고 해야만 내가 해야 할 일 목록에 청소를 적었다. 어쩌다 갑자기 불쑥 아는 사람이라도 오면, 다급해진다. 잠깐 현관 밖에서 5분만 기다리라고 했다. 나는 부리나케 늘어져 있넌 물건들을 치우고 손님을 집 안으로 들였다. 발에 밟히는 것이 싫어서 청소기로 바닥은 그나마 깨끗하게 유지했기에 다행이었지만 늘 물건들로 집 안은 어질러져 있었다.

나는 어떤 작업 중이라면, 이것저것 다 끄집어내어 늘어놓고 해야 마음이 놓였다. 내 눈앞에 자료들이 보여야 마음이 편했다. 다른 사람들 눈에는 정신이 없어 보인다. 어떻게 여기서 필요한 자료나 물건을 찾느냐고 묻곤 했다. 어느 날 누군가 말끔하게 내 책상 위를 치워놓은 적이 있었는데, 나는 화를 냈다.

"네가 보기엔 무질서하고 정신없어 보이지? 근데 네가 치워놓고 나니까 어디에 뭐가 있는지 모르겠어. 내 작업 흐름이 흐트러지고 끊겨버렸어. 제발 내가 무언가 작업할 때는 그냥 좀 놔두라고!"

누군가를 존중한다는 것은 그 삶의 전부를 존중하는 것이다. 그 사람의 삶의 방식 또한 존중받아야 마땅하다고 생각한다. 사람마다 집 안을 정리하고 청소하는 방식과 절차가 다르다. 나는 딸의 살림 방식을 존중하려고 한다. 미리 물어본다. 엄마가 여기저기 정리하고 치우고 싶은데 어떠냐고 의향을 묻는다. 곧 이사 갈 거니까 그냥 놔두라고 하면 정리하고픈 내 마음을 청소한다. 10대의 딸은 자신의 방을 청소도 정리도 할 줄 몰랐다. 그런데 딸이 결혼하고 특히 아기가 태어나고 나서는 놀라울 정도로 집 안을 깨끗하게 청소한다. 참 대견하다.

사람의 행동은 삶의 우선순위 가치를 어디에 두느냐에 따라서 달라진다. 딸은 청소된 공간을 자연스럽게 더 좋아하게 된 것이다. 내가 해야 할 일로 머릿속이 가득할 때는 주의가 바깥으로 나가지 못한다. 내가 하는 일에만 몰두한다. 물론 이런 고도집중력으로 좋은 결실을 맺기도 했다. 하지만 주변 환경이 정리되고 깨끗해진다면 쫓기지 않고 여유롭게 일을 더 잘할 수 있다는 것을 알게 되었다. 청소로 물건을 빼면 뺄수록 여유 공간이 늘어났다. 그 공간 속에서 에너지 순환이 좋아지니 당연히 좋은 기운이 들어오게 되는 것이다.

내 집만을 깨끗하게 하는 것이 아니라 이 지구를 깨끗하게 살린다는 생각으로 청소하면 어떨까? 청소가 나를 살리고 너와 나 그 사이 공간을 살리는 일임을 알면 좋겠다. 청소는 생명력 넘치는 공간을 만드는 비움의 출발점이다. 최신 청소기를 장만했더니 청소가 쉽고 즐거워졌다. 이 아침 청소를 시작으로 오늘 펼쳐질 기분 좋은 하루를 맞이해 본다.

나

|

힐링 파워! 나는 최고의 힐러다

엄마가 외출하면서 나에게 청소, 밥, 빨래 등을 시켰다. 나는 이번에는 꼭 칭찬을 받고 싶었다. 구석구석 먼지 털고, 엎드려 바닥을 닦았다. 빨래도 해서 다 개어 놓았다. 밥과 반찬도 하고 밥상을 차려 놓았다. 내 생각에는 완벽했다. 엄마가 왔다. 가슴이 두근거렸다. 엄마는 매의 눈초리로 "이거 했니? 저거 했니?"라고 물었다. 이제 잘했다고 하시겠지? 기대했다.

엄마는 창문으로 향했고 눈에 힘이 들어갔다. '이크, 어두워지면 커튼을 치라'는 엄마의 말을 깜빡했다. 내 가슴은 콩알만 해졌다.

"밤이 되면 창문에 커튼 치라고 했어? 안 했어? 너 엄마 말 무시하니? 왜 그랬어?"

엄마는 폭포처럼 신경질적으로 말을 쏟아냈다.

"내가 다른 거 하느라고 잊어버렸어." 나는 떨면서 대꾸했다.

"너 엄마에게 말대답할래?"

"너 맞아야 정신 차리겠어?"

"네가 뭘 잘했다고 울어? 네가 우니까 집안이 안되지."

"너 때문에 아버지 진급도 안 되고 되는 일이 하나도 없잖아."

쓰나미가 몰려왔다. 울지도 못하게 하니 혀를 깨물고 그 자리에 폭 꼬꾸라져 죽고 싶었다.

얼마나 울었으면 오랜만에 만난 친척들이 내게 던진 인사는 '너 아직도 우니?'였다. 나는 늘 우울했고 웃음기 없는 아이였다. 항상 눈치를 살폈다. 내 존재를 될 수 있는 한 드러내지 않고 눈에 띄지 않아야 숨을 쉴 수 있었다. 엄마가 나를 보는 순간 무엇인가 야단을 맞았다. 나는 엄마의 감정 쓰레기통이었고 다 받아내어야 했다. 엄마의 삶이 힘들었던 것만큼.

좋은 일이 생기면 오히려 나는 불안했다. 방심하다가 혼나면 더 힘들었다. 친구들이 등을 펴라고 해도 동그랗게 몸을 말고 살았다. 언제 폭풍이 몰아칠지 모르기 때문에 긴장해야 했다. 어른이 되어서도 기쁘고 즐거운 일을 받아들이기 힘들었다. 나는 행복이 낯설었다. 끌어당김의 법칙은 정확했다. 불행으로 불행을 끌어오는 수레바퀴를 끊임없이 굴렸으니 말이다.

'나는 누구인가?', '나는 내 삶을 왜 이렇게 세팅하고 왔을까?', '내 삶의 목적이 무엇인가?' 이 화두가 한평생 나를 이끌었다. 심리학, 마음공부, 명상, 영성, 종교 등 답을 찾아 헤맸다. 나는 이제 70세를 앞두고 드디어 확실하게 알게 되었다. 내 어린 시절의 슬픔과 불행이 내게는 선물이었음을. 불행감은 나에게 등불이 되어 나를 인도해주었다. 내 삶을 기획하고 연출한 것은 바로 나였다. 내 삶의 각본대로 배역들에게 하라고 시킨 것은 바로 나였다.

내 삶의 주인으로서 나는 이제 내가 원하는 삶을 경험하려 한다. 어떻게 해야 할지 분명해졌다. 그러함에도 아직도 가끔 불안하고 눈치를 본다. 그래도 나는 이런 내가 좋다. 있는 그대로의 나를 사랑할 수 있게 되었으니까. 나는 힐러로서 아픈 사람들에게 몸과 마음을 치유하고 있다. 그들이 행복으로 밝게 깨어 주인의 삶을 살도록 돕고 있다. 그 힘은 내 안에 있었다. 이생을 선택했을 때 내가 이미 가지고 나왔다.

무한 치유에너지! 힐링 파워!

그것은 생명을 살리는 힘이며 내 삶의 원동력이다.

딸

|

사랑스러운 딸이 되었다

나는 딸로서 어떤 딸이었을까?

아버지는 나를 예뻐하셨던 것 같다. 그런데 나는 아버지를 싫어했다. 아니 미워하고 경멸했다. 아버지가 무능해서, 술을 마셔서, 바람을 피워서 엄마는 늘 아버지를 원망했고 그 원망의 에너지가 나에게 쏟아졌기에 나는 자연스럽게 아버지를 미워할 수밖에 없었다. 아버지를 제대로 알게 된 것은 내가 직장생활을 할 때부터였다. 아버지는 나를 믿고 존중해 주셨다. 40년 전, 그 당시에 결혼하지 않은 여자는 흠이 있다고 여기던 시절이었다. 아버지는 "세상이 변했는데 전문직을 가지고 있으니 굳이 원하지도 않는 데 결혼할 필요 없다."라고, 내 뜻대로 살라고 지지해주셨다. 마음이 열려있는 멋진 분이셨다. 아버지는 늘 유쾌하고 건강하고 밝게 사셨다. 나 또한 아버지를 닮았으리라. 내가 부정성을 딛고 빛으로 나아갈 수 있었던 것은 아버지의 밝은 에너지 덕이었다. 아버지 생각에 그리움에 목이 메고 감사하다.

아버지가 갑자기 쓰러져 누워계실 때, 함께했던 시간이 귀한 기억으로 남아있다. 아버지는 담담히 죽음을 받아들이셨다. 나는 아버지가 생을 아름답게 마감하길 원했다. '내가 누군가? 간호학과 교수가 아닌가?' 아버지 가시는 길을 편하게 해드리고 싶었다. 아버지와 죽음에 대해 많은 이야기를 나누었다. 아버지가 원하는 천국에 가실 수 있도록 도와드렸다. 내가 아버지를 사랑한다는 것을 아버지는 알고 가셨으리라 믿는다. 아버지의 죽음으로 나는 더욱 성숙해졌다. 나는 아버지가 나의 아버지인 것이 자랑스럽고, 감사하다. 내가 아버지의 딸이라서 아버지가 나를 자랑스러워했던 것처럼.

엄마는 꿈 많은 소녀였고 유복한 집안에서 자란 공주였다. 마음도 여리고 잘 베푸는 분이었다. 직장생활하는 나를 위해서 당신의 손녀인 내 딸을 끔찍이 사랑하고 잘 키워주셨다. 엄마 또한 엄마에게는 감당하기 어려운 아픔과 좌절이 있었을 게다. 엄마는 돌파구가 필요했다. 내게 엄마의 감정을 쏟아내야 했다. 그러지 않았다면 엄마의 삶은 위태로웠을 것이다. 이것을 이해하기까지 오랜 시간이 필요했다. 나는 부모님의 삶을 그대로 감사히 받아들이기로 했다. 이해해야 받아들여지는 것은 아니다. 어떻게 자식이 부모의 삶을 이해할 수 있겠는가? 강이 모여 바다가 되는 것처럼 부모님 삶 전부를 그대로 받을 수밖에 없음을 알았다.

엄마가 70세부터 지금까지 나는 엄마에게 딸이 되려고 했다. 엄마가 지어주는 밥을 맛있게 먹고, 엄마가 챙겨주시는 반찬을 감사하게 받아왔다. 내가 피곤하다고 하면 엄마는 이부자리를 펴주었다. 아플 때면 어리광부리고 끙끙 앓으며 엄마의 보살핌을 받았다. 늙으신 엄마에게 효도하는 딸의 역할은 그저 엄마가 자식에게 무언가 손길을 주게끔 하는 일이었다.

지금 엄마는 94세이다. 다리에 힘이 없어 잘 걷지도 못하고 자주 넘어지신다. 밥도 반찬도 못 해주신다. 이제 엄마는 보살핌을 받아야 할 존재가 되었다. 나이가 들어가면서 의식도 기억도 희미해진다는 것은 참으로 좋은 일이다. 엄마는 삶의 욕심도 없다고 하신다. 94세에 얻은 증손녀가 예뻐 종일 동영상을 보면서 지내신다. 지금의 엄마를 보면 그저 귀엽고 순수한 아이 같은 모습뿐이다. 어릴 때 나에게 했던 언행을 엄마는 기억하지 못한다. 그래서 감사하다. 내가 기억하는 어릴 때의 엄마는 존재하지 않는다. 나는 지금의 엄마와 딸로 만나는 중이다. 나는 우리 엄마가 사랑스럽다. 나 또한 엄마에게 사랑스러운 딸이 되었다.

아내

비혼주의였던 미숙한 아내

나는 비혼주의자였다. 그런데 한 남자가 수없이 많은 연애편지를 날려왔다. 나는 결혼할 마음도 없고 자식을 낳아 좋은 엄마 될 자격도 없어 결혼을 못 하겠다고 했다. 하지만 그는 내 의지를 꺾었다. 내가 아무리 신여성이었더라도 우리 어머니들과 같은 삶이 이미 DNA에 박혀 있었나 보다. 나도 그들처럼 남편을 잘 섬기고 집안을 잘 꾸려가는 현모양처가 되고 싶었다. 그리고 사랑받는 아내가 되고 싶었다.

그런데 그 바람은 물거품이 되고 말았다. 남편은 매일 밤 새벽에 들어왔다. 친구들과 술 마시고 놀기를 좋아했다. 그 당시에는 열쇠로 아파트 현관문을 열었다. 아내가 문을 열어주는 것이 일상의 의무였다. 나는 시간 맞춰서 출근해야 하는 직장인이었고, 남편은 프리랜서여서 일을 시작하는 시간이 정해져 있지 않았다. 그래도 나는 남편이 들어올 때까지 기다려야 했다. 내가 꿈꾸던 결혼이 이런 것이었나? 하는 회의감에 빠졌다. 나는 우울하고 불행했다. 나는 타인을 바꿀 수는 없음을 진작 알았기에 내가 바꾸어야 한다는 것을 받아들였다.

남편이 마음공부를 하려고 산에 토굴에서 지내겠다고 해서 그러라고 했다. 집에 들어오는 날들이 점점 적어졌다. 애쓰고 기대지 않아도 되는 날들이 더 많아졌고, 그때서야 내 마음도 평온해졌다. 남편이 미국에 가야겠다며 떠났다. 그가 돌아오지 않을 거라는 것을 5년이 지나서야 알게 되었다. 그가 돌아오기만을 기다리던 마음은 산산이 부서졌다. 그 아픔은 너무 컸다. 하지만 그건 약과였다. 다음 해 딸을 유학 보내라고 했다. 나의 결정에 자신이 없었다. 그래서 그의 결정을 따랐다. 아이를 미국으로 떠나보내면서 몸도 마음도 무너져 내렸고 가슴은 늘 비가 내려 아프고 쓰라렸다. 그렇게 나는 숙명처럼 다시 혼자가 되었다.

나는 남편의 개인 생활을 존중해주고 싶었다. 그의 취미생활, 친구와의 교류, 하고 싶은 것은 무엇이든 할 수 있게 허용적인 아내가 되고 싶었다. 한 가지만이라도 좋은 점이 있다면, 남편을 존경하는 아내가 되고 싶었다. 함께 인생을 논하고 삶의 가치를 나누고 싶었다. 세상의 잣대로 남의 남편과 비교하면서 잔소리하는 아내가 되지 말아야겠다고 다짐했다.

그런데 나는 함께 행복해지는 법을 알지 못했다. 둘 중 한 명이라도 행복하다면 그렇게 따를 수밖에 없다고 생각했고 철없는 남편을 너무 허용해버렸다. 그의 결정에 끌려다녔다. 내가 원하는 바를 분명하게, 지혜롭게 관철시키지 못했다. 눈치 보면서 힘들어만 했다. 지금 돌이켜보니 남편도 좋은 남편이 되고 싶었을 것이다. 그런데 어떻게 하는 것이 좋은 남편인지를 몰랐을 것이다. 우리는 미숙했고 서로를 키워주지 못했다.

10여 년간 부부라는 이름으로 지냈지만 진작 함께 살았던 시간은 5년도 채 되지 않았다. 나는 그 기간의 좋은 기억들과 아픈 흔적들을 지웠다. 그렇지만 나는 여전히 전 남편과 연락하며 지낸다. 내 딸의 아빠이기 때문이다. 아내 역할을 조금이라도 경험할 수 있게 해 준 그에게 감사하다. 사랑의 결실인 딸이 우리에게 선물이고 축복이라는 것을 남편과 공유할 수 있어서 감사하다. 비록 서로에게 좋은 남편, 좋은 아내가 되지는 못했지만, 사랑하는 우리 딸에게는 좋은 아빠, 좋은 엄마이기를 간절히 기도한다.

엄마

나는 엄마 같은 엄마가 될 거야

"엄마! 나는 엄마 같은 엄마가 될 거야!"

내가 세상에 태어나서 가장 자랑스럽고 잘한 일은 내 딸을 낳은 것이다. 내 딸로부터 엄마 같은 엄마가 되고 싶다는 고백을 들었을 때, 나는 눈물을 쏟았다. 내 삶이 송두리째 인정받았다고 증명되는 순간이었다. 나는 좋은 엄마가 될 자신이 없었다. 나는 '엄마 같은 엄마가 되지 말아야지!' 이 결정이 나의 원함이었다. 그러던 내가 딸로부터 이런 말을 듣게 될 줄이야! 세상을 다 얻은 것처럼 기뻤다.

어느 추운 날이었다. 시댁 잔칫집에 가서 잠자리에 들었는데 갑자기 배가 꽉 조여오기 시작했다. 아이는 잘 자라고 있었고 태동도 힘차게 느끼며 산전 진료도 빠짐없이 받고 있었다. 그런데 배가 이상하게 단단해지는 것이었다. 집에 오자마자 병원으로 갔다. 아이는 움직이지 않았다. 심장이 멈추었다. 사산이라는 의사의 말에 나는 믿기지 않았다. 우는 것 이외에 내가 그 아이를 위해서 할 수 있었던 것은 아무것도 없었다. 나의 첫아기는 엄마 품에 안겨보지도 못하고 먼저 하늘나라로 갔다. 준비 덜 된 엄마라 내 곁을 떠나간 것인가? 5개월간 따뜻하게 나를 보듬어주고 힘찬 심장박동으로 나를 기쁘게 했던 내 아기! 지금 다시 생각해보니 슬픔에 젖어 아기에게 해주고 싶은 말을 못했다.

"아가야! 너를 통해 생명의 움틈을 느꼈고 엄마로서 준비해야 할 마음가짐을 가질 수 있게 해 주어서 고마워."

"너는 나에게 보물 같은 존재였단다. 어느 별 어디에서 빛나는 영혼으로 살고 있겠지. 사랑해. 내 아가!"

첫아기를 잃고 찾아온 둘째 아기가 지금의 딸이다. 지금의 딸을 낳기 위해서 나는 아기 탄생을 계획했고 최선을 다했다. 방학 기간에 아이를 낳으면 학생들에게도 피해가 없고 나도 잘 쉴 수 있을 것 같았다. 그런데 여름방학에 아이를 낳는 것은 싫었다. 내가 여름에 태어났기 때문이다. 나는 여름 아이라서 태어날 때부터 엄마에게 불효했다는 말을 들었다. 나는 그것도 슬픔이었다. 그래서 내 딸은 겨울 아이가 되었으면 했다. 내 계획대로 아이는 12월 21일에 태어났다. 빛으로 쉽게 나온 딸은 태어날 때부터 효녀였다. 나는 새 생명이 내게 온 것이 신기하고 기뻐서 펑펑 울었다. 딸에게 '너는 나의 보배야.' '너는 세상에서 가장 행복한 아이야.' '너는 사랑스러운 존재야.' '너는….' 나는 매일 축복하고 그렇게 딸을 창조했다.

'엄마. 엄마!' 얼마나 정겹고 가슴 따뜻한 말인가? 아이가 이 세상을 살아갈 때 가이드가 되어주는 존재인 엄마는 '수호천사'다. 좋은 가이드가 되려고 부모교육 공부도 하고 전문가가 되었지만 나는 아직도 좋은 엄마가 되는 중이다. 딸은 내가 직장맘이라서 힘들었던 경험을 제 딸에게 하지 않겠다고 직장을 그만두고 아기 양육에만 전념하고 있다. 이런 딸의 결정을 지지하고 응원한다.

딸이 미국에 살아서 자주 못 만나는 것이 못내 아쉽다. 딸이 엄마가 되니 엄마라는 동지로서 서로 이해하고, 마음을 더 잘 나눌 수 있게 되어 기쁘다.

"사랑하는 딸! 네가 내 딸이라 자랑스러워!"

"엄마의 딸로 와주어 너무 고마워! 사랑해."

인성

|

내 안의 맘모스 길들이기

작년 11월 미국 뉴욕에 체류하면서 SNS 온라인 세상에 발을 들였다. 나는 신세계를 경험했다. 온라인 콘텐츠 특히 유튜브 시청 등 소비만 할 줄 알던 내가 생산자가 되겠다고 늦게 뛰어든 것이다. 네이버 블로그를 시작으로 닥치는 대로 공부를 했다. 미국 시차로 새벽 5시 반에는 일어나야 저녁 8시에 시작하는 온라인 수업을 들을 수 있었다. 자연스럽게 새벽 습관이 몸에 붙었다. 블로그를 쓰면서 인플루언서가 되겠다는 목표를 세웠다. 매일 15분간 프리라이팅 100일 미션에 성공했다. 그러자 자신감이 생겼다. 본격적인 글쓰기 공부에 돌입했다. 서평단 모집에 참여해 서평을 쓰다 보니 베스트셀러 작가로서의 꿈도 키우게 되었다.

나는 낭독 클래스에도 입문했다. 전공 도서 외에 책을 손에서 놓은 지가 오래되었다. 마음공부와 명상을 하면서 자연스럽게 책 읽기를 멀리했다. 지식 짜깁기나 남의 생각을 더 이상 주입할 필요가 없다고 생각했다. 이 생각은 오만한 편견이었다. 책 읽기, 낭독, 글쓰기도 예전에 내가 알던 것이 아니었다. 시대 변화에 따라 바뀌고 있음을 몰랐다. 나는 제로 수준에서 다시 시작했다. 책 읽기를 하면서 나의 목표목록에 오디오북 크리에이터의 꿈도 첨가하였다.

새벽 루틴, 100번 쓰기, 글쓰기, 공저 모임, 낭독 독서, 희곡낭독, 보이스 트레이닝, 영어 공부, 몸짱 프로젝트, 명상 힐링캠프, 모바일그림, 타로 상담, 안녕 통증 등 많은 것을 배우고 있다. 혹자는 너무 많은 것을 하고 있다고 핀잔을 준다. 하지만 나는 매일 조금씩 습관화하려고 한다. 나 스스로 긴장감을 놓지 않으려고 한다. 혼자서는 어렵다. 함께하기에 해나갈 수 있다. 비록 온라인상이지만 사람들과 심도 있는 교류도 시작했다. 서로 격려하고 신뢰하고 응원해주는 이들이 있어서 나의 목표들이 서서히 내 삶에 뿌리를 내린다는 생각에 기쁘다.

때로는 하기 싫고 좌절하기도 한다. 내 무의식에 이미 장착된 프로그래밍이 가동되기 때문이다. 무의식의 힘은 의식보다 3만 배 이상 강력하다고 한다. 내 무의식을 맘모스라고 칭하련다. 내 맘모스가 눈치채지 못할 정도로 작은 변화를 서서히 끌어내는 지속적인 힘이 필요하다. 꾸준함이야말로 성공을 이루는 원천이다. '낙숫물이 바위를 뚫는다.'라는 말이 있다. 물방울의 힘이 아니라 꾸준히 두들기는 물방울의 횟수가 바위를 뚫을 수 있다는 의미이다.

무의식은 내가 하던 대로 하려 든다. 새로운 도전을 싫어한다. 오죽하면 작심 3일이란 말이 괜히 나왔겠는가? 그러므로 내 맘모스가 하기 싫다고 떼쓰지 않도록 좋은 습관을 재미있게 세팅해야 한다. 내 나이 65세가 넘어서 좋은 습관을 들이려고 하니 몸과 마음이 잘 따라주지 않았다. 지혜가 꼭 필요했다. 우선 내 안의 맘모스를 기분 좋게 해주기로 했다. 나 자신을 격려하고 사랑하고 따뜻하게 안아주었다. 글쓰기, 낭독 등을 통해서 자가 치유되는 놀라운 경험도 했다.

나의 맘모스를 위해서도 쉼은 꼭 필요하다. 잠시 멈추고 호흡한다. '나는 지금 어디에 있는가?', 무엇을 하고 있는가?' '왜 하려고 하는가?' '그림이 분명한가?' 스스로 질문하는 시간을 가진다. 내가 올라야 할 정상은 밖에 있지 않다. 이미 내 안에 분명하게 존재한다. 매 순간 자각하고, 깨어있게 하는 이 공부는 늘 나를 생생하게 한다.

건강

|

내 안의 생명을 깨우자

나는 늘 아팠다. 특히 두통은 아프다는 인식도 못 할 정도로 늘 함께했다. 어깨와 목, 허리와 골반이 아프고, 무릎과 발가락이 아팠다. 만성 위궤양으로 고생했다. 그런데도 누가 건강하냐고 물으면 건강하다고 답했다. WHO는 건강을 '단순한 질병이나 결손이 없는 상태일 뿐만 아니라 신체적, 정신적, 사회적, 영적으로 웰빙한 상태'라고 정의한다. 나는 이 건강의 개념이 마음에 들지 않는다. 이 정의대로라면 세상에 건강한 사람은 존재할 수 없다. 신체적 결손이 있더라도 얼마든지 건강할 수 있다고 생각하기 때문이다.

요즘 온종일 책상에 앉아서 글을 썼더니 허리도 아프고 어깨가 뭉쳤다. 어깨와 목이 뻣뻣하니 미주신경이 자극되어 속도 불편하고 소화도 안 되었다. 함께 하는 힐러 선생님에게 두개천골요법(CST) 세션을 부탁했다. 깊이 이완되면서 온몸의 긴장이 풀렸다. 어깨 근육이 풀어지는데, 불쑥 눈물이 쏟아졌다. 어린아이처럼 엉엉 울었다. 에너지낭이 터져 나왔다. 그에너지낭은 내가 그동안 눈치 보고, 애쓰며 악으로 버텼던 고통의 집약체였다. 나는 이것을 풀어주었다. 저항하지 않았다. '그랬구나. 아팠구나. 힘들었구나.' 일어나는 생각과 감정을 끝없이 허용하고 존중하고 사랑으로 안아주었다. 그러자 곧 에너지낭도 아픔도 사라졌다.

나는 두개천골요법 미국 공인 전문가이다. 몸과 마음이 하나임을 알게 되면서 몸을 통한 치유에 관심을 가졌다. 그리고 질병이란 무엇인지 탐색했다.

질병은 건강과 반대의 개념이 아니라는 것을 알았다. 질병이나 고통, 아픔은 내게 주는 메시지일 뿐이다. 그것을 통해서 내가 배워야 할 것이 무엇인지를 알고 경험하고 볼 일이다. 부정성을 외면하거나 저항하면 그것은 없어지는 게 아니라, 깊이 무의식에 처박혀버린다. 깊은 이완 상태가 되면 그것들은 내면의 무의식에서 떠오른다. 이젠 자유롭게 해달라고 말이다.

나는 세션을 해 줄 때 나오는 사람들의 증상이나 징후를 환영한다. 어떤 반응이 일어나도 두렵지 않다. 드러남은 나에게 말을 걸어오는 신호임을 알기 때문이다. 그것에 귀 기울일 때, 기적이 일어나고 치유의 마법이 펼쳐진다. 불안과 두려움이 병을 깊게 만든다. 아픈 사람들은 일어나지 않은 일에 대해 미리 겁먹고 최악의 상태를 예견해 불안해한다. 불안하면 몸이 굳는다. 생각이 많아진다. 당연히 몸도 긴장된다. 그래서 모든 치유는 이완에서 시작된다. 이완이 일어나지 않으면 치유도 일어나지 않는다고 생각한다.

사람의 감정을 크게 두 가지로 나누면 긍정과 부정으로 나눌 수 있다. 사람들은 부정을 없애고 긍정은 취하려고 한다. 그러다 보니 둘로 나뉘고 분리되어 투쟁이 일어난다. 여기서 멈추어야 한다. 감정은 좋고 나쁨이 없다. 마찬가지로 질병 또한 좋고 나쁨이 없다. 그저 일어나고 사라지는 파도와 같은 것이다. 경험하면 두려움이든 질병이든 모두 사라진다. 그런데 그 두려움을 없애버리려고 하니 증상은 더 심해지는 것이다. 건강도 질병도 동전의 양면일 뿐이다. 생명뿐인 세상임을 알았으면 한다.

모든 것은 생명뿐인 에너지이다. 감정도, 생각도, 질병조차 에너지다. 에너지의 특징은 흐른다는 것이다. 그러니 있는 그대로 인정하고 경험하고 흘려보내자. 몸과 마음을 알아주고 친해지자. 내 안의 치유력을 믿고 생명을 깨우자. 그러면 건강은 저절로 따라오게 될 것이다.

지성

나는 누구인가?

내 삶의 화두인 '나는 누구인가?'에 대한 답을 찾아 나섰다. '너는 누구냐?' 라고 물으면 나는 내 이름과 직장과 역할과 나를 설명하는 수식어들만 떠올랐다. 정작 나는 누구인지 알지 못했다. 나는 어떤 존재인가? 왜 사람들은 자신이 고통 속에 살았으면서 그 고통을 자식들에게 대물림하려 하는가? 이 세상은 도대체 누가 어떤 목적으로 만들었단 말인가? 따져 묻고 싶었다. 나는 내가 마음에 들지 않았을 뿐만 아니라 이 세상이 돌아가는 시스템에도 화가 났다.

나는 남을 속이거나 착취하지 않고 서로 존중하며 살아가는 평화로운 세상을 원했다. 말이 필요 없는 세상, 말하지 않아도 텔레파시로 상대의 마음을 헤아리며 사이좋게 살아가는 그런 세상이 그리웠다. 내가 살던 고향별에서는 그렇게 살았을 거라 확신했다. 나를 꾸미고 해명하지 않아도, 사람들이 원한다면 척척 그저 알아주는 세상을 꿈꿨다. 그런 곳을 찾아 헤매었다. 그런데 그런 곳은 찾지 못했고, 나는 공포와 두려움으로 가득한 탐험이 힘들고 어렵기만 했다.

학교 공부를 하고 학생들을 가르치면서 아는 자가 되어 갔다. 나는 이러저러한 사람이라고 한정 지었다. 정말 그런 사람이 되어갔다. '나는 불쌍한 사람이다.' '나는 착하다.' '나는 정신없다.' '나는 ○○다.'라는 한정 짓기는 타인에게로도 향했다. 내 딸은 이렇다. 아버지는 저렇다. 등 사람들에게 꼬리표를 달았다. 사실의 그들을 보지 못하고 꼬리표를 통해서 그들과 만났다. 그러다가 아! 내가 알고 있던 딸이 아닌 모습에 당황했다. 그러고는 저항했다. '내 딸이 변했구나. 나를 무시하는구나.' 이렇게 또 다른 꼬리표를 붙였다. 내 생각을 사실처럼 믿고 내 주장만을 했고 분리가 일어났다. 충돌은 불가피해졌다.

내가 안다고 생각하는 딸은 어디에 있는가? 나의 이름이 내가 아니듯이 내가 붙인 꼬리표는 딸이 아니었다. 내 멋대로 붙여서 불렀던 이름표에 지나지 않았다. '나는 힐러다.' '나는 교수다.' '누구의 엄마다.' '착하다. 못 됐다.' 나를 수식하는 것들을 다 떼어보자. 그렇다면 나는 누구인가? 나에게 붙인 꼬리표를 제거하고 나니 모르겠다. 아는 것이 없다. 내가 안다고 여겼던 모든 것들이 아는 게 아니었다. 모르겠다는 고백이 진실이다. 이 사실에 눈뜰 때, 앎이 드러나 주었다. '내가 모른다는 것을 도대체 나는 어떻게 아는가?'라는 질문이 나왔다.

그렇다면 앎이란 무엇인가? 앎이란 내가 알려고 생각하거나 노력해서 얻어지는 것이 아니다. 이 세상을 잘 경험하기 위해 '의식과 오감'이라는 도구를 가지고 생을 선택했다고 한다. 모니터가 보이고 아기 우는 소리가 들려옴이 알아진다. 만약 '좋다', '싫다' 해석할 때 나는 듣는 것에서 분리된다. 오감이 닫히면 사랑하는 사람의 눈물도, 따뜻한 눈길도 못 느낀다. 이 앎에 마음을 활짝 열고 주의를 기울일 때 나는 비로소 알게 된다. 이것이 깨어있음이다.

내가 지어내는 생각이 알아지는 이것! 이 작용이 앎이다. 나를 안다는 것은 나를 모른다는 것이다. 나를 찾으려고 하면 할수록, 알려고 하면 할수록 앎에서 멀어진다. 나는 매 순간 앎 속에 있다. 과거와 미래는 존재하지 않는다. 시간은 지금 내가 만들어내는 그림자에 불과하다. 지금 이 순간만이 실체이다. 그러므로 나는 지금을 산다.

나는 지금 바로 여기에 있다!

▶▶▶ 어린 시절을 얘기할 때면 "너는 우리 엄마와 같은 시절을 산 사람 같아." 혹은 "우리 부모님도 이 정도는 아니었어."라고 한다. 시골에서 산 어릴 적 경험이 누군가에게는 낯선 정서로 누군가에게는 정겨운 이야기로 다가올 수 있을 것이다. 나의 경험과 생각이 그들에게 닿았을 때 어떤 울림이 되었으면 좋겠다.

블로그 https://blog.naver.com/ko21200

밥

|

부모님의 일 년을 먹는다

모판에 흙을 골고루 담고 그 위에 며칠간 농약 물에 담가둔 볍씨를 넣는 작업을 했다. 파종 기계를 수동으로 돌려주면 볍씨들이 서로 빠져나가려고 아우성쳤다. 가끔 한쪽으로 몰린 녀석들은 다른 곳으로 쓸어 넘겨주었다. 그렇게 모판을 차곡차곡 쌓아놓으면 그 뒷일은 어른들이 알아서 하셨다. 기계가 들어오기 전만 해도 긴 못이 달린 못줄을 논 끝에 꽂고 줄 간격에 맞춰 모를 심었다. 거머리가 달라붙는지도 모르고 종일 허리를 굽혔다 펴기를 반복했다. 농번기 방학도 시골만 하는 줄은 그땐 잘 몰랐다.

새벽에 아버지는 벼를 심어 놓은 논에 정성을 들여 물을 대고 빼주기를 반복하셨다. 벼가 잘 자라듯 곳곳에 풀도 자랐다. 그 풀을 '피'라고 부르는데 벼와 피를 구분하기가 어려운데도 부모님은 논에만 들어가시면 마치 메시나 호날두가 축구장을 누비듯 하셨다. 벼 잎사귀에 맺힌 이슬의 축축함이 싫었는데 부모님은 온몸이 이슬과 땀에 젖어도 그저 묵묵히 삶을 견뎌내셨다.

농약을 치는 날이 다가오면 두려움이 엄습해 왔다. 아버지의 고함치는 소리를 바짝 긴장하며 잘 들어야 하기 때문이다. 어릴 때 중이염을 앓고 귀가 잘 안 들렸던 아버지는 고함을 지르며 지시했고 본인의 뜻이 전달이 안 되면 눈을 흘기셨다. 검은색의 깊은 고무대야에 물을 담고 농약을 풀었다. 경운기에 싣고 논에 가다 보면 희석된 농약이 내 몸에도, 운전하는 아빠 몸에도 튀었다. 이러다 논에 도착하기도 전에 농약에 취해 죽을 것 같다는 생각도 들었다.

경운기에 농약 호스가 연결되어 있어서 한 사람은 속도 조절과 남은 약이 얼마인지를 봐야 했고 한 사람은 농약 줄을 잡아, 아버지의 방향대로 풀었다 잡아당기기를 반복했다. 경운기 소리 때문에 말이 잘 안 들려 욕을 먹어 억울했지만, 우렁이를 논에 뿌리기 시작하면서(우렁이를 방사하여 논에서 잡초와 풀을 방제하는 친환경 농법) 그런 일은 많이 줄었다.

주말이면 새벽같이 논에 나가 벼를 지키려는 자(者)와 낟알 하나라도 더 먹으려는 조(鳥)의 지루한 싸움이 시작되었다. 졸린 눈을 비벼가며 깡통이 달린 줄을 연신 당겨 "훠이훠이"를 외쳐댔다. 그러나 새들도 내가 어리다는 것을 아는 듯 아랑곳하지 않고 날아들었다. 그렇게 뙤약볕에도 지켜낸 벼들이 여름이면 찾아오는 태풍에 힘없이 쓰러져버리곤 했다. 부모님께서는 새벽부터 저녁까지 벼를 세워 묶으셨다.

쌀쌀해진 가을날 기계가 지나간 자리에 쌀가마니가 놓이고 그 길을 경운기가 따라갔다. 온 가족이 함께 싣는 쌀가마. 떨어진 낟알도 허투루 버리지 않고 주워 말리신 그 거친 손과 땀 냄새, 졸림에도 불구하고 싸워야 했던 새와의 추억들이 쌀 한 톨이 되고 밥 한 공기가 되었다. 밥을 먹을 때마다 부모님의 일 년을 먹는다.

밥은 나에게 그러하다.

설거지

남의 설거지가 더 좋아 보인다

지금보다 작은 집에 살 때 개수대 공간이 너무 좁았다. 다음에 이사할 때는 꼭 개수대가 더 넓은 집으로 가고 싶다고 생각할 정도로. 올케언니는 게으른 나를 너무나 잘 알고 있었기에 개수대가 좁으니 설거지를 바로바로 하라고 했다. 그렇게 올케언니 말을 잘 듣는 나였더라면 얹혀살 때 태어난 조카가 날 닮지는 않았겠지?

좁은 개수대에 맞게 설거짓거리를 높이 쌓으며 지냈다. 다음에 이사 가게 되면 넓은 개수대에서 능률적으로 부지런히 설거지하리라 다짐했었다. 몇 년 후 이사 간 집의 개수대는 내 바람대로 넓었다. 이 정도 크기라면 씻고 헹구는 데 문제없겠다 싶었다. 속으로 쾌재를 부른 것도 잠시. 지금은 넓게 쌓아 두는 중이다.

희한하게도 남의 집에 가면 설거지를 잘하게 된다. 어릴 때부터 그랬다. 친구 집에 가면 설거지도, 청소도 집에서보다 더 잘했다. 그래서 적성을 살려 가사도우미를 해 보기로 했다. 마침 몇 달 뒤 이사 갈 아파트 옆 동에서 가사도우미를 구했고 면접을 봐서 출근하게 됐다.

설거지를 맨 먼저 해 놓고 마지막에 건조된 그릇을 넣어놓고 가면 됐는데 그릇이 참 고급스러웠다. 그 가족들이 무슨 음식을 어떻게 먹었는지 상상이 됐다. 정리가 끝나고 나면 주인은 늘 고맙다고 했다.

남의 집에서 청소하거나 설거지하면 인정받는 느낌이 들어서인지 뿌듯했다. 이런 나를 보며 전남편은 기막혀했다. 그도 그럴 것이 집에 설거짓거리는 쌓여있으면서 남의 집을 치우러 간다고 하니 그의 입장에서는 기가 막힐 노릇이었다.

"차라리 내가 돈을 줄 테니 나가지 말고 집을 치워라! 200만 원 벌 수 있으면 나가고 아니면 나갈 생각 마!"

남편의 원망 섞인 비난에도 일하러 갔던 것은 나의 존재를 확인받고 싶어서였던 것 같다. 설거지로 시작한 가사도우미 일을 하다 집주인과 친해져 지금은 10년째 친구로 지내고 있다. 내가 그렇게도 하기 싫어하는 설거지가 친구라는 인연도 맺어준 것이다. 남의 집 설거지는 미루지 않고 바로 해주고 오지만 여전히 우리 집 개수대의 지저분한 그릇들은 나를 물끄러미 쳐다보고 있다.

미룰 수 있을 때까지 미루고 싶은 게 설거지다.

그릇까지 먹어버리고 설거짓거리가 안 나왔으면 좋겠다.

빨래

몇 날 며칠 헹굼 버튼

'빨래'라는 두 글자는 어감만 달리하면 질문이 되고 답이 되기도 한다.

"빨래?"

"응, 빨래."

나에게 빨래는 하기 싫어도 해야 한다는 책임감과 의지가 담겨있는 말이다.

토요일이 되면 학교 끝나고 언니와 동네 빨래터로 향했다. 광주리에 빨랫거리를 가득 담아 방망이질해가며 빨래했다. 지금 생각해 보면 아홉 살 고사리손으로 빨아봐야 얼마나 깨끗했겠느냐마는, 물 뿌리고 비누칠하고 헹구는 것 자체가 재미있었다. 옷의 양 끝을 언니와 잡고 배배 꼬아가며 짜는 재미에 빨래는 그 시절 어린 나에게 놀이였던 것 같다. 마당에 두 줄로 늘어선 빨랫줄로 가족들이 많았음을 알 수 있었으리라. 옷을 털어 널고 마당을 지나가야 하니 간짓대로 높이 올려준다.

햇볕 쨍쨍한 날은 반나절이면 옷이 말랐다. 겨울에 빤 옷은 얼어 죽은 것같이 빳빳했다. 손이 시려 빨래를 못 하게 되는 겨울이 오면 내복은 한 달 이상 입어 손목이 새까매졌던 기억이 난다. 손목뿐이겠냐마는….

탈수기가 처음 집에 생겼던 날, 새로운 문물에 신기해하며 일부러 물을 묻히고 작동시켰다. 간혹 제멋대로 앞으로 나가는 녀석을(세탁기가 아닌 탈수기라

옷을 잘못 넣으면 움직이며 전진하기도 함) 몸무게로 누르며 서로의 힘을 과시했다. 결혼 후 장만했던 통돌이 세탁기는 살림이 서툴러서인지 먼지 칸이 있다는 것을 근 일 년이 다 돼서야 알았다.

초등학교 시절의 나보다 서른 살이나 더 많은 내가 되었다. 그때보다 편한 시절을 살면서도 세탁기 안에서조차 빨래를 꺼내기 싫어 몇 날 며칠 헹굼 버튼을 누르고 있는 나를 발견한다. 넣기도 힘들지만 꺼내기도 힘든 세탁물들….

더 이상 놀이가 아닌 의무가 된 탓일까? 일말의 미안함도 없이 벗어놓는 아들의 빨랫감을 보며 왜 옷을 입어야 하는지에 대한 원초적인 질문을 스스로 하게 된다. 그리고 이런 생각을 해보았다. 이브가 아담에게 사과를 따 먹으라고 한 건 정말 사과해야 한다고. 그런 일이 없었더라면 부끄러움도 몰랐을 테고, 옷을 입지 않아 빨래할 일도 없었을 텐데….

오늘도 다 마른빨래를 걷자마자, 새로운 빨랫감을 넣는다.

아이고, 귀찮다.

청소

청소는 비움에서부터

테이프로 방바닥 머리카락을 한올 한올 붙이러 다닌다. 먼지 한 톨 쌓지 않고 살겠다는 굳은 결의라도 한 사람처럼 온 방이 반짝거린다. 불필요한 물건들은 어디로 들어갔는지 모르게 깔끔하게 정리가 돼 있다. 내 얘기였으면 좋겠지만 이 이야기 주인공은 나의 언니다. 같은 배에서 나왔는데 언니와 나는 정반대이다. 정리나 청소의 개념은 엄마 뱃속에 두고 나온 것이 아닐까?

어릴 적부터 부모님은 농사를 짓느라 집에 있는 시간보다 밖에 계신 시간이 많았다. 집에 들어오시면 흙먼지, 나뭇잎, 나뭇가지들을 방바닥에 떨어뜨렸지만, 엄마도 살림에 크게 신경 쓸 겨를이 없으셨다. 그런 엄마를 닮아서라고 합리화하고 싶지만, 언니를 보면 도저히 그런 핑계를 댈 수가 없게 된다. 지저분한 것을 싫어하던 9살 차이 나는 오빠는 늘 집에 들어와 잔소리해댔다. 울면서 젓가락질을 배운 것도 모자라 청소도 늘 혼나면서 했다.

시험 기간만 되면 정리 안 된 책상에서는 공부가 안된다며 지우개 가루를 치우다 책장정리를 시작했다. 그러다 발견한 앨범을 보며 추억에 빠져들었고 공부와 청소는 뒷전으로 미뤄두고 마냥 시간을 허비했다.

변화가 필요했다. 이렇게 청소를 못 하는 것은 우선 정리를 못 하기에 그렇다는 생각이 들어 정리수납 자격 과정 수업을 듣게 되었다. 그러다 코로나가 발생하고 모든 일이 멈추게 되었을 때 정리수납 자격증을 가지고 일을 할 수 있게 되었다. 유치원 특강 강사와 과외수업하고 있었는데 줄줄이 수업이 취소되면서 어느 곳에서도 월급이 나오지 않는 상황이 되었다. 반면 사람들은 재택근무를 하게 되고 집에 머무는 시간이 많아지게 되면서 정리를 의뢰하게 되었다.

정리수납업체 대표님은 실습생이었던 나를 데리고 다니며 일을 가르쳐 주셨다. 그분의 노하우를 직접 보고 배우며 청소는 비움에서부터 시작된다는 것을 알게 되었다. 일의 시작은 집주인을 붙잡고 물건을 버릴 것인지 말 것인지를 결정하게끔 하는 것부터이다. 그 결정이 빠르면 빠를수록 정리 시간이 빨라진다. 짐은 안 보이는 곳에 두더라도 그 무게나 기운이 집안에 영향을 준다고 한다. 불필요한 물건 버리기와 사지 않는 행위가 청소의 첫걸음이 되는 것이다.

청소는 정리를 잘하는 것이 가장 중요하다고 생각했는데, 그것보다 더 중요한 것은 사지 않는 것이라는 것을 깊이 깨달았다.

나

|

새로 태어난 아기처럼

어릴 적에 이런 생각을 했다.

'모든 불행히 나를 따라다니는 건 아닐까?'

'나한테 어떤 불길한 기운이 있는 건 아닐까?'

초등학교 때 다슬기 잡으러 혼자 냇가에 갔다가 누군지 모르는 사람에게 납치당할 뻔한 적이 있었다. 일 년 뒤, 붐비는 지하철에서 나쁜 손이 내 엉덩이를 만지길래 이리저리 피해도 계속 따라다녀 역을 내리고서야 벗어났던 일도 있었다. 이런 일련의 사건들이 나의 순수한 영혼을 짓밟았고 마치 모든 일이 부정을 탄 나의 팔자 때문이라는 생각이 들게 하였다. 성인이 되고 공중전화 부스에서 취객이 나의 몸을 만졌을 때 수년간 시뮬레이션했던 욕을 시전한 통쾌함을 잊지 못한다. 그간의 사건들을 그 사람한테 뒤집어씌우고 짧은 시간이었지만 용기를 내었던 그 날이 잊히질 않는다.

그러나 불특정한 사람이 주는 상처보다 구두로 맺은 언약을 보란 듯이 무시한 사람이 주는 상처가 더 아팠다. 나와 사귀는 중에 내 친구에게 고백한다거나 양다리를 걸친다거나 다른 이가 좋아져 돌아서는 등의 배신을 여러 번 겪고 나니 또다시 상처만 받는 아이라는 수식어를 스스로 붙이고 있었다. 진심은 통할 거라며 진솔하게 다가서고 그 인생을 고이 여기며 아껴주려고 했던 행동은 이내 업신여겨졌고 마음을 아프게 했다.

타인을 기쁘게 하기 위해 공들였던 시간을 날 위해 쓰기로 마음을 먹었다. 나를 아껴주는 삶을 살고 싶었다. 아무에게도 함부로 내어 주고 싶지 않다는 생각이 들었다. 사람을 귀히 여기지 않는 이에게는 거리를 두기로 하였다. 나 자신을 돌보기로 마음먹고 나니 편안함이 느껴진다.

마음과 몸을 건강하게 돌보고 싶다. 마음을 돌보기 위해서 나의 감정을 우선 존중하고 싶다. 나에게 불길한 기운이 있는 게 아니라 나의 됨됨이를 못 알아본 그들의 마음이 잘못된 것이라며 생각을 바꾸어본다. 그들을 생각할 시간에 나를 쉬게 한다.

몸을 관리하기 위해 영양제를 잘 챙겨 먹일 것이고, 잠도 잘 자게 할 것이며, 깨끗한 공간에서 지내게 할 것이다. 아플 때 잘 돌봐주고 슬플 때 세심하게 다독여 주며 자주 나를 웃게 할 것이다.

그렇게 나를 잘 돌보는 '나보호사'로 살아가 보려 한다. 마치 새로 태어난 아기처럼 새롭게 시작하고 싶다.

딸

나는 지금도 매일 자라고 있다

나만 평안하게 살면 아무것도 바랄 게 없다는 엄마의 말이 체하듯 가슴에 걸린다. 그 말은 역으로 내가 엄마의 가장 고민거리라는 거니까…. 왜 그런 선택을 해서 내 인생과 아이, 그리고 내 부모의 가슴까지 아프게 했을까? 서른 살 과거의 나에게 지금이라도 말해 줄 수 있다면 넌 그 말을 들을까?

유년 시절의 나는 건강했고 학교생활이나 가정생활에서 크게 힘들게 하지 않은 순한 아이였다고 한다. 물건으로 치면 들인 비용에 비해 가성비가 좋았던 딸이었던 것 같다. 대학에 들어가 용돈벌이를 스스로 하였고 2년 뒤 졸업과 동시에 취직하였다. 직장을 그만두게 되면 몇 달 뒤 다시 구하거나 번 돈으로 외국에 나갔다 들어와 또 손쉽게 일하였으니 크게 걱정하지 않으셨을 것이다.

하지만 세 번째 직장에서 우울함을 경험하게 되면서 엄마에게 걱정을 끼쳐 드리기 시작했다. 학습지 교사였는데 적성에 맞지 않아 그만둔다고 얘기했지만 1년이 넘게 그만두지를 못하고 있었다. 엄마는 내 손을 잡고 정신과로 향했다.

"엄마, 나 왜 낳았어? 왜 사는지 모르겠어."
이 말에 잠자코 듣고 계셨던 엄마를 떠올려 본다. 왜 아무 말도 안 하셨을까? 몇 년 후 이 말을 나도 아들에게서 듣게 되고 얼마나 심장이 덜컥하셨을지 죄송했다.

서른쯤 친구들의 결혼 소식에 나도 어서 그들의 대열에 합류해야 할 것 같은 불안한 마음이 들었다. 열 가지 중 아홉 가지는 맞고 한 가지가 안 맞아도 이해해줄 수 있겠냐는 친구의 물음에 그럴 수 있을 것 같다고 말했다. 무모했고 무지했다. 신중하지 못한 나의 선택이 부모님의 가슴을 상하게 하고 분노케 했다.

자랑스러웠다가 이제는 걱정되는 딸이 되어버렸지만 성숙해지고 싶다. 아들을 보며 어서 생각이 자라길 바라는 것처럼 나 또한 성장기 딸이 돼보려 한다. 더 자라고 싶다. 어리광 부리지 않고, 신세 한탄하지 않으며, 무엇보다 불안해하지 않게 전화도 자주 드리는 딸이 되고 싶다.

나는 지금도 매일 자라고 있다.

아내

아내의 졸업

남편 없이 아이를 키우며 살아보고 싶은 꿈을 꾸었다. 초등학교 때의 꿈이다. 그런데 탤런트가 되고 싶었던 것은 이뤄지지 않았는데 그보다 어려울 것 같은 꿈이 이루어지고 말았다. 7년간의 결혼 기간은 행복할 때도 있었고 그렇지 않을 때도 있었지만 엄마처럼 인내하며 살면 그럭저럭 살 수 있지 않을까 생각도 했다. 엄마가 나이 들면 남자들은 변한다고 얘기하였기에 조금은 별난 성격이지만 서로 맞추며 살아간 듯했다.

남편과 1년여간의 연애 기간 내내 참 많이 싸웠다. 이해 안 되는 이유로 화를 내는 모습을 보며 그만 만나야지 하다가도 결혼하는 친구들이 한 명 두 명 늘어가면서 불안함이 엄습해왔다. 이 연애를 끝내고 다른 이와 새로 시작한다는 게 시간 낭비 같았고 30대를 맞이해야 하는 시점에서 그만 내 연애를 종결짓고 싶은 마음이 컸던 것 같다. 가정을 꾸려 행복하게 살고 싶다는 소망도 꿈꾸면서 그렇게 서른이 되던 겨울, 결혼식을 올렸다.

결혼식을 올리자마자 아이가 찾아왔다. 배가 점점 불러가면서도 경기도 시흥에서 서울로 총 세 시간을 오가며 일했다. 새벽에 일어나 밥을 차려 놓고 나가기도 하고 9시에 퇴근해 피곤하였지만 온종일 가게에서 일하는 남편을 위해 저녁을 차리기도 하였다. 하지만 늘 성에 안 찬 듯했다. 빠르지 못하고 센스가 부족한 면에 답답해하였다. 지금 생각해보면 주눅이 들었던 것 같다.

늘 아빠한테 혼나는 딸처럼 눈치를 봤다. 나도 살림이 처음인데다 결혼하자마자 임신하여 몸도 무겁고 모든 게 실수투성이였다.

집안일은 치우고 돌아서면 어질러져 있고 정리를 잘하지 못하니 계속 물건이 자리를 못 잡고 돌아다녔다. 게으르기도 했지만, 방법을 잘 몰랐던 것도 있었다. 조금만 서로를 격려해줬더라면…. 같이 결정하고 한 방향을 보고 걸었더라면 이리도 우리가 방향이 엇나가지 않았을 텐데…. 하는 생각이 든다.

아들이 말했다. 엄마가 선택을 잘하지 못한 것이라고. 왜 이런 선택을 해서 본인을 힘들게 만들었냐고 한다. 연애 결혼이라 이럴 때는 핑계도 대지 못한다. 큰 교훈으로 삼고 선택은 항상 신중히 하고자 한다. 인생의 큰 이슈들은 사람을 단련시키고 단단하게 하는 것 같다. 지금은 아내의 역할은 종결되었지만, 아이의 아빠가 건강한 삶을 살기를 기도한다.

아내로서 졸업한 나는 편입도 재입학도 원하지 않는다. 그저 엄마로서 묵묵히 살아가고자 한다.

엄마

엄마 준비를 할 수 있는 시간

아들이 7살이 되던 해에 친권과 양육권을 혼자 갖게 되었다. 권리를 가지는 동시에 책임도 혼자 져야 하는 상황이 되자 두렵기도 했지만 설레기도 하였다. 육아에 관해서는 이혼 전부터 늘 하던 대로 하면 되었고, 양육비를 받으니 기존의 직업을 유지하며 눈치 안 보고 아이와 즐겁게 살면 될 것 같았기 때문이다.

하지만 아이 아빠의 경제적 상황이 좋지 않게 되어 양육비를 못 받게 되면서 모든 일을 오롯이 혼자 헤쳐나가야 했다. 유아 영어특강, 과외, 통장, 음식 배달, 우유 배달, 정리수납, 아로마 수업, 가사도우미, 주민참여예산위원 등 다양한 직종에 종사하며 아이를 양육하였다. 그러다 보니 아이와 지내는 시간이 줄고, 외로웠던 아이는 미디어에 중독되어 있었다. 무기력하고 불안감이 많이 올라와 있었던 아이는 학교도 자주 빠졌다.

나 역시 불안하고 화가 났으며 피폐해져 갔다. 망가진 나의 정신이 아이의 영혼을 파먹고 있는 기분이 들었다. 내 인생도, 아이의 인생도 망치고 싶지 않았다. 더는 함께 살면 안 된다는 판단을 내리고 분리할 방법을 찾아보았다. 행정복지센터에 전화를 걸어 아이와 분리했으면 좋겠다고 문의를 드렸더니 보육시설에 보내려면 친권과 양육권을 포기해야 한다고 했다. 덜컥 겁이 났다. 그 정도까지를 원한 게 아니었다. 소중함을 깨닫고 다시 잘 지내봤으면 하는 마음이 컸다.

마침 아이 아빠가 어머님과 키워보겠다고 얘기하였고 그렇게 아이를 보내게 되었다. 아이는 동의했지만 정말 떨어져 살게 될 거라 생각을 못 한 것 같다.

데려다주고 온 다음 날, 혹시 몰라서 체험학습을 신청해 두었고 동시에 전입과 전학 절차를 밟았다. 이러다 혹시 돌아온다고 하면 어쩌지? 지금 허락한다면 아이도 나도 말짱 도루묵이 된다는 생각에 독하게 마음을 먹어보기로 다짐하였다. 인내와 기다림이 아이와 나를 성장하게 할 거라는 믿음이 생겼다.

일주일 동안 아이는 데려가 달라고 울고, 문자 보내며 내 마음을 어지럽혔다. 하지만 전학을 해 새 친구를 사귀었고 고양이를 키우며 조금씩 적응해 나가고 있다.

며칠 전 통화할 때 아이가 말했다.

"엄마, 나도 준비 없이 여기 왔는데 엄마도 준비 없이 여기서 살면 안 돼?"

그간 나 혼자 마음의 준비를 한 것 같아 미안한 생각이 들었다. '준비'라는 단어를 들으니 생각나는 문구가 있다.

'엄마는 처음이라 실수가 잦아.'

엄마 준비를 할 수 있는 시간이 13년 만에 겨우 주어진 것 같다. 이제라도 엄마로서의 삶을 어떻게 살아야 할지 공부해 놓아야겠다. 이기적이라 해도 좀 더 건강해져서 아이 옆에 서고 싶다. 자신을 아끼는, 그래서 아이도 소중히 여길 줄 아는 그런 사람이 되고 싶다.

인성

나는 엄마의 거울

엄마는 종갓집 며느리로서 자신의 세계관을 펴 보지 못하고 숨죽이며 살았다. 시부모님을 모시고 살며 주변의 눈치도 많이 봐야 했다. 맏며느리로서의 본분을 잘하니 친척 어르신으로부터 칭찬받고 기분은 좋았겠지만, 많이 부담스러웠으리라.

나도 태어났을 때부터 할머니, 할아버지와 함께 살아서인지 어른들께 인사도 잘하고 예의 바르다고 칭찬을 많이 받았다. 동네 어르신들이 칭찬하실 때마다 더 받고 싶어서 심부름도 자원하거나 의식해서 좋은 일을 하기도 했다.

성인이 되어서는 어디를 가나 나를 알은체해주길 바라고 모임에서 튀는 것을 좋아했다. 상대방이 웃는 것이 좋아 재밌게 해주고 싶을 때 재치 있는 말이 잘 생각난다. 주변 사람들이 나로 인해 덕을 봤으면 좋겠기에 뭔가 해줄게 없나 두리번거리게 되고 실제로 도움도 많이 준다. 가끔 기가 찬 아이디어에 스스로 대견해하며 전화해서라도 나의 위대함을 공유한다. 엉뚱한 행동을 한 후 혼자 잘 웃는다. 만나는 아이들이 나의 웃긴 표정을 보고 웃으면 그 희열은 말할 수 없이 크다.

가끔 산악회에서의 역할이나 게이트볼 선수로서의 엄마의 삶을 보면 나의 이런 성품이 엄마와 많이 닮았다는 생각이 든다.

결혼하지 않았더라면 엄마는 어떤 삶을 살고 있을까? 나처럼 사람 좋아해서 소모임도 많고 배우는 것을 좋아해서 여기저기 발 담그고 있지 않을까?

엄마를 많이 닮은 것 중 하나는 참을성과 인내이다. 하지만 엄마처럼 나는 많이 참고 살지는 않을 것이다. 아프면 아프다고 소리칠 것이다.

내 인성의 반 이상은 엄마로부터 온 것이다. 맏며느리, 맏딸, 다섯 아이의 엄마, 일곱 명의 손주를 가진 여자로서가 아닌 재주도 많고 지혜롭고 가끔 성깔도 있고 이해심 많으며 배려심 많은 그녀가 인간적으로 참 좋다.

거울을 보듯 엄마를 본다. 그녀를 많이 닮은 내가 참 좋다.

건강

남은 자들에 대한 예의

어느 날 문득 친한 친구 생각이 났다. 그녀에게 아로마오일을 챙겨서 보내야겠다는 생각이 갑자기 들었다. 통증에 좋은 오일, 감기에 좋은 오일, 잠이 잘 오게 하는 오일을 챙겨 택배를 보냈다. 내가 건강하게 살려면 그 친구의 응원과 지지가 절실했고 그러려면 오랫동안 내 곁에 있어야 한다고 생각했다. 내가 건강해지려면 주변이 건강해야 한다는 생각이 들기까지 많은 일을 겪어냈기 때문이다.

30년 전으로 거슬러 올라가 그날을 떠올려 본다. 동네 할머니 댁에서 점심을 잘 잡숫고 머윗대를 손질하셨던 할머니는 갑자기 의식을 잃으셨다. 깨어나 보니 다른 사람이 되어있었다. 어린 마음에 머위의 어떤 성분이 할머니를 그렇게 만든 줄 알고 무서웠다. 하지만 그것은 치매였다. 모든 기억이 사라진 자리에는 곱디곱게 차려입은 한복 대신 헝클어진 머리와 분변 냄새, 고함이 남아있었다. 할머니의 2년여의 고통스러운 삶이 끝난 후에 찾아온 할아버지의 치매는 우리 가족 누구라도 치매에 걸릴 수 있겠다는 두려움을 안겨주었다.

할아버지가 돌아가신 2년 뒤, 21살의 언니가 교통사고로 우리 곁을 떠났다. 젊은 사람의 죽음인데다 준비되지 않은 이별이라 상상 이상으로 더 고통스러웠다. 언니의 죽음은 애통했지만, 그로 인해 가족들과 애틋해지고 더 챙길 수 있는 계기가 되었다. 어떤 경험도 허튼 것은 없다고 했지만, 굳이 경험해 보지 않아도 될 일을 많이 겪었다.

막내 이모가 암으로 세상을 떠나며 남겨진 자들에 대한 깊은 슬픔에 대해 생각하게 되었다. 멀지 않은 곳에 죽음이 함께 한다는 생각이 들자 내 건강을 챙기며 하루하루 성실하게 사는 게 남은 자들에 대한 예의가 아닐까 생각했다. 건강 염려증과 죽음에 대한 공포가 자라난 것 같았지만 종교로 인해 해소가 되자 자유함을 느꼈다.

2년 전 엄마가 뇌출혈로 쓰러지고 다시 살아나시는 기적을 경험한 지금은 사명이 있는 한 죽지 않을 것이라는 생각이 확고해졌다.

가까운 가족들의 죽음을 통해 지금, 이 순간에 존재한다는 것이 무엇인지, 어렴풋이나마 알게 되었다. 나 역시 하루하루 죽음에 더 가까워지고 있지만, 그것이 두렵게만 느껴지지는 않는다. 나의 자리에서 온전히 나로 살아갈 테니까.

지성

공부는 사랑의 힘으로

90년대 제일 핫(hot)한 남성 그룹을 뽑자면 H.O.T를 빼놓을 수 없을 것이다. 그 그룹의 멤버인 토니안을 동경했다. 그와 같은 대학을 다니고 캠퍼스를 누비다 혹시나 만나게 되지는 않을까, 더 나아가 결혼도 할 수 있지 않을까 하는 생각을 하게 되었다. 모의고사 성적이 형편없음에도 나의 목표는 '동국대학교'에 입학하는 것으로 정해졌다.

사촌 동생이 사준 국어 문제지 한 권을 꾸준히 다 풀었다. 하지만 수학은 학원에 다녀도 전혀 이해를 못해 다닐 수가 없었다. 이과에서 문과로 전향하고 모의고사를 보며 점점 성적이 오르는 것을 경험하게 되었다. 토니안 사진을 책상에 붙여놓고 꼭 만나리라 다짐했다. 목표는 나의 뇌를 움직였고 마침내 수능이 내 인생 최고의 점수가 되었다. 극찬할 만한 점수는 아니었지만, 동국대 추가 합격자 23번째에 놓일 수 있는 점수였다.

일말의 희망을 품고 전화가 오기를 기다리던 어느 날, 아버지가 교통사고를 당하게 되었다. 엄마와 번갈아 가며 간호하게 되었는데 내가 병원에 있던 날 집에 계신 엄마가 추가합격 통보를 받게 되었다. 전날 서울여대의 추가합격 전화를 받았던 나는 학교가 너무 멀다는 이유로 퇴짜를 놓았는데 엄마가 그 학교에서 또 전화가 온 줄 착각하고 "우리 딸이 안 간다고 했다는데요."라고 말씀을 하신 것이다. 끊고 생각해 보니 잘못 말한 것 같다고 병원으로 전화가 왔다. 다시 학교에 전화를 걸었지만, 보호자의 말은 당사자의 의견과도 같다는 말에 어쩔 수 없이 미련을 버려야 했다. 미안해서 어쩔 줄 몰라 하시는 엄마에게 괜찮다고 공부하기 싫었는데 잘됐다며 눈물을 삼켰다.

그 후 2년제 학교에 입학했고 4년제 같은 시간을 보냈다. 동국대는 딱 한 번 학교 연극을 보러 가본 적이 있는데 캠퍼스가 커서 입학했다 해도 토니안과 마주치기는 힘들겠다 생각이 들었다. 그렇게 사랑을 포기했고 실습과 과제, 시험에 치이고 동아리 활동하며 바쁘게 지냈다.

졸업 후 끊김이 없이 직장생활을 하던 어느 날 평소 좋아하던 영어를 체계적으로 배우고자 하여 사이버대 3학년에 편입하게 되었다. 아이가 잠이 들면 인터넷 강의를 들었고 살림하랴 유치원 특강 강사를 하랴 쉽지 않았지만 2년 후 졸업하게 되었다. 이런 늦깎이 공부가 힘들었기에 다시는 공부를 하지 않겠다고 마음을 먹었는데 2년 뒤 다른 사이버대 3학년에 또 편입하였다. 언어치료 학과인데 정말 딴 세상에 온 것 같았다. 분명 한국말인데 외계어 듣는 기분이 든다. 그만두고 싶다는 생각이 자주 들지만 50대 이후의 삶을 대비하려고 공부 중이다. 아들에게 의지하지 않고 당당하게 사는 엄마의 모습을 보여주고도 싶다. 아들을 사랑하는 마음이 나를 공부하게 한다. 사랑의 힘은 십 대나 사십 대나 여전하다.

신정숙

▶▶▶ 평범한 것이 얼마나 소중한 것인지 우리는 지금 겪고 있다. 큰 의미를 두지 않고 하던 일들이 공저작가로서 글을 쓰면서 새롭게 알게 되었다. 글을 쓴다는 것은 글자의 조합이 아닌 삶을 바라보는 방향과 의미, 가치를 갖는 시간이었다. '잠시 쉬어가도 괜찮습니다.' 지치고 힘든 분들에게 '토닥토닥 위로'가 되고 '쓰담쓰담' 잘하고 있어 '그래 그래도 괜찮아' 자신만의 언어로 셀프 칭찬하기. '오늘도 애쓰셨습니다.' 그 한마디로도 위로받고 힘을 내서 살아 갈 우리와 같은 주부들을 진심으로 응원하며 우리의 이야기를 시작해 보려 한다. 이 책이 나오기까지 청어출판사. 이루미 작가님, 이윤정 작가님, 그 외 많은 분들의 응원과 지지에 진심으로 감사의 말씀을 전하고 싶다.

블로그 https://blog.naver.com/shinjs8201

밥

밥은 사랑의 보약

"어서 타세요! 안 타실 거예요?" 기사 아저씨가 큰소리를 말하고 있다. 그 소리에 중년의 여자분이 "탈 거예요."라고 말하며 버스에 올라타며 의자에 앉는 모습에서 작은어머니가 생각이 났다. 버스 안에서 많은 생각이 든다. 창문 밖으로 스쳐 지나는 논과 밭에는 하얀 수건을 머리에 둘러쓰고 앉아 수확하는 아낙네들과 논에서 물을 대기 위해 물고랑 이를 만드시는 남자 어르신들 모습이 보인다. 한쪽에서는 새참을 먹고 있는 모습도 보인다.

아버지는 8남매에 장남이시고, 친정어머님께서는 막내 삼촌이 3살, 막내 고모가 5살이었을 때 아버지와 혼인해서 고생을 많이 하셨다. 말씀이 없으신 아버지와 사시면서 종손으로서 무게감도 어마어마했으리라는 것을 결혼한 후에야 친정어머니의 마음을 조금 이해할 수 있게 되었다. 고1 때 친정아버지가 세상을 떠나시며 나는 아버지 없는 고아가 되었다. 그런 나에게 작은아버지 내외분께서는 나를 많이 아껴주셨다. 작은아버지는 7남매를 두셨다. 그 중 나와 같은 나이인 사촌보다 더 나를 챙겨주신다며 투덜대는 사촌이 기억이 난다.

중학교 시절 나는 작은아버지 집에서 잠자고 싶어 엄마에게 조르곤 했다. 엄마의 승낙을 받고 작은아버지 집으로 가는 날은 신이 났다. 작은아버지 집에는 7남매가 역할이 각각 있다. 큰언니는 밥을 하고, 나와 동갑인 미영이는 반찬을 담당하고 셋째와 넷째는 상을 차렸다. 내가 가는 날은 작은어머니께서 "숙아! 너도 밥 먹으려면 밥상 차리는 데 도와라."라고 말씀하시면 "네"라고 대답하고 동생들과 함께 상을 차렸다.

작은아버지는 "숙이, 밥 많이 먹어라."라고 말씀하시며 반찬도 내 앞으로 가져다주시곤 하셨다. 나는 지금도 그때를 생각하면 마음이 따뜻해지며 작은아버지 생각이 난다. 어느 날인가 저녁에 잠을 자려고 누워있는데, 작은어머니께서 "비빔밥 해 먹으면 좋겠다."라고 말씀하셔서 늦은 시간 밥을 해서 나물 넣고 고소한 참기름을 비벼서 먹었던 추억이 생각이 난다.

이제는 모두 돌아가셔서 추억으로만 남았지만, 그때를 생각하면 행복하다. 작은아버지는 돌아가신 아버지 대신 나에게 아버지의 사랑을 주셨고 작은어머니는 내가 결혼하고 난 뒤 남편에게 선물을 보내왔다. 작은어머니께서 사위들 옷을 사주다 보니 남편이 생각이 나서 사위들과 똑같은 생활 한복을 선물로 보내오시기도 했다. 그렇게 작은아버지와 작은어머니 두 분께 사랑을 받았던 그 시절 그때가 그리움으로 남아 나는 오늘도 행복한 사람으로 살고 있다.

"작은아버지, 작은어머니, 감사합니다. 그리고 사랑합니다."

밥은 나에게 사랑의 보약이었다.

설거지

아침 햇살과 마주하기

설거지라…. 설거지는 살아가면서 피해 갈 수 없는 일이다. 아침에 일어나서 물 한잔 먹고 난 뒤에도, 밥을 할 때도, 쌀을 씻고 난 뒤에도, 반찬을 만들고 난 뒤에도, 채소를 다듬고 난 뒤에도, 집에 손님이 와서 커피와 과일를 먹고 난 뒤에도 식기를 씻어야만 한다.

난 3남매 중 막내딸이다. 자매가 있으면 어렸을 때도 일을 나누어서 했을 텐데 혼자이다 보니 밥을 하고 난 뒤 설거지는 딸인 내가 해야 했다. 오빠들이 밥을 먹고 난 뒤 당연히 설거지는 막내인 내 차지가 된다.

결혼을 했다. 5남매에 막내인 남편을 만나 처음 시댁에서 어찌할 바를 모른 나는 평소 설거지를 하던 친정에서의 습관으로 설거지를 했다. 가장 편한 곳이란 걸 시간이 지나면서 느꼈다.

일 년에 한두 번 집안 행사가 있을 때 시댁으로 가게 되면 설거지는 내 담당이었다. 하지만 조카들이 크고 혼인한 조카며느리가 싱크대 앞에서 자리를 차지하고 있다. 그 모습에서 예전의 나의 모습을 보는 것 같다. 낯설고 어색한 분위기에서 갈 곳이 없을 때 설거지만큼 좋은 것은 없다.

남편은 새로 이사를 하는 집에는 식기세척기를 놓고 싶어 했다. 하지만 여러 가지 여건이 안 되어 다음에 하기로 했다. 이사를 하고 난 뒤 설거지하는 것이 즐겁다. 창밖에 떠오른 아침 해를 보며 설거지를 하면서 행복하다. 아침 햇살이 온 집 안을 환하게 비추는 것 또한, 행복하다. 남편과 함께 아침 식사를 하고 난 뒤 두런두런 이야기를 나누는 것 또한 잊지 못할 추억이다.

나는 오늘 아침도 떠오른 아침 해를 바라보며 설거지를 한다.

빨래

마음의 정화

아침 햇살이 집 안을 환하게 비춘다.

"창밖을 보니 하늘이 맑아 오늘 날씨는 빨래하기 좋은 날이네요."라는 둘째 아들의 말이 생각난다. 더러운 옷이 깨끗하고 하얗게 된 것을 보며 마음까지도 깨끗해진 것 같다.

어릴 때는 시골에서 살면서 빨래가 많으면 냇가에서 빨래하였다. 냇가에서는 빨랫방망이를 팡팡 치면서 스트레스도 날리고 옷을 흐르는 냇가에 흔들흔들하면서 더러워진 옷의 때를 물살로 보내버린다.

냇가에는 혼자일 때보다 동네 어른이나 친구, 언니, 동생 등 많은 사람이 모여서 빨래를 한다. 빨래하면서 이런저런 이야기를 하다 보면 어느새 빨래가 끝나고 하나둘씩 집으로 돌아간다.

세월이 많이 지나 이제는 냇가에서 빨래하는 사람들의 모습을 보기가 어렵다. 빨래만 보아도 저 집 속사정이 어떻고 가족이 몇 명 있는지를 알 수 있었던 시절이었다.

요즘은 집집이 세탁기가 없는 집이 없다. 하지만 혼자 생활하는 경우에는 세탁소와 전문업체에 맡기는 경우가 많다. 얼마 전 세탁기가 고장이 난 적이 있어 동네 빨래방을 이용한 적이 있었다. 세탁과 건조까지 한 번에 모든 것이 끝나 간단하게 빨래를 할 수 있어서 편리했다. 다음에 부피가 큰 이불 빨래도 이용을 해야겠다는 생각을 했다. 집 안에 세탁기 용량을 넓히기보다는 대형 빨래는 빨래방을 이용하면 더욱 생활이 편하겠다는 생각이 들었다.

빨랫감을 모아 색깔별로 구분하고 삶을 빨래는 따로 구분해서 돌린다. 여름철에는 햇빛에 말리면 마음까지도 깨끗해진 것 같다. 빨래하고 난 뒤 뽀송뽀송한 빨래를 접을 때 촉감이 참 좋다.

빨래

하루도 빠지지 않고 나온다. 색깔도 다양하다. 길이도 다양하다
하루를 열심히 사는 사람의 땀이 배어져 있다
사람마다 고유의 냄새가 배어져 있다

빨래는
돌돌돌 돌리고 둘둘둘 말려서 제자리에 올려놓으면 끝이 난다

청소

본연의 것을 버리고 새롭게 시작

어린 시절, 매주 월요일은 동네 청소하는 날이었다. 집집이 싸리나무 빗자루를 가지고 집 앞부터 동네 앞까지 청소를 했다. 아랫동네에서 윗동네까지, 어른부터 초등학교 6학년까지 나와서 청소를 했던 시절이 있었다. 청소하고 난 뒤에는 온 동네가 빗자루가 지나간 흔적이 남아, 깨끗해진 동네를 보면 기분이 좋아졌던 기억이 난다.

신혼생활을 하던 곳은 재건축 아파트로 청소해도 표가 나지 않아 이사하고 싶다고 생각을 많이 했다. 신혼 때 살던 낡고 오래된 아파트가 재건축으로 새 아파트가 되어 입주하기 전 청소를 하기 위해 큰아들, 작은아들과 함께 새 아파트에 들어갔다.

첫째는 말없이 자기 방을 청소했고, 둘째는 이 집이 너무 좋다며 함박웃음을 짓는다. 진공청소기로 온 집 안을 밀면서 나의 지나왔던 긴 어두운 통로를 쭉 빨아들이는 것 같았다. 청소는 나의 몸 어두운 곳에서부터 마음까지 깨끗하게 했다.

눈과 비의 차이점은 눈은 올 때는 좋지만 오고 난 뒤에는 주변이 지저분하다. 하지만 비가 온 뒤에 대지를 보면, 더러운 것이 깨끗하게 씻겨내려 가고 청명하고 맑은 하늘도 볼 수 있다.

지금 무엇인가를 고민하거나 괴로워하고 있다면 내 마음 청소를 해보는 것은 어떨까? 내 마음속에 존재하는 부정적인 생각들을 깨끗이 씻어 버린다면 마음이 정화된 것 같은 기분이 들 것이다.

삶을 긍정적으로 바라보는 시선은 아름다운 세상을 비추게 될 것이다.

나

나로 산다는 것은

열심히 산다.

"너는 어떻게 그렇게 하고 싶은 것이 많니? 바쁘게도 산다."라는 말을 듣고 있다. 열심히 산다. 열심히 산다는 말을 들었을 때는 마음이 불편했다.

왜 불편할까? '열심히'라는 말은 '애쓰고 산다.'라는 말처럼 들렸기 때문일 것이다.

한 해를 마무리하는 12월, 나는 올해 무엇을 하며 즐겁게 살았는가? 어떤 보상을 주었는가를 나에게 질문해 본다. 내 마음이 '음…. 열심히 살았다. 보람되게 살았구나. 잘했어!'라고 칭찬할 수 있는 한 해를 보내기를 바란다.

큰아들이 초등학교 3학년, 둘째가 7살 때 남편 혼자 벌어서는 살 수 없다고 생각하고 결혼 전 전통복식 한복집을 운영하고 싶었다. 맞춤 한복과 아직 대중에게 알려지지 않는 한복대여점을 하기로 하고 가게를 알아보았다. 아이들이 어려서 집 근처에서 시작하게 되었다.

나는 고등학교 시절, 오뚝이라는 별명이 있었다. 쓰러지면 다시 일어나고 항상 웃는다고 친구들이 붙여준 별명이었다.

30대가 되었을 때는 '함초롬'의 애칭으로 '마음을 다스리고, 모습은 차분하게'라는 의미를 부여하였다.

40대는 추위 속에 피는 고고한 기품의 의미가 있는 '매화'로, 50대가 된 지금은 넓은 마음과 지혜가 있는 사람으로 살고 싶어 '해인'이라는 호를 갖게 되었다.

새로운 도전을 하기로 했다. 국가자격증인 간호조무사에 도전하기로 했다. 수업하며 시간이 부족했던 나는 간호학원 원장님께 사정 이야기를 하고 야간으로 등록해서 교육을 받으며 실습과 야간교육과정을 마치고 그다음 해 3월 자격증을 땄다.

주변 지인들은 "그걸 왜 하느냐?" "자격증을 따서 뭐 하려고 그러냐?" 등 이해할 수 없다는 반응이었다. 코로나로 인해서 하던 일을 하지 못하게 되면서 전문직으로써 취업이 보장된 간호조무사 자격증이 도움이 되었다.

10년 후 나의 모습을 상상해본다. 아름답고 우아하며, 기품이 있으며, 지혜로운 노인의 삶을 살고 싶다. 오늘도 나는 나의 '인생 이모작'을 꿈꾸고 있으며 힐링 치유 메신저로의 삶을 살기 위해 오늘도 열심히 살아간다.

딸

|

두만강 푸른 물에

'딸아, 딸아, 막내딸아. 곱게 곱게 자라거라. 쥐면 터질까 놓으면 날아갈까?'

친정엄마가 불러주신 노래이다. 3남 1녀 중 막내딸로 태어난 나는 엄마 아빠의 사랑을 받으며 살아왔다. 아버지와 추억은 나의 자존감을 높여준다. 중학교 2학년 때 아버지는 환갑잔치를 하셨다. 막내인 나는 아버지의 나이가 많다는 것을 나중에 알았다. 아버지는 젊었을 때는 외지에서 직장을 다니고 계시다가 퇴직을 하고 난 뒤에 집으로 돌아오셨다. 말씀이 없으시며 웃기만 하셨던 아버지가 좋았다. 엄마처럼 혼도 안 내시고 내가 하는 행동은 모두 이쁘게 보아주셔서 더 아버지를 좋아했는지도 모르겠다.

중학교 2학년 때 자전거를 배우고 싶어 집 창고에 버려진 자전거를 가지고 연습을 했다. 바퀴가 굴러가지 않는 자전거였지만, 배울 수 있다는 하나만으로도 행복했다. 사람이 하나를 가지면 욕심이 생긴다고 했던가. 나는 아버지 자전거가 탐이 났다. 한번 타 보고 싶은 마음이 내 마음속에서 자라고 있었다. 아버지가 외출하면서 자전거를 집에 놓고 가실 날을 기다렸다.

드디어 기회가 왔다. 나는 아버지 전용 자가용인 자전거를 끌고 밖으로 나왔다. 왜 이렇게 무거울까? 내가 탔던 자전거는 가벼웠는데 아버지의 자전거는 왜 이렇게 무거울까, 라고 생각해 보니 아버지 자전거는 물건을 싣고 다닌 자전거라 무게감이 있었다. 나는 끙끙대며 언덕을 올라가 발을 페달에 올리고 힘껏 밟았다. 바퀴는 쉼 없이 굴러가는데 환호성이 나왔다. 내리막길에서 씽씽 잘 내려갔다. 자전거 타는 즐거움에 해가 지는 줄도 모르고 신나게 자전거를 타며 이제는 손을 놓고 탈 정도로 능숙해졌다.

시간을 보니 저녁 먹을 시간이 되어 집으로 향하는 데 겁이 덜컥 났다. 아버지에게 혼날 생각에 집에 들어가는 것이 두려우면서도, 자전거를 타고 집 앞까지 갔다. 안도하려는 찰나 몸의 균형을 잃고 넘어지면서 다리를 긁히고 말았다. 자전거를 끌고 절뚝거리며 집 안으로 들어서자 아버지와 엄마는 나를 보고 아무 말도 못 하고 계셨다. 아버지는 나에게 자전거를 왜 탔느냐며 호통을 치시고 엄마는 여자도 배울 것은 배워야 한다며 뭐든지 해보고 싶은 것은 해보라고 지지해주셨다. 아버지는 평소 엄마의 모습이 아니라 적잖이 당황하신 모습을 보이셨다. 그렇게 해서 나는 자전거를 배우게 되었다.

그렇게 어렵게 배운 자전거는 아버지 대신 엄마 심부름할 때, 고추밭에서 고추 자루를 옮길 때도 유용하게 쓰였다. 아버지는 우리 막내딸이 자전거를 잘 타고 엄마 심부름 잘한다고 칭찬해 주시며 여자는 흉터가 생기면 안 되니 다치지 않게 조심히 다니라고 말씀하셨다.

아버지가 좋아하는 두만강 노래를 함께 불러보고 싶다. 아버지가 부르시면 나는 추임새를 넣고 싶다. 그런 막내딸을 보며 환하게 웃으실 나의 친정아버지! 여자도 하고 싶은 것이 있으면 다 해 보라며 3개월 된 둘째 손주를 봐주며 비디오 촬영을 배울 수 있도록 해주신 친정어머니!

아버지 어머니!

아버지와 어머니의 막내딸로 태어나서 축복이었습니다.

사랑합니다. 그리고 보고 싶습니다.

아내

|

서로 바라보기

젊지 않은 나이에 결혼하게 되었다. 신혼여행 첫날밤, 나는 마음의 준비를 하고, 와인잔 두 잔과 과일을 준비하며 남편과 마주 앉아 우리의 미래에 대해 이야기를 했다.

"서로 다른 남남이 만나 하나의 가정을 이루기 위해서는 서로를 존중하며 배려해 주며 살았으면 좋겠습니다."라고 말했고 남편도 "그러면 좋죠."라고 짤막한 대답을 해주었다. 신혼여행을 떠나기 전 친구들과 주변에서는 신혼 때 잡은 주도권이 평생 간다는 생각에 다양한 방법이 동원된다고 말했다.

신혼 때 남성의 경우는 '경제권을 잡는다.'가 1위로 꼽은 기사를 본 적이 있다. 반면 여성들은 '남편의 약점을 잡는다.'가 1위로 꼽힌다고 한다. 결혼 후 주도권을 잡는 것이 내가 상대방보다 우월하다는 생각에서 그렇다면 큰 오산이다. 주도권을 잡는다는 것은, 그만큼 더 큰 책임감을 느끼고 가정을 올바르게 이끌어 가려는 모습이라고 생각한다.

나는 남편에게 가정은 혼자서 책임지고 꾸려가는 것이 아니라 둘이 하나가 되어 서로를 존중하고 배려하며 평등한 관계로서 가정을 꾸려가고 싶다고 했다. 남편도 그렇게 생각한다며 나의 의견을 존중해주었다. 서로에게 바라는 것을 이야기하자는 제안을 했다. 남편도 좋은 의견이라며 나의 의견에 동조를 해 주었다. 내가 먼저 남편에게 바라는 것을 이야기하기 시작했고, 남편도 나에게 바라는 것을 이야기하며 서로를 바라보았다.

남편은 신혼 때 내가 바라는 것에 대해 잘 지켜주었고 나도 남편이 바라는 것을 지키려고 노력했다. 남편을 도와 가정에 도움이 되려고 했던 일들이 가정에 많은 어려움을 준 적도 있었으나 남편은 나를 믿고 기다려 주었다. 힘들 때 부부가 얼마나 소중한가를 알게 되었다.

남편의 부재는 나를 서 있을 힘까지도 없게 만들었다. 남편에게 아내란 뭐냐고 물어보니 '아내는 주는 사람'이라고 말한다. 내가 당신에게 주는 사람이었구나…. 나는 당신이 나에게 주는 사람이라고 생각했는데…. 트로트 가수 진성 씨의 노래를 유독 좋아했던 남편. 음악이 나오면 나와 남편은 리듬을 맞추며 노래를 따라 부르고 춤을 추기도 했던 그 시간이 그립다.

여보 고맙습니다. 감사합니다.

내 의견을 존중해주고 나를 믿어주어 내가 하는 일에 대해서는 묵묵히 지켜봐 준 내 남편이어서 나는 행복합니다. 당신은 열심히 재활하고 나는 오늘도 나는 열심히 살겠습니다.

우리가 약속했던 한 달의 한번, 우리 둘만의 여행을 떠나는 시간이 빨리 오기를 기다리고 있겠습니다. 이제는 조금만 더 있으며 그때 그 시절처럼 할 수 있습니다.

당신은 성실하고 책임감 있는 사람이었습니다. 가족을 위해 열심히 살아와 준 당신에게 고맙고 감사합니다.

엄마

고마워, 아들들

아들만 둘이다. 남편은 하나만 낳아 잘 기르자고 했고 나는 혼자는 외로우니 한 명 더 있어야 한다고 말해 둘째를 가졌다. 남편은 내가 입덧이 심해 병원에 입원한 것이 가슴이 아프다고 했다. 첫째, 둘째 때 모두 입덧이 심해 입원을 했다. 체력은 좋은데 왜 임신만 하면 입덧이 심해 밥을 못 먹는지 알 수가 없다.

첫째는 허니문 베이비이다. 제주 신혼여행 중 태몽으로 검은 돌이 숨을 쉬는 꿈을 꾸고 놀라서 일어났던 기억이 난다. 신혼여행을 하고 온 뒤 2개월부터 입덧이 심해 어쩔 수 없이 병원에 입원했다. 6개월 정도까지 입원하고 난 뒤 막달에는 배드민턴을 칠 수 있을 정도로 건강했다.

첫아이 임신 때는 남편도, 나도 서툴렀고 친정엄마는 막내딸이 걱정되어 병원으로 달려오셨다. 첫아이는 태어나면서부터 사랑을 받고 자랐다. 큰아들은 5살에 말을 타고 높은 곳에서 겁도 없이 쌩하고 내려올 정도로 운동신경이 좋았다. 그 모습에 친정엄마와 나는 가슴을 졸였다. 아이는 해맑게 웃으며 다시 말과 함께 언덕으로 올라갔다.

그렇게 개구쟁이던 큰아들은 청년이 되어서는 말수가 적다. 그러던 큰아들이 아빠가 회사에서 사고가 났다는 말을 전할 때 내가 괜찮은지 세심하게 나를 위로했다. 나는 아들의 말에 위로를 받았다.

큰아들과 다르게 둘째 아들은 성격이 밝고 넉살이 좋다. 큰아들과 둘째 아들은 주변 사람들에게 '귀엽다', '착하다'라는 말을 듣는다. 나는 큰아들이 열 살까지 전업주부로 지냈다. 그 이후는 배우고 가르치는 일을 하면서 집에 있는 시간이 많지 않았다. 늦게 들어오는 날은 둘째 아들에게 아버지 혼자 식사하지 않게 함께 식사해달라고 부탁을 한다. 둘째 아들은 내 부탁을 들어주고 식사가 끝나고 나면 남편과 축구 이야기로 공통된 화제를 갖고 대화를 나눈다.

"하고 싶은 것을 찾지 못했어요."라는 아들 말에 걱정이 앞섰다. "왜 하고 싶은 것이 없을까?"라고 물었고 아이는 "잘 모르겠다"라고 답했다. 답답했다. 무엇이 문제였을까? 나를 자책했다. 큰아이는 내가 끌어당기면 움직이지 않는다. 생각이 많은 아이다. 혼자 충분히 고민하고 생각하고 난 뒤 행동으로 옮기는 아이다. 나는 기다려 줄 줄 몰랐다. 재촉하였다. 그러면서 큰아이와 관계가 서먹해졌다.

인정해주기로 했다. 쉽지 않았지만, 엄마로서 기다려 보기로 했다. 아이는 스스로 움직였고 결국 답을 찾았다. 지지해주기로 했다. 아들의 웃는 모습을 보면 나도 기분이 좋아진다.

나의 든든한 울타리인 아들들아, 고맙다. 바르게 커 줘서. 지금처럼 우리 가족 행복하게 살자.

인성

아름다운 노년을 꿈꾸며

노년에 나는 아름답고 우아하게 늙고 싶다.

사회복지 실습을 시립요양원에서 한 적이 있다. 요양보호사 실습과 사회복지 실습을 한 곳에서 하면서 치매를 앓고 계신 90대 어르신을 본 적이 있다. 요양보호사로 실습할 때는 치매가 약간 있으셨는데 3년이 지난 후 기관을 방문했을 때는 와상환자로 누워만 계셨다. 90대 어르신의 점심을 도와드리려고 수저를 들었을 때 어르신께서는 "남편분 점심은 드렸소?"라고 물으셨다. "할아버님, 식사 차려드렸습니다."라고 말씀드렸더니 "고맙습니다."라고 말씀하셨다.

인지가 없으신데도 고맙다는 인사말을 하셨던 어르신. 점심 후 '노세 노세 젊어 노세. 늙어지면 못 노나니….'라는 노래를 부르셨다. 그 노래를 부르실 때 표정은 해맑아 보이셨다. 그 모습은 시립요양원 요양보호사들의 웃음을 짓게 했고 요양보호사 선생님은 치매를 앓는다면 그 어르신처럼 '예쁜 치매'를 앓고 싶다고 말했다. 폭력적인 치매는 옆에 사람들이 힘들어한다. 반면에 예쁜 치매는 사람들이 자주 찾는다.

아름답고 우아하게 늙기 위해서 평소 건강관리와 마음을 통제하는 방법을 익혀야 한다. 정신이 혼미한 상태에 나타나는 인성과 매우 급박한 상황일 때 나타나는 인성은 평상시에는 잘 드러나지 않는다.

친정어머님께서는 나이가 어린 사람에게도 반말하지 않고 상대방을 존중하고 배려하는 모습을 보이셨다. 어머님의 그런 모습을 계속 보면서 많이 배웠다. 자신에 대한 수용, 다른 사람을 배려하는 자세, 그리고 그 속에서 타인과 진정성 있는 관계를 형성할 수 있는 능력은 궁극적으로 온전한 자기 자신이 되어 가는 과정이라는 것도 깨달았다.

지금 당면한 나의 환경에 나는 지혜롭게 잘 대응하고 있는가? 나의 감정은 지금 어떤가? 내 감정 읽기와 감정의 이름 붙여주기가 필요하다. 나는 지금 무엇을 위해 살고 있는가? 뇌 명상을 통해 내 안의 나와 대화하기도 필요하다. 자신을 사랑하는 마음, 타인을 배려하고 존중하는 마음을 가져야 한다.

함께 더불어 살아가기 위해 내가 해야 하는 일과 역할에 충실해야 한다. 문제가 생길 때 회피하기보다는 문제를 바로 보려는 노력을 통해 그것을 해결해 나가는 습관을 길러야 한다. 노년에 아름답고 우아하게 늙기 위해서는 매일매일 명상을 통해 마음 다스리기, 내 안의 불평과 불안을 해소하기, 나에게 적절한 보상을 해주는 습관도 필요하다.

결국, 인성은 자신을 사랑하는 마음으로 시작하여 자신의 삶을 가치 있게 살아가는 데 의미가 있다.

건강

내 몸과 대화하기

늦은 밤 걸려 온 남편의 전화가 심상치 않다. 왠지 기분이 별로 좋지 않다. 남편의 휴대전화로 한 여성이 전화를 걸었다.

"119인데요. 남편분이 회사에서 사고로 다치셨습니다."

갑작스러운 남편의 사고였다. 평소 건강관리를 잘하던 남편은 회사에서 일하던 중 추락해서 병원으로 이송 중이라고 했다. 몸에 힘이 빠지고 가슴이 뛰었다.

매일 운동하며 자기 관리하는 남편은 배가 나온다고 차가 있는데도 자전거로 출퇴근하곤 했다. 고혈압 가족력이 있는 남편은 고혈압약을 먹지 않고 자전거 타기와 운동을 매일 하면서 건강을 관리했던 사람이었다. 그러던 남편에게 갑작스러운 사고가 찾아왔다.

우리는 알지 못한다. 1초 후에 일어날 일에 대해서도. 그래서 우리는 지금, 이 순간을 충실히 살아가야 한다. 건강은 건강할 때 지켜야 한다는 말처럼 평소 건강관리와 습관이 중요하다.

아침 명상을 시작으로 하루를 시작한다. 유산소 운동으로 30분 정도 빨리 걷기를 한다. 숨이 차오를 때까지 걷는다. 쉽지 않다. 집 앞 둘레길을 3바퀴 돌고 작은 언덕의 동산을 2바퀴 돌고 나면 기분이 상쾌하다. 코로나 이전에는 수영하러 다녔다.

건강은 건강할 때 지켜야 한다는 말이 무엇을 의미하는 것일까? 나는 지금 어떤 상태인가? 나는 건강한가? 나의 몸과 마음의 신호를 알아차려야 한다. 내 몸에 집중해야 한다. 매년 건강검진은 주기적으로 해야 한다. 내 몸은 나에게 신호를 보낸다. 하지만 우리는 우리 몸이 나에게 신호를 주는 것을 알아차리지 못하거나 무시를 한다. 사소한 것이라도 살펴보아야 하며 전문의의 진찰을 받아 더 큰 질병이 발생하지 않도록 예방해야 한다.

오늘 나의 몸은 안녕한가? 나는 건강을 위해 어떤 노력을 하고 있는가? 나는 나를 얼마나 사랑하고 있는가? 나는 나를 좋아한다. 나는 나를 사랑한다. 매일 5번씩 거울을 보며 외쳐보자. 내 몸의 아픈 곳을 어루만지며 '많이 아프지? 그래, 많이 아팠을 거야. 이제 괜찮아.'라고 말해 보자.

그리고 잘하고 있다고 자신에게 칭찬을 해보자. 나를 지지하고 자신을 인정해주며 격려해보자. 우리의 몸과 마음이 건강해지는 것을 알 수 있을 것이다. 이 세상에 태어난 나는 행복한 사람이며 소중한 사람이다.

지성

높이 날다

높이 날기 위해서는 경험을 해봐야 한다. 경험하지 않고는 실패를 했다고 할 수 없다. 도전하지 않고 미리 포기하는 사람들이 있다. 실패하기 두려워서 도전하기가 두렵다고 말을 한다. 두렵다고 도전하지 않으면 성장할 수 없고 성공의 길은 점점 멀어져 간다. 실패는 경험하는 사람들에게서 나온다.

성공!! 우리는 성공을 꿈꾼다.
모두가 닮기를 바라는 '성공모델들'은 타고난 재능이 아닌 일상의 작은 습관 하나를 꾸준히 실천함으로 정상에 오른다. 독서, 명상, 차와 음악, 자기 계발 등은 삶의 변화를 가져온다.

실패하는게 두려워서 도전하기가 두렵다고 말을 한다. 어떤 일을 마무리하면서 실수가 있었거나 실패하였을 때 "내가 무엇을 잘못한 거지? 저 부분은 내가 어떤 점을 개선하면 되지?"라고 되묻는 사람에게 희망이 있다. 독서와 토론, 지식을 채우고 삶의 지혜를 얻는 것은 실패와 경험이 많은 사람들을 만나는 것이다. 명상은 나를 만나는 시간이다.

나에게 쉼을 줄 수 있는 요일, 가방을 메고 가는 곳은 '괜찮아! 설렘은 만들면 돼'라는 프로그램 강의장이다. 첫 만남의 설렘과 새로운 상황에 대한 약간의 긴장감을 느끼고 간다. 사람마다 성격과 환경이 모두 다르다. 추구하는 것 또한 다르다. 프로그램 참여하는 사람들은 진행하는 사람의 의도를 잘 파악하고 한 주제를 가지고 이야기를 나눈다. 상대방의 이야기에 귀를 기울이고 따뜻한 눈빛으로 상대방을 지지해 준다. 기분 좋은 만남이다.

> '타인은 지옥이다'라는 사르트르의 말은 현실에서 나와 타인의 관계가 악화된다면 타인이 나의 지옥이 되고, 나에 대한 타인의 판단에 너무 의존할 때도 타인이 나의 지옥이며, 자기 자신을 정확하게 인식하지 못한다면 그때는 내가 나의 지옥이 된다는 뜻이다.
>
> – '고로, 철학 한다' 중에서

나를 바로 세워야 한다. 타인과의 관계에서 적정한 거리를 두고 감정을 절제할 줄 알아야 한다. 가까운 사람일수록 관계를 지속하기 위해 사람마다 가지고 있는 감정선을 넘지 않도록 조심해야 한다.

지식을 가르치는 것보다 지혜를 가르치는 것이 교육이다. 성공은 항상 실패로 시작된다. 실패를 두려워하는 당신을 위하여 누구나 어떤 일을 하다 보면 실패를 하게 되는데, 실패한 하나하나를 디딤돌로 삼아서 올라가다 보면 성공을 얻을 수 있다.

나는 내 생각과 마음을 읽어내기 위해 오늘도 나에게 집중한다. 스스로 질문을 던져보라. 무엇을 배우고 싶고, 어떻게 되고 싶은가? 일과 삶(여가)의 균형을 추구하는 '워라밸' 삶을 꿈꾸며 오늘도 나는 성장하기 위해 끊임없이 배움을 갈구한다.

▶▶▶ 행복이라는 단어가 나의 인생에 없었다는 사실도 모르고 지냈다. 어느 날 그 행복이란 단어를 만나 동그라미를 치고 나의 것으로 받아들였다. 그 후 일상에서 크고 작은 행복들을 만나게 되었다. 참 행복을 찾아가는 여정에 함께 할 친구를 만나게 된다면 그 또한 나에게 선물이리라. 공저를 통해 첫 글을 쓰는 새로운 도전이 내가 또 다른 이에게 작은 행복감을 주는 선물이 되길 기대해 본다.

블로그 https://blog.naver.com/2022hc

밥

|

위대한 일상을 만드는 밥

나는 한순간에 몰입하고 끝내는 일을 좋아한다. 또 그런 일을 잘 해낸다. 음식도 그렇다. 좀 번거롭고 힘들어도 하루 이틀 고생해서 한 번에 만들어내는 것에 흥미를 느낀다. 각종 과일청과 피클을 담그고, 만두와 샤브샤브, 월남쌈과 구절판 등의 요리를 즐긴다. 언뜻 보면 요리에 소질이 있다고 생각하겠지만 가족들을 위해서 하루 세끼의 식사를 챙기는 일은 잘하지 못하며 식사를 때우듯 지나가는 것이 다반사다.

밥은 꼭 챙겨 먹어야 한다. 건강에 가장 기본이 되기 때문이다. 밥이 주는 여유와 즐거움, 그리고 기쁨이 있다. 그런데 바쁘다 보니 밥 먹는 시간을 건너뛰게 되는 일이 많아졌다. 밥을 챙기는 것이 약간 거추장스러운 일로 여겨질 때가 많다. 식사 대용으로 알약 하나 먹으면 좋겠다는 생각이 들기도 한다. 그러다가 어느 날 시간과 마음에 여유가 좀 생기면 맛있는 특별한 음식을 먹고 싶은 욕구가 생긴다.

'매일의', '일상의'라는 단어가 누구나 할 수 있다는 의미로 다가왔다. 그런데 나는 그 누구나가 아니다. 세끼의 식사를 챙겨주는 일은 누구나가 할 수 있는 일이 아니라 여겨진다. 나에게는 그 일이 너무나 어려운 일이다.

어느 공동체에서의 나눔 시간에 있었던 일이다. 한 지인의 나눔으로 많은 생각을 하게 되었다.

“저는 일을 참 잘해요. 웬만한 일은 다 잘한다고 자신 있게 말할 수 있어요. 그런데 제 삶을 다 드러내고 평가를 받는다면 점수를 후하게 준다고 하더라도 60점이라고 말할 것 같아요.”

일정한 기간에 결과를 내는 일은 잘하지만, 일상의 생활에서는 점수가 낮다는 의미일 것이다. 나 역시 비슷하다. 일상에서의 나와 한순간의 결과를 내는 일을 해내는 나는 많은 차이가 있다.

매일 ‘삼시 세끼의 밥’을 변함없는 자리에서 늘 챙겨주신 엄마가 생각난다.

“나 지금 밥 안 먹어. 안 먹고 싶어.” 말하면서 정성껏 차린 식탁을 외면했던 일도 꽤 많았다. 엄마는 어떻게 매일 세끼의 식사를 변함없이 챙겨주셨을까? 잠깐 하는 이벤트도 아닌데 지치지도 않고 평생 어떻게 해내셨을까!

누구나 다 하는 것 같은 일상의 밥이지만 그 이면에 아무나 다 감당할 수 없는 성실함의 무게가 있다. 그 무거움을 감당하고 있는 많은 주부를 응원하고 싶다.

설거지

불편함이 준 지혜

신혼 때 우리 부부가 살던 작은 아파트는 주방이 특히 더 작았다. 게다가 주방 쪽으로 드럼세탁기를 놓아야 해서 필요한 몇 개의 싱크대만 남기고 과감히 버릴 수밖에 없었다. 요리할 때든 설거지를 할 때든 공간이 충분치 않아 그릇들을 편하게 펼쳐놓지 못했다. 하지만, 설거지는 바로바로 해야만 했다. 그러나 우리 부부의 생활방식은 그렇지 못했다. 보통 한 번에 몰아서 해야 했는데, 싱크대 앞에 서서 심호흡하고 무언가 큰일을 하는 듯 설거지에 임하곤 했다.

주방일 중 설거지를 좋아하는 나, 설거지는 싫어하고 요리를 좋아하는 남편. 우리는 성향이 반대다. 어느 날 남편이 "내가 점심 먹고 설거지하면 좀 낫겠지?"라고 말을 꺼냈다. 나는 멋지게, "하지 마! 그 시간에 공부해."라고 대답했다. 그런데 저녁에 막상 설거지하려고 주방에 서면 가슴 깊이에서 한숨이 저절로 나왔다.

과학 실험을 하는 사람처럼 설거지를 효율적으로 할 수 있는지 연구했다. 어떻게 하면 그릇 하나에 손동작이 한 번 덜 가고도 빠르고 깨끗하게 설거지를 할 수 있을까? 연구하고 연구하며 남편과 상의하면서 새로운 아이디어를 짜냈다. 싱크대 앞에 서서 설거지하는 시간보다 설거지를 효율적으로 할 수 있는 방법을 생각하는 시간이 더 길었다.

'유레카!' 새로운 아이디어를 생각해 낸 나는 신이 나서 남편에게 설명했다. 설거짓거리를 모을 때 같은 종류끼리 모아두자고 했다. 수저를 담을 길고 얇은 원통형 통 하나, 국그릇을 담을 긴 통하나, 밥그릇을 담을 긴 통하나, 기타 나머지 접시들을 담을 통 하나를 준비했다. 그 통마다 물을 받아두고 그릇이 푹 잠기게 담가두었다. 저녁 식사 후 온종일 쌓인 설거지를 시작하면 우리는 환상의 복식조가 된다. 어떤 통을 먼저 올려서 시작할 것인지 합이 척척 맞는다.

지금은 넓어진 주방과 넉넉한 공간에서 설거지하고 있다. 부모님이 도와주셔서 설거지하는 횟수도 줄었다. 그때의 추억이 나를 피식 웃게 만든다. 그때는 조금 불편했지만, 돌아보니 그것은 즐거운 추억과 작은 성취감이었다.

빨래

열정을 쏟는 일상

나는 빨래에 진심이다. 집안일을 잘하는 편은 아니지만, '너 빨래 하나는 되게 잘한다.'라는 얘기를 곧잘 듣는다. 기본적으로 빨래는 세탁기가 해주지만, 부분 빨래를 정말 정성스럽게 한다. '너 빨래는 진짜 잘하더라.'라는 칭찬을 듣고 싶기도 하고, 물려받은 옷들이 물려받은 티가 나지 않게 하려고 열심히 빨래한다.

인터넷을 검색하여 여러 세탁 방법을 찾아 적용해 보기도 한다. 어떤 방법이 가장 좋을지 고민하고 열정을 쏟아 빨래에 돌입한다. 어느 정도로 빨래에 진심이냐면, 한번은 지인의 옷을 가지고 와서 세탁소에서 하는 것처럼 얼룩을 말끔히 지워서 보내준 적도 있다.

그런데 빨래에 대한 진심과 열정이 지나쳐 다른 결과를 가져올 때도 있었다. 인터넷을 통해 신발 세탁하는 법을 알게 된 후에 완전히 매료되어서 과감하게 도전하기로 했다.

깔끔함에 민감한 오빠의 신발로 도전을 해보았다. 신발을 봉지에 넣고 세제를 푼 따듯한 물에 충분히 담그고 신발이 둥둥 떠서 물이 안 닿는 곳이 없도록 봉투를 묶어두었다. 얼마의 시간이 지난 후, 새하얗게 변신한 신발을 기대하며 봉투에서 신발을 꺼낸 순간 등에 식은땀이 쭉 흘렀다. 운동화의 흰 부분에 상표에 있던 색으로 얼룩이 진 것이다. 얼룩을 지워보려고 아무리 문질러도 그 얼룩은 지워지지 않았다. 너무 오랫동안 담가두었던 걸까? 빨래에 대한 열정이 지나쳐 신발을 망쳐버리고 말았다. 열정이 있는 것은 좋지만, 지나칠 경우는 잘못된 결과를 가져올 수 있다는 교훈을 얻었다.

나는 여전히 빨래에 진심이다. 일상에서 이런 열정을 가지고 할 수 있는 일이 있다는 것이 나를 특별하게 느끼도록 해주기 때문이다. 나는 또 찾는다. 일상 속에서 빨래 말고 마음을 다하는 것에는 어떤 것들이 있을까? 가끔 그 열정이 지나쳐서 어려움이 생길지라도 내 삶의 에너지를 뿜어낼 수 있는 일. 오늘도 그런 일을 찾아본다.

청소

아쉬움, 비움, 여유로움

나에게 청소는 여유로움을 주는 일이다. 생활공간의 여유로움이 시간의 여유로움과 생각의 여유로움을 준다. 집이 꽉 차서 밖에서 가져온 내 짐을 내려놓을 충분한 공간이 없을 때는 무척 답답하다. 내 직업이 특히 더 그걸 깨닫게 했다.

어린이집에 파견 교사로 일을 했다. 어린아이들을 대상으로 하는 수업은 코팅해야 하는 교구 자료들이 참 많다. 새벽 2시까지, 때로는 새벽 4시까지 열심히 오리고 자르고 코팅하고 또 자르고 했다. 그러다 이제 안자면 안 될 것 같아 쪽잠이라도 자려고 가방을 챙기는데 금방 보였던 코팅한 미역 줄기 그림이 않았다. 아하…. 정말 이때의 기분은 말로 표현할 수 없다. '환장하겠네.'라는 말이 연신 입 밖으로 나온다. 수백 가지의 코팅 조각 사이에서 보이지 않는 미역 줄기를 찾는 건 정말 환장할 노릇이었다. 한 시간을 찾고 또 찾아도 못 찾아서 포기했다. 잃어버린 코팅 조각 하나가 없어졌기 때문에 나는 그날의 수업을 완성하지 못할 것만 같은 기분이 들었다. 초긴장된 상태로 출근을 했다.

그 이후에 오랜 경력을 가진 선생님이 '진짜 미역을 잘라서 나가면 돼요. 학습 자료로 코팅된 것보다 진짜가 훨씬 좋아요.'라고 말해주었다. 이 얼마나 지혜로운 말인가! 너무 단순한 이야기지만 그런 아이디어를 떠올릴 여유로움은 신임 교사인 나에게 없었다. 이런 과정을 거치면서 생각했다. 공간이 넓어졌으면 좋겠다. 청소를 잘해서 공간이 충분했으면 좋겠다고.

청소는 버림이다. 버리는 것이 아쉽기도 하고, 언젠가는 쓸 것 같기도 해서 나는 버리는 걸 못 한다. 몇 년 이상 있는지도 모르고 안 쓰는 경우가 많다고 하는데 난 몇 년 후에 쓰기도 한다. 하지만 비우지도 않으면서 너무 바쁜 일상을 사니 집은 꼭 쓰레기장 같다. 그로 인해 받는 스트레스도 만만치가 않다. 가장 걱정되는 건 치워지지 않은 공간을 너무 당연하게 여길지도 모를 딸 때문이다. 나는 정말 정갈하게 청소를 잘하시는 엄마 밑에서 자랐는데도 이렇게 지저분한데, 내 딸은 지저분한 환경을 당연한 것으로 받아들일까 봐 어떻게 하나 하는 생각에 청소해야겠다고 다짐한다.

청소는 나에게 있어 숙제다. 3일에 한 번씩 결심하는, 아니 매번, 매초 결심하는 숙제다. 꼭 오늘은 하리라. 꼭 오늘은 하리라. 그 '꼭 오늘은….'을 몇 년째 다짐하고 있는지 모른다. 버림이 있어야만 공간이 확보된다. 그 공간을 통해서 나의 여유로움을 확보할 청소! 내 평생의 과업! 피식 웃음이 나지만, 난 다시 비장한 얼굴을 하고 오늘 또 한 번 다짐해 본다.

오늘은 기필코 하리라!

나

|

나는 나였어

2021년 4월의 어느 날이었다. 종이 한 장을 꺼내고 뾰족하게 깎은 연필도 준비했다. 비장한 각오로 책상에 앉아 '이런 사모가 되게 하소서'라는 제목으로 글을 쓰려고 했다. 그런데 글을 쓰려다가 멈췄다.

나의 역할이 다른 사람의 평가를 받는 자리에 놓이는 순간이 있다. 큰 프로젝트일수록 긴장이 되고 더 잘하고 싶어진다. 남편이 목사안수를 받을 때가 그때였다. 많은 고민이 되었다. 어떤 사모가 될 것인가? 에 대한 해답을 내려야 하는 시간이 되었다. 그런데 아무리 답을 찾으려 해도 도무지 답을 찾기가 어려웠다. 마음에 부담도 찾아왔다. 코치로서 '셀프코칭'도 해보고 '멘토 코칭'을 받으면서 기도문을 작성하기로 마음먹었다. 그렇게 굳게 결심했는데 쓰려는 순간 새로운 생각이 들어 멈춘 것이다.

기도문을 작성하는 대신 마인드맵을 그리기 시작했다. 내 이름을 가운데 두고 나의 역할을 종이에 적어보니 생각보다 나의 역할이 많았다. 자세히 살펴보았다. 많은 역할 중 '사모'라는 역할은 그중 하나에 불과하다는 사실을 알았다. 한편, 그 많은 역할 중 내가 가장 어려워하는 역할을 발견하고 웃음이 터져 나왔다. 그것은 '가족'이었다. 내가 권위적인 엄마, 무관심한 딸, 대충 대충하는 아내, 막돼먹은 동생으로 사는 것은 참 쉬운 일이다. 그러나 나를 성장시키고 변화시키며, 참 그리스도인의 삶을 보여주는 꽤 괜찮은 가족의 역할에는 마음이 무거워 순간 멈칫했다.

마음을 가다듬고 다시 '사모'라는 글자를 보았다. 이제는 왠지 할 수 있을 것 같은 자신감이 생겼다. 설령 잘하지 못해도 괜찮을 것 같았다. 어색한 모습이 아닌 자연스러운 모습으로 잘하려고 하는 내 마음을 알게 되면서 어려움을 바라보는 관점이 바뀌게 되었다.

매일매일 성장하는 나! 어제보다 조금 더 나은 나! 제자리걸음이라도, 퇴행하는 순간이 있더라도 다시 성장하고 나아지려 하는 나! 신혜정!

이것이면 충분하지 않을까? 오히려 '이런 사모가 되게 하소서'라는 기도문을 작성하고 나서 그대로 살아야 한다면 '나는 평생 그런 사모인 척하고 살겠구나!' 이런 생각이 들었다. 척하지 않고 나 자체가 그런 사람이 되고 싶어졌다. 기본으로 돌아가야 한다고 생각했다. 이런 생각을 할 수 있었음에 참 감사했다. 얼른 기도문 제목을 '이런 내가 되게 하소서'로 바꾸었다. 이 기도문은 계속 수정 보완하면서 살아가리라 다짐한다.

나의 부족함을 인정하고 성장하려는 나의 역할에 충실한 모습을 상상하니 마음이 한결 가벼워졌다. 가벼워진 이 마음으로 조금은 더 유쾌하게 주어진 일을 할 수 있겠다 싶다. 지금의 나의 고백이 딸에게도 힘이 되는 응원의 메시지가 되기를 바란다.

딸

같은 운전 다른 의미

이제 나이가 됐으니 면허증을 따 볼까? 2종 보통과 2종 자동 면허증 중에 무엇을 선택할지 고민했다.

"내 차 몰고 싶으면 2종 보통이다. 나는 2종 자동으로 차 바꿀 생각 없다." 라는 아빠의 단호한 말씀에 2종 보통 면허를 선택했다. 평상시 아빠의 의사소통 방식이 불통이라 느꼈던 나는 마음이 불편했다.

아빠를 조수석에 태우고 도로 연수하던 어느 날은 나는 두 마음이 생겼다. 불편한 마음과 사랑받음에서 오는 마음. 목소리가 큰 아빠의 설명이 꼭 호통치는 것 같아 늘 불안하고 불편했는데, 내가 운전하는 내내 손수건을 손에 꼭 쥐시고 땀을 뻘뻘 흘리며 '혜정아, 땀난다, 혜정아, 땀난다.'라고 연신 말씀하셨다. 처음에는 '아빠가 그렇게 말하면 내가 더 긴장되잖아.'하고 볼멘소리를 했다. 시간이 지날수록 그런 아빠가 귀여우시기도 하고 아빠의 행동 이면에 보이는 나에 대한 아빠의 마음이 읽혀서 관심 받고 사랑 받는다 느꼈다.

장롱 면허로 10년을 지내고 운전을 다시 시작한 지 몇 년 되었을 때였다. 내 차는 익숙하지만 다른 차는 운전하기 어색하고 실력도 모자랐다. 아빠 차를 타고 4살 딸아이와 함께 지방에서 하는 친척 결혼식에 갔다. 마땅히 입을 옷이 없어 몸에 꽉 끼는 불편한 원피스를 입고 갔다. 옷이 불편해서 음식도 소화가 안 되고 칭얼대는 딸도 신경이 쓰였다. 머릿속에 빨리 집에 가고 싶다는 생각을 하고 있었는데 상의도 없이 아빠가 술 한잔을 하고 계셔서 순간 화가 났다. 불편한 옷, 익숙하지 않은 차, 낯선 길, 칭얼거릴 딸까지 생각하니 마음이 불편했다.

집에 돌아와 엄마한테 아빠와의 일을 투덜대며 말했다. 엄마한테 다 털고 생각해보니 신기하게도 오늘의 운전이 또 다른 의미가 보였다.

"아빠, 상의도 없이 술 드시면 어떻게 해요?" 볼멘 나의 말에 "허허~ 네가 있으니까. 나는 걱정 안 했지."라고 해맑게 웃으시며 답하시던 모습이 떠올랐다.

요즘은 아빠와 차를 어떻게 사용할지, 운전을 누가 할지 상의한다. 식구대로 차를 가지고 있고, 때때로 같은 곳에 나가는 데 여러 대의 차를 가지고 가는 일이 생기게 됐다. 기름값이 많이 오르는 때라 절약해야겠다는 생각이 들어 더 상의하게 된다. 이젠 나의 의견에 무엇이든 알았다고 말씀해 주시는 아빠다. 아빠 덕분에 편하게 일정을 조정할 수 있어 참 좋다.

엄마가 암 투병을 하시다 먼저 하늘나라로 가셨다. 아빠와 나는 평소와 다르게 많은 대화를 하게 되었고, 그 과정에서 아빠의 속마음을 자세히 알게 되었다. 성격이 급하고, 목소리가 크고, 표현이 서툰 아빠와 그 아빠를 똑 닮아 성격이 급하고 목소리도 큰, 하지만 이해가 되는 상황만 이해하려고 드는 딸이 참 오랜 세월을 지나 서로를 이해하고 깔깔거리며 웃는 요즘이다.

아내

서로의 톱니바퀴

자존감이 낮아 타인과의 갈등, 나 자신과의 갈등을 겪고 있는 나에게 남편은 '나'를 찾아주었다. 10년이 넘는 연애 기간 남편은 늘 내가 나를 사랑하고 인정할 수 있게 '나'를 찾아준 사람이다. 나는 잊을 만하면 남편에게 고백한다.

"자기는 나의 자존감을 높여준 사람이야."

그러면 뿌듯한 미소로 바라보며 엄청나게 좋아한다. 그러다가 나는 자주 훅 질문을 던진다.

"나는 자기한테 어떤 사람이야?"

오래전 연애 시절 남편의 대답이 생각이 난다.

"음…."

한참을 망설이는 모습을 보고 괜히 질문했나보다 생각했다.

"꼬마(연애 시절 애칭)는 말이지…. 산이 있는데 산에 올라가는 길이 두 가지가 있어. 가파른 길과 둘러 가는 길. 그 두 길을 놓고 어떻게 올라갈까? 하고 장단점을 분석하며 고민하고 있으면, 나한테 터널을 뚫어서 갈 수도 있다고 생각하게 하는 사람이야."

"그거 좋은 의미지?"

"응, 좋은 의미지. 내 성격에 좀 어렵다고 느껴지기도 하지만 도전되는 일이라 난 좋아. 앞으로도 계속 그렇게 해."

이런 대화를 하던 남자 친구와 여자 친구가 이제는 10년 차가 훌쩍 넘는 부부로 살고 있다.

그런 남편의 아내로서 나의 역할 중 하나는 경제적 가장이 되는 것이다.

"나와 결혼하려면 꿈을 가져와."라는 말을 여러 해에 걸쳐서 해오던 어느 날 결혼 전의 남편은 "나, 갈 길을 찾은 것 같아. 신학 하려고."라고 답을 가져왔다.

내가 원하던 대답이 아니었지만 헤어지자고 말할 순 없었다. 크리스천의 한 사람으로서 하나님과의 의리는 지키고 싶었던 걸까? 그 순간 마음에도 없는 말을 해 버렸다.

"멋지다! 꿈을 찾아왔으니. 그 길을 향해서 어떻게 할지 잘 계획하고 나가 보자."

그 후 하나님과의 독대 자리에서 떼를 부렸던 기억이 난다. 그날 이후 지금까지 나는 주된 경제적 가장의 역할을 하고 남편은 조력자의 역할을 한다.

아내로서 나는 남편의 사역을 전적으로 지지한다. '전적으로 지지'란 신뢰하고 믿어주는 바탕에 함께 그 길을 바라보고 한마음을 갖는 것이다. 겉으로 보이는 성공이 아니어도 하나님이 멈추라 하는 그곳에 남편이 멈춰 섰을 때, 왜 멈추어 섰냐고 더 가라고 하지 않는 것이다. 혹시 실수해도, 혹시 다시 돌아가더라도 남편과 함께 걸어가 주는 것이다. 그 과정에서 남편은 영적 가장 역할을 하고 나는 조력자의 역할을 하게 된다.

아내로서의 또 다른 역할은 내가 행복한 삶을 살고 있다고 고백하는 순간에 남편의 역할이 존재하게 하는 것이다. 그렇게 하도록 남편에게 나의 감정과 기분을 솔직하게 표현한다. 필요한 것도 순간순간 이야기한다. 때로는 내 말을 안 들어주면 섭섭하다고도 표현한다. 그것은 남편에게 아내인 나에 대해 많은 관심과 생각을 할 기회와 시간을 주는 것이다.

남편은 '나'를 위해 할 수 있는 일을 해준다. 나는 또 남편의 아내로서 나의 방법으로 할 수 있는 일을 계속해 간다. 그러면서 우리의 행복 톱니바퀴는 맞물려 잘 돌아가고 있다.

엄마

|

나는 엄빠

엄마라고 하면 무엇이 떠오를까? 나는 제일 먼저 '희생'이 떠오른다. 조금 더 아름다우면서 억울하지 않게 표현한다면 '배려'이고 그것을 승화한다면 '헌신'이라는 단어가 떠오른다. 희생과 배려와 헌신을 많이 하셨던 어머니 밑에서 자랐다. 다른 어머니들도 대체로 그럴 것이다. 그래서 나는 생각해본다. 나는 내 딸에게 그런 엄마인가? 왠지 나는 그런 엄마는 아닌 것 같다.

딸을 대하는 나의 태도를 보면 가끔 모성애도 부족하다고 여겨진다. 생활이 바쁘다는 핑계로 그 마음을 무시하고 살아가곤 한다. 그러다 문득 자책하는 마음에 빠져 우울해지기도 한다. 어느 날 지인에게 '나는 좀 모성애가 없나 봐.'라고 말을 꺼내니 '언니는 아빠라서 그래. 딱 우리 남편이랑 하는 게 똑같아. 그냥 4~50대 한국형 아빠라고 생각해.'라고 답해주었다. 처음에는 무슨 말인지 도통 이해가 가지 않았다. 하루 이틀 지나고 나니 그런가보다 싶었다. 항상 그런 것은 아니지만, 내가 집에서 하는 행동을 보면 아주 가끔 40~50대 한국 아빠들의 모습들이 나온다. 협조가 부족한 가장들의 모습이다. 바로 앞에 있는 물컵을 보고도 '물 떠다 줘.'라고 말하거나, '나 지금 힘드니까 건드리지 마.'라고 하는 것들이다.

가끔은 에너지를 쏟고 설득해야 하는 것에 '모르겠다. 그냥 내버려도 어떻게든 되겠지.' 한다. 그런데 간혹 튀어나오는 이런 나의 모습이 스스로 이해가 되기도 한다. 내가 많이 지치고 눌려 있는 모습을 볼 때 특히 그렇다. 나는 엄마이면서 아빠인 '엄빠'다.

다행히 늘 그런 모습은 아니고 다시 엄마의 모습으로 돌아온다. 우리 남편도, 오빠도, 아빠도 각자의 모습(아빠, 삼촌, 할아버지)으로 있다가 가끔 나의 엄마의 모습이 비어 있을 때 그 자리를 엄마의 모습으로 채워준다.

그러고 보니 딸에겐 엄빠가 둘이다. 나와 남편이 엄마와 아빠로서 해야 할 역할을 각각 다하지 못한다고 느끼고 있다. 그런데도 나의 부족한 엄마의 모습을 남편이 채우고 남편의 부족한 아빠의 모습을 내가 채운다. 우리의 부족함, 우리의 환경이 어떻게 보면 또 다른 채움을 가져오는 것을 기대하며 오늘도 두 명의 엄빠는 아이를 사랑하는 마음을 가득 품는다.

인성

때와 장소에 따라 변하는 카멜레온

나는 때와 장소에 따라서 카멜레온처럼 변신이 된다. 말 한마디도 안 하는 깍쟁이, 말이 많은 수다쟁이, 화해를 외치는 중재자 등 여러 가지 모습으로.

유치원, 어린이집, 어학원 등에서 영어 교사로 15년 이상 어린아이들을 가르치면서 변신의 기술이 늘었다.

적게는 한 반에 10명, 많게는 25명이 넘는 아이들을 30분 동안 집중시키면서 영어 수업을 진행하기는 쉽지 않았다. 수업을 진행하기 위해 때로는 호랑이처럼, 때로는 슈렉에 나오는 고양이처럼 또 어떤 때는 개구쟁이처럼 변신하곤 한다.

장난이 심한 아이들에게는 호랑이가 되어 다가가고, 아이들의 기분을 풀어주기 위해서는 '뾰로롱 뿅! 예쁜이 선생님으로 변신!!' 주문을 외쳐가며 표정을 바꾼다. 그래서인지 밝은 에너지를 가진 사람이라는 말을 많이 듣는다.

교사의 경험으로 아이들의 특성을 폭넓게 이해하게 되었는데도 불구하고 집에서는 의외로 카멜레온의 변신이 잘되지 않는다. 딸이 가끔 무조건 다 싫다고 할 때가 있다. 그때 나도 화가 불같이 나서 참지 못하고 욱할 때가 한두 번이 아니다. 매번 후회하지만, 다음에도 어김없이 같은 행동을 한다.

시간이 조금 지나면 딸은 금세 맘이 풀려 쫑알쫑알하며 내 화를 풀어보려고 주변을 맴돈다. 하지만, 그 행동을 금방 받아주지 못하는 나를 보고 어린 아이가 어른인 나보다 더 넓은 마음을 갖고 있다고 느껴진다. 나의 인성에 문제가 있는 걸까?

카멜레온이 주변 환경에 따라 몸의 색을 바꾸는 것처럼 집에서도 좋지 않은 기분을 쉽게 바꾸는 방법을 찾아보았다. 화가 올라오면 그것이 실제로 화가 난 것이 아니라 화를 내는 연기를 한다고 생각하기로 했다. 연기한다고 생각하니, 화를 내는 정도도 강약을 조절하게 되었다. 그리고 아이가 태도를 바꾸고 마음이 돌아왔을 때, 그 변화에 맞추어 나의 기분과 행동을 조금씩 맞추어 갈 수 있게 되었다.

'사촌이 땅을 사면 배가 아프다'라는 속담이 있듯이 때론 다른 사람들의 기쁜 일에 온전히 축하하는 마음이 생기지 않고 옹졸한 모습으로 질투하고 있는 속마음을 보게 된다. 이 감정이 좋지 않다는 것을 알면서도 가끔 쑥하고 일어난다. 그때는 어색함이 묻어나와 혹 내 속마음이 들킬까 봐 침묵하게 된다. 이런 상황에는 어떤 나다움이 발현되어야 진정 축하하는 자리에 서게 될까? 라는 고민을 했었다.

그러다 어느 날부터 "엄청 부럽다. 내가 엄청 부러워 해줄게 즐겨. 다음에 나에게도 그런 일이 생기면 부러워해 줘.", "나 부러워해 줄 일 생겼어. 이번엔 나 부러워해 줘."라고 이야기하기 시작했다. 그랬더니 전혀 어색해지지 않고 즐겁게 축하하며 대화하게 되고 나 자신이 건강해 짐을 느끼게 되었다.

타인에게는 친절하고 감정도 잘 통제하는 좋은 사람. 집에서는 욱하며 감정을 분출하여 힘들게 하는 사람. 둘 다 나였다.

질투하는 마음을 숨기는 사람. 솔직하게 표현하고 축하해주는 사람. 둘 다 나였다.

때와 장소에 따라 상황에 따라 나의 감정을 조절하는 카멜레온 같은 내가 되어가는 중이다. 때로는 변신에 실패할 때도 있지만 이러한 성장을 보며 스스로 뿌듯한 마음이 차오른다.

건강

우선순위에서 밀리고 잊히는 건강

한번 무너진 건강은 열심히 부지런히 노력해야 조금씩 회복이 된다. 그런데 잠시 긴장을 놓으면 건강을 놓친 상태로 금세 되돌아가 버린다. 마치 잡아당겨 잡은 고무줄 같다.

어른들은 '건강은 건강할 때 지켜야 한다.'라고 많이 말씀하신다. 지당하신 말씀이다. 그런데 꼭 아프게 되고 문제가 발생하면 그제야 건강을 지켜야겠다고 생각하게 된다. 그러다 보니 몸이 좀 좋아지면 운동을 시작하자. 몸이 좀 회복되면 건강을 위한 새로운 도전을 해보자. 이렇게 맘을 먹는다. 그러고는 회복이 되어가는 시간 동안 망각하게 되어 계속 되풀이된다. 우선순위에서 자꾸 밀리고, 밀리다 보니 잊힌다. 그 잊힌 시간은 어찌 그렇게 빨리 가는지 1년, 3년, 5년, 10년이 후딱 지나간다. 그 누군가의 이야기가 아니다. 나의 이야기다.

벌써 7년 전 일이다. 어느 순간부터 쉽게 피로해지고 순간 핑~하고 도는 느낌이 가끔 나곤 했다. 어느 날은 가만히 있는 건물이 좌우로 히뜩히뜩 움직이며 몸을 가눌 수 없게 되었다. 이 어지럼은 짧으면 30초, 길면 1분 정도 지속되었다. 스트레스를 많이 받고 신경 쓰는 일이 많아지면 하루에 여러 차례 그랬다. 이비인후과도 가보고 신경과도 가봤는데 원인을 찾지 못했다. 평상시처럼 열심히 일하러 다니는데, 운전하는 중간에 갑자기 '어~ 느낌이 이상한

데…. 시작인가 보다.' 혼잣말과 동시에 어지럼증이 시작됐다. 핸들을 꼭 잡았다. 나도 모르게 입 밖으로 '어~~ 어~~ 어~~ 어떻게, 주여~주여. 이러다 하늘나라 가는 거구나. 침착해! 침착해!'라는 말이 나왔다. 내 몸이 공중으로 붕 뜨는 기분에 더욱더 핸들을 꼭 잡았다. 급정거하면 사고가 날 수 있으니, 우선 비상등을 켜고 아주 천천히 브레이크를 밟았다. 붕 뜨는 기분이라 발의 감각도 없는 듯하여 내가 밟고 있는 건지 아닌지 알 수 없었다. 고속도로 위였기 때문에 더욱 긴장되었다. 잠시 후 나는 도로 한가운데서 비상등을 켠 채로 멈춰 섰다. 그리고 몇 초가 흘렀을까? 금세 언제 그랬냐는 듯 말짱해졌다. 백미러를 확인해 보니 뒤차들이 조심스레 양쪽 옆으로 피해서 지나가고 있었다.

그때는 너무나 아찔하고 겁이 났다. 여러 감정을 느끼며 잠시 시간이 지난 후 다시 서서히 출발했다. 다시 어지럼이 시작되기 전에 목적지에 도착해야 했기 때문이다. 이때의 충격으로 결심을 했다. 건강을 위해 제대로 노력해야지. 어지럼증의 원인을 찾기 위해 입원을 하여 뇌 CT를 비롯한 많은 검사를 받았다. 뚜렷한 원인은 찾지 못했지만, 처방받은 약을 먹고 일을 조금 쉬고 신경을 덜 쓰도록 일정을 조정하니 증상이 많이 호전되었다. 그 후로 아주 잠시 건강에 신경 쓰다 또다시 평소의 삶의 패턴으로 돌아와 버렸다. 건강은 건강할 때 지켜야 한다는 것을 너무 잘 아는 데 자꾸 우선순위에서 밀리고 잊히고 있다. 하지만 사랑하는 남편과 딸, 내 가족들과 오래오래 함께하기 위해서라도 정신을 바짝 차려야겠다.

나의 건강 내가 지켜줄게!

지성

나와의 데이트

요즘 부쩍 나 자신과의 데이트를 즐긴다. 책을 통해서 나를 만나고, 코칭을 통해서도 나를 만난다. 나를 알아가는 재미가 쏠쏠하다. 누군가가 나에게 자신과의 데이트를 통해 얻게 된 가장 좋은 점이 무엇이냐고 묻는다면 '나 자신을 더 이해하고 사랑하게 되었다.'고 자신 있게 말할 것이다. 예전보다 나의 삶을 조금 더 여유롭게 바라보게 되었고, 나에게 조금 더 관대해지게 되었다.

나는 일을 할 때 완벽히 하려고 하는 성향이 있다. 더 잘하고 싶어서 새로운 아이디어를 짜내고 실행하며 자신을 많이 괴롭힌다. 그런데 때론 그 일들이 시간만 버리는 일이 되기도 한다. 누군가가 나에게 말했다.

"선생님. 너무 잘하려고 하지 말아요. 80%만 해요. 그래도 남이 보면 100%에요."

처음에는 이해가 가지 않았지만 시간이 흐르면서 차츰 그 의미를 알게 되었다. 20%의 차이는 성의 없음이 아니고 불필요한 에너지를 쓴다는 의미였다. 그분에게 말했다.

"덕분에 많은 일을 잘 해결했어요."

그랬더니 그분이 또 이렇게 이야기했다.

"80% 하랬다고 또 80%나 했죠? 60%만 해도 돼요."

나는 이제 그 말이 무엇을 의미하는지 안다.

나는 할 일이 있음에도 불구하고 주말 내내 누워서 시간만 보낼 때가 있다. 그러고 나면 게으름이란 말이 머릿속을 떠나지 않는다. 이러한 생각을 코칭하면서 이야기했더니 코치가 이렇게 질문을 해 주었다.

"해야 할 일을 하지 않고 미뤄두고 시간 죽이기를 하는 게으름뱅이라고 느낀다고 하셨는데, 이렇게 하시는 데는 어떤 숨겨진 의미가 있을까요?"

"쉼을 느끼고 싶다는 간절함이요."

"그렇게 생각하신 이유는 무엇일까요?"

"저는 평소에 시간 단위로 이동하며 종일 수업을 하거든요. 그래서 좀 여유롭게 쉬고 싶었던 것 같아요."

그랬다. 그것은 나에게 '게으름이 아닌 쉼'이었다.

완벽히 하려는 성향으로 인해 자신을 괴롭게 하고, 때론 게으름이 아니라 쉼을 갖길 원하는 나를 발견했다. 이제는 마음에서 작은 여유가 생겼다. 앞으로 나를 더 알아갈수록 더 많은 여유가 생길 것 같은 기대가 생긴다. 나의 삶에서 알게 되는 이런 사소한 일들이 나를 더 깊이 있게 알아가며 나 스스로를 사랑 할 수 있는 자원이 되는 것 같아 좋다. 앞으로도 나를 알아가고 사랑해 보고 싶다. 이렇게 조금씩 더 성숙한 모습으로 세상을 바라보며 삶을 살아갈 것이다. 이렇게 성장한 모습을 바라보는 삶에서 만나는 친구들은 나를 더 아름다운 이로 기억하지 않을까?

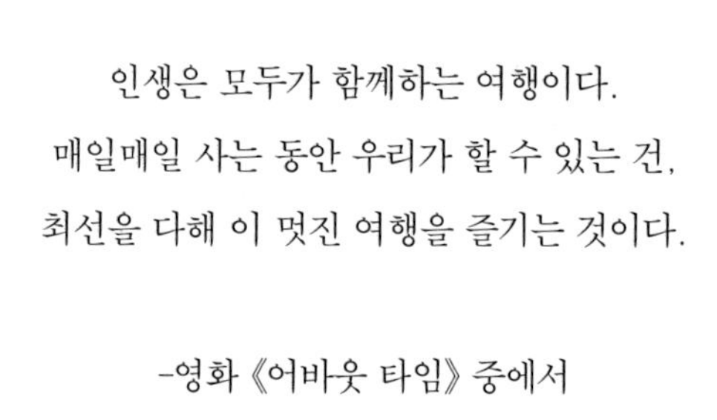

인생은 모두가 함께하는 여행이다.
매일매일 사는 동안 우리가 할 수 있는 건,
최선을 다해 이 멋진 여행을 즐기는 것이다.

-영화 《어바웃 타임》 중에서

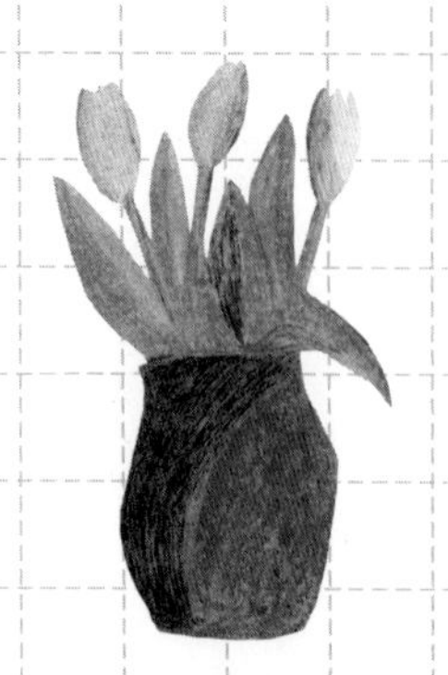

괜찮은 오늘, 꿈꾸는 나

서혜란 외 지음

발 행 처 · 도서출판 **청어**
발 행 인 · 이영철
영　　업 · 이동호
홍　　보 · 천성래
기　　획 · 남기환
편　　집 · 방세화
디 자 인 · 이수빈 | 김영은
제작이사 · 공병한
인　　쇄 · 두리터

등　록 · 1999년 5월 3일
(제321-3210000251001999000063호)

1판 1쇄 발행 · 2022년 9월 30일

주　　소 · 서울특별시 서초구 남부순환로 364길 8-15 동일빌딩 2층
대표전화 · 02-586-0477
팩시밀리 · 0303-0942-0478

홈페이지 · www.chungeobook.com
E-mail · ppi20@hanmail.net
I S B N · 979-11-6855-060-5(03810)